九十九个方子

99

毛国聪 著

作家出版社

只有当你露出凶残的牙齿时，才会发现猎物；
只有当你成为猎物时，才会看见狰狞的面孔。

——题记

第一章

"谁都别想阻拦我。"吴守之突然决定做一件事。他觉得做这件事比他以往做的任何一件事都重要。这件事与他人无关，与世界无关。他已经出让自己四十多年的主权，做这件事应该不算过分，他把手机放在衣柜的夹层里，取出一套黑色西装、一件白衬衫、一条灰色领带，像铠甲一样仔细套在身上。他刮掉胡子，用梳子把头发梳理得一丝不苟，又给脸颊、胸口、腋窝、嘴巴、衣服喷了一整瓶百合花香水，好像在为镜子里的那个家伙装殓。想到人们发现他做完这件事之后的奇葩表情，他差点乐不可支。

他准备妥当，刚要开门出去，才发现没有门。他瞧了瞧周围，真的没有一扇门。家里的门被谁取走了？家里难道没有安装过门？这是哪里？难道自己一直生活在别处？他向前走了几步，发觉方向不对，转身又走了几步，还是觉得有问题。他停下来，不知道该往哪个方向走。广都城区完全变了样，仿佛一个正在膨胀的庞大气球，他在里面转来转去，好像在真空里，不由自主，飘浮不定。他必须离开这里。只要离开这里就行了。他顺手掐了一朵百合花拿在手里，毫不犹豫地迈开脚步，坚定的神情就像肩上扛着一面大旗。

一挪步他就到了广都大厦。踏上广都大厦地下停车场的第一级楼梯时，他惊动了七只亚洲虎蚊。每上一级楼梯，他就在心里记个数。他清楚广都大厦有多少级楼梯，他在设计图纸上反复核实过，还多次不厌其烦地实地踏勘。他组织过十八次爬楼梯比赛，每次都带头参加。

四只肥胖的耗子贼眉鼠眼地盯着他，跃跃欲试地要跟他比赛爬楼梯的样子。他瞥了它们一眼，相信它们是他曾经蜗居里的老鼠的第七十九代嫡孙。他可不想跟它们比赛，不是嫌它们渺小，也不是跟它们有什么深仇大恨，只是觉得这样对待它们不公平，有失作为人的尊严。但他认为有必要通知梦想餐厅老板，责令他整改。民以食为天。与老鼠沆瀣一气，可是伤天害理的大事。

老鼠突然不见了。周围都是墙壁、楼梯、扶手、电灯和幽暗的拐角。他感到奇怪，从家里到广都大厦居然没碰到一个人。他们去哪儿了？爬过四十级楼梯后，他汗流浃背，心跳加速，几乎喘不过气来。他松开领带，清晰地听到自己粗壮的喘气声和皮鞋落地的沉闷声在楼道里回响，好像守之夜总会正在演奏莫扎特的《安魂曲》。他停了下来，发现一只绿头苍蝇贴挂在墙上，已经死了。楼梯扶手和楼梯顶上布满了蛛网。空中悬吊着一些看不见蛛丝的蜘蛛。周围嘤嘤嗡嗡地飞舞着苍蝇蚊子。水泥楼梯上汹涌着一堆失去方向感的蟑螂。肮脏的楼道像墓道，永远走不到头似的昏暗漫长。大明保洁公司只顾打扫看得见的地方。他打算尽快组织一次爬楼梯比赛，打扫楼梯，修改比赛规则，重新设置终点。

他越来越感到体力不支，喘不过气来，双脚也不听使唤，腰、脚踝、膝盖疼得要命。楼梯像坚硬的冰块。不是他踏在楼梯上，而是楼梯在撞击他。他用双手撑住大腿，直到肌肉不再痉挛，又艰难地挪动脚步，抓住冰冷的扶梯，战战兢兢地把自己一级一级地往上拉。他想，做这件事也许不是一个决定，而是一种任性。爬楼梯不一定累死人，任性很可能害人害己。但是，收回自己对自己的主权，死了也值得。

"我必须做完这件事。我还有力气做完这件事。"

他突然发现身边飘忽着一个人，一会儿在他前面，一会儿在他后面。他问："你是谁？"那个家伙气喘吁吁说："我叫自己。"原来他在跟自己一起爬楼梯。他在跟自己一起比赛。他提起右脚，沉重地砸在楼梯上。他必须战胜自己，战胜那个跟他比赛的家伙。即使爬不上去，跪也要跪上去。做完这件事，一切都无所谓了。他掏出钱包，解下手表、领带、皮带，脱掉西装外套、长裤、衬衫、皮鞋、袜子、内裤，直到一丝不挂。他的呼吸平稳下来，双腿不再酸痛，汗水不再流淌。他机械地上楼梯、上楼梯、上楼梯……

楼梯变软了，像起伏的波浪。当他又一次落脚时，突然感到不对劲，他不是踏在楼梯上，而是踏在虚无上。他离开了楼梯？楼梯消失了？突然，他看到了一扇敞开的门，仿佛一个空洞的天眼，孤独的终点。他终于甩掉自己，成了唯一的冠军。

眼前五光十色，莺歌燕舞。这是广都大厦的楼顶平台。四周布满了霓虹灯和广告架。LED屏上轮番播放着美女帅哥、珠宝玉石、鲜花美酒、彩虹桥、名贵手表、手机电脑、清凌凌的河水、湛蓝的天空、鸟鸣蝉叫、龙飞凤舞……他慢慢踱到楼顶边，向下俯瞰。

下面是巨型广场，空荡荡的。LED屏里的瀑布倾泻而下，把广场淹没成了蔚蓝色的大海。他全身的血液直往脑袋里汹涌。他相信坠落的时候脑袋最活跃。他闭上眼睛，纵身一跃。他要迎头痛击，让瞬间成为永恒。一股凄厉的风刺开他的眼睛。一群黑压压的蚁人惊叫着拿起手机相机对准他，还有摄像机、望远镜、闪光灯。整个世界充满了救护车和奇怪的声音。他感到身轻如燕，飞了起来，向下飞，向那群蚁人飞。眼看就要接近那群蚁人，他想飞回楼顶，却飞不起来……从准备做这件事到现在，他第一次感到不由自主。他不是在飞翔，而是在飘浮。

吴守之被那群蚁人吸了下去，加速度坠落。那群蚁人伸出双臂，好像在迎接他。眼看就要坠入那群蚁人的怀抱，蚁人突然飞奔四散，为他留出一块空旷的水泥地。砸中水泥地前一秒钟，又一股凄厉的风刮过来，把他托了上去。那群蚁人再次聚拢起来，用手机相机摄像机望远镜闪光灯对准他。上升到楼顶高度时，他调整身姿，又向下俯冲，那群蚁人又飞奔四散，眼看就要砸在水泥地上，一股凄厉的风刮过来，把他托了上去。如此起起落落，好像在蹦极，回放电影。

吴守之在广场上空盘旋，快活地欣赏着满世界的惊呼呐喊。每次起落，身上的皮肉毛发就会抖掉一些。地心引力越来越小。身体重量不断散失。最后只剩下飞的重量。他已经变得无所不能。想象全身长满羽毛马上就长满了羽毛，想象手臂变成翅膀马上就变成了翅膀，想象自己是导弹马上就喷出了一束火焰，想象自己是催泪瓦斯马上就雨落纷纷，想象自己是太阳马上就光芒万丈……

他昂着头，掠过蚁人头顶，一往无前地飞向远方，像长出翅膀的手机，穿云破雾，自由飞翔。他终于明白：自己的生活在空中，自己的生命在空中，天空是自己的墓地……

"怪渣渣"在手机上发了一条微信：广都上空出现不明飞
行物。

"天空的诱惑"在博客上激动万分地写道：我目睹了一场别
开生面的天葬……

吴守之感到胸闷气紧。他一把抓过药瓶，把剩下的药丸全部
倒进嘴里，一头倒在沙发上，紧闭双眼，好像在等待药丸见效。
这是他用第九十九个方子配制的药丸。他早已不在乎药丸有没有
效果。他只想把最后的药丸统统干掉。药丸还在他喉咙里涌动
时，他看到了二十多年前第一次走进广都市区的吴守之。

吴守之从长途客车上下来时，右脚先着地，左脚没能跟上，
身体踏空似的失去平衡，他不得不及时放弃两手攥着的行李，才
没摔倒。砰砰两声闷响，行李落地的地方扬起两缕如烟似雾的灰
尘。他正要低头捡拾行李，两个眼镜片突然遭遇浓雾似的一片模
糊，啥都不见了。他取下眼镜，用手帕仔细擦去眼镜片上的雾
气。他的额头汗水涔涔，全身每个毛孔都在冒汗，肩背被雨淋透
似的黏着汗湿的衣服。他虚着眼睛望了望灿烂的天空，突然觉得
老家与广都城区不仅隔着两百公里的距离，还隔着一个冷冽的冬
天。昨天在老家时，他穿着毛衣皮夹克还觉得冷。站在滚烫的水
泥地上，他发现一位超短裙姑娘向他翻了三个白眼，便极不自在
地把刚脱下的毛衣胡乱塞进帆布包里。他呼出一口长气，快步穿
过熙熙攘攘的人群，感觉十多个小时没走路的双腿极不适应广都
地面似的轻飘。在嘈杂的路边，他叫了一辆人力三轮车，直奔广

都市政府。

穿街过巷的人力三轮车带出的些微凉风，渐渐平息了他躁动不安的心。在顺城街的拐角处，他抬起手腕，看了几眼晃着阳光的手表才看清时间已过五点。他又着急起来，血液里的肾上腺素快速升高。他害怕赶到市政府时已经下班，找不到人。他催促三轮车师傅蹬快点，师傅"好嘞"一声，穿着布鞋的双脚在空中风车似的画着不规则的圆圈。望着从身边飞驰而过的自行车、摩托车、小汽车、有轨电车，他觉得这种以人腿为动力的三轮车存在的时间不会太久，它们的阶级属性太明显、技术含量太低、功能太单一，还不如自行车。它们的未来可能只是影视道具。

办公室里只有一位中年妇女，浅蓝色套装上顶着泛黄的卷发，周身一股劲儿地向外散发着浓郁的脂粉味。婴儿肥的脸上虽然泄露出岁月的无情，却不见苍老。城市女人的年龄总是让人难以捉摸。

"阿姨，我叫吴守之，来报到的。"吴守之从帆布包里取出人事派遣单，要证明自己所说非假。

"我姓黄，叫我黄大姐。"中年妇女白了吴守之一眼。

"啊，黄大姐，这是我的人事派遣单。"吴守之的神情活像他脸上局促不安的汗珠。

黄大姐拿着人事派遣单，一边看一边打量吴守之，好像在认真调研吴守之与人事派遣单之间的内在联系。吴守之感到自己正在夏天的鹿溪河里下沉，可他不敢挣扎，只能拼命地屏息敛气。

"马上就要下班了……"黄大姐好像担心吴守之沉入河底，迅速把他像那支黑色钢笔一样从笔盒里捞出来，开始登记。

"对不起，路上堵车。"吴守之赶紧解释道。

"明天八点上班。"黄大姐把人事派遣单锁进抽屉，拿过印花布手提包起身说，"跟我走。"

"谢谢黄阿姨，啊，黄大姐，谢谢。"吴守之提着行李连声道。

走出办公楼，绕过矗立着一根镀铬旗杆的小水池，在紧靠围墙的一溜小青瓦平房前，黄大姐指着一扇木门说："这是你的宿舍。这把钥匙是外面的，这把钥匙是里间的。"

"谢谢黄大姐。"吴守之接过钥匙，突然激动不已，他终于拥有一把独属自己的钥匙。他要用这把钥匙打开社会之门，打开充满想象的无限空间。

"黄大姐，您慢走。"吴守之恭恭敬敬地目送黄大姐离去。

黄大姐没走几步，又折了回来："小吴，你跟赵小明一起住。你住外间，他住里间。你把里间的钥匙给我。"

吴守之手忙脚乱地从裤兜里摸出两把钥匙摊在手掌心，刚才的激动瞬间化为惊诧：还有人跟他同住？黄大姐从他手里拿过一把钥匙，转身就走。刚走两步，又回头瞥了他一眼："你该理发了。"黄大姐的话犹如醍醐灌顶。吴守之突然明白自己已经毕业，离开学校，参加工作，不再是大学生。大学四年，他一直蓄长发留胡子，好像为了遮住什么或者显示什么。想起黄大姐闪亮的眼神，吴守之觉得黄大姐是一面明镜，他从中看到了自己的B面。

目送黄大姐的背影完全消失后，吴守之放下行李，拿钥匙开锁，可扭来扭去，怎么也打不开。他怕弄断钥匙，不敢太用劲。连一把小锁都对付不了，真是丢人现眼。他想找黄大姐，可黄大姐已经无影无踪。整个广都，除了刚认识的黄大姐，他没有一个熟人。

印着11数字的油漆木门，几乎看不出最初的颜色。他小心翼翼地推了一下，嘎吱一声，木门虚开了一条足以让他小时候养的小黑狗随意进出的缝。通过门缝，他依稀看见屋里的淡黄墙壁和无边的空旷。要进这间房，根本用不着开锁。其一，如果不怕玉石俱焚，可以硬挤进去；其二，他虽然没练过《葵花宝典》里的武功，但相信自己也有足够力量一掌打开门，一脚踢飞锁；其三，即使自己没有开锁的本事，也有砸烂锁的能力。可他只有想法，不敢行动。

凑近窗户，他伸手摇了摇，一些灰尘从瓦缝里扑下来，好像发生了一次轻微地震。窗户从里面插上了。要正常进这房间，除了开锁，必须学会奇门遁甲，或者把自己变成小猫小狗。想起电影里揣一根铁丝就能进出自由的小偷，他第一次发自内心地蔑视自己。

落日的余晖，仿佛黄疸病人，无力地瘫在地上。广都城区笼罩着一片耀眼的光雾。吴守之迷茫地望着围墙上空鱼鳞状的火烧云，感到不知所措进退为难。天空突然暗下来，仿佛老天爷拉下的天幕。无言的沉默支配着一切。低矮的瓦房檐角上，恍惚着暗淡的白炽灯。黑咕隆咚的四周，活像一片原始丛林。

吴守之大汗淋漓地步行五条街，找了一家只有一间门面的青年旅行社住下来，又不顾咕咕叫饿的肚子，一步跨进青年旅行社斜对面的理发店。冷冷清清的理发店里只有一位老师傅，六十来岁的样子。他警觉地盯了一眼吴守之，不相信这个时髦的年轻人会请他理发。吴守之一屁股坐在理发椅上，理发椅不堪重负似的嘎吱嘎吱叫唤起来。老师傅一把扯过理发围布，响亮地抖了一下，一股汗酸味直扑过来。吴守之如坐针毡地扭动身子，一副准备起身离开的样子。老师傅好像怕他逃跑，麻利地用湿润油腻的围布勒住了他的脖子。

老师傅端详着吴守之乱蓬蓬的头发问"咋理"，吴守之咕噜说"剪短点"，就闭上眼睛，好像砧板上的肉。他从小就知道理发师的厉害，不管男女老少死人活人，只有理发师可以在头上乱摸。理发师叫你不动你就不敢动，叫你低头你就不得不低头，即便是皇帝。理发师手里拿的是能发出喀嚓声的剪子、锋利闪亮的剃刀。每当有人说他的头发理得好看难看时，他就觉得与自己有关又无关，与理发师无关又有关。头发理得好不好，不是你说了算，也不是他人说了算，而是理发师说了算。我们可以选择理发师，却无法拒绝理发。他对理发师一直纠缠着害怕、驯服、信任、尊敬、无所谓的情绪。

不到二十分钟，老师傅就干净利落地剪掉了吴守之的长发，剃去了吴守之的胡子。吴守之看到镜中人时突然怔住了，那个干干净净的家伙是谁？那个头上顶着一块油亮草坪似的家伙与自己有什么关系？那是改头换面的吴守之？那是一个可笑的小白脸，一个英俊的傻小子……吴守之突然笑了。镜中人也笑了。回旅店的路上，吴守之窃笑着绕了两条街三个巷子，在广都百货商店买了一把刮胡刀。从此以后，他一直把头发控制在黄大姐满意的长度，不准胡子再抛头露面。他决定把自己的头发胡子当韭菜，有一茬割一茬，绝不留情。

吴守之住宿的青年旅行社房间，不足六平方米，一张单人床，一个床头柜，一个饿扁了肚子似的枕头，一张惨白的床单，一盏悬吊在屋顶上的白炽灯，没有窗户、衣帽间、厕所、洗澡间，关上门不开灯，房间就是一个伸手不见五指的黑夜。吴守之看了看灰黄的房间，突然觉得憔悴的对面墙壁上适合题一首宋江式的反诗，蜡黄的侧面墙壁上正好复制一幅野兽派马蒂斯的《开着的窗户》，青灰色的屋顶将就绘制一幅天宫图……也许是这里没有笔墨颜料，也许是太累了的缘故，他沉重地倒在床上，睁着迷茫的双眼，望着营造黄昏似的白炽灯，想起大学毕业前的最后一夜，孤独地躺在床上辗转反侧的情景。

辅导员宣布离校日期的那天晚上，吴守之采用火箭发射倒计时自制了一周日历，每天早上撕去一张。那周时光就这样被他撕得粉碎。他在日记本的最后一页用正楷钢笔字写了一句话"人生就是倒计时"，算是大学生涯的结句。

吴守之最后一个到班主任那里去拿毕业证和毕业合影照。他与北方大学缠绵四年，好像就是为了这个毕业证和毕业合影。寒窗苦读，不就是为了这个玩意儿？没有这个玩意儿，谁来证明你上过大学？有了这个玩意儿，才有资格参加工作。他掂量着这个代表他与学校有四年关系的证据，突然觉得学校发给他毕业证，只是为了摆脱他的借口，他被冠冕堂皇地撵出了学校。这不是他的毕业证，而是他与学校解除关系的只有单方面签字的合同。许多年后他才明白，人生的合同大多如此，并不需要调查研究，也无须双方协商认可。事前并不知晓，合同早已签订生效。

吴守之没有主动找老师同学给他的毕业纪念册写赠语留念，同学请他留言时，他就顺便请他们在自己的毕业纪念册上随意写上几句。

离校前的那周时间，他独自在校园里徘徊，在过去的四年光阴里踟蹰。他跟杨富贵在教学楼旁边的栅栏前唾沫飞溅地争论可口可乐和"东方魔水"的差异,赤脚坐在巨型雕像的石阶上抽烟喝酒,穿着喇叭裤在香樟树林里跳迪斯科霹雳舞,在宿舍楼前的空地上看《霍元甲》、《射雕英雄传》、中国女排夺冠,坐在草地上望着路过的美女,边弹吉他边高唱着《请跟我来》,高喊着"你到我身边,带着微笑,带来了我的烦恼"……图书馆、映月湖、爱情山,布满铁丝网玻璃锥的围墙,灰尘漫天的操场,通宵不眠的小卖部,在电影院里排演自编自导的话剧,披头散发地跟同学在草坪上纵情侃谈……狂热的崇拜,放肆的怀疑,指点江山的激情,愤世嫉俗的自由自在……谢幕般地退潮了。

在校园即将开始又一波喧嚣前,吴守之疲惫不堪地回到相守四年的寝室。十来个平方米的空间,充满了仿佛战争结束后的狼藉景象。地面映着不规则的光斑。被墙壁、窗框、床架切割出来的光束里飘浮着无助的尘埃。手指轻抚着床头冰冷的铁栏杆,他心中涌动着两个迥然不同的世界:室内的冷清与外面的炽烈,内心的躁动与外表的凝重。

他扶着门框,不知道是要打开门还是关上门。他清楚,一旦跨出这扇门,再也找不回以梦为马的青葱岁月,离开这里后再也回不来了。他更清楚,这里很快又将进来一些同类。他们是否会像他一样,满怀期待地到来,带着无限眷念离开……

在清晨的阳光里,吴守之低着头,仿佛在祭奠什么。

阳光从窗口斜射进来,细密的灰尘清晰地飘浮在光流中。他凝视着那些尘埃,想弄清它们从何而来,缘何如此亢奋。他不明白,为什么没有阳光时他看不到那些灰尘,仿佛阳光就是这些尘埃表演的舞台。在他的记忆里,阳光始终灿烂而明净。

同寝室的同学通宵未回。他们好像已经永远离开这里。可他们的床铺仍然像过去凌乱不堪的样子。四年前秋风乍起杨絮飞舞的时候，他第一次走进北方大学。那时候有师哥师姐和辅导员老师的热情迎接，可离校的时候却连一个道别的人都没有。

"守之，吴守之。"杨富贵推开门，他的声音显得有些异样。

瘦猴一样的杨富贵，小脸上烙满了通宵熬出来的憔悴，兴奋的红潮掩盖了昨天接到分派通知单的沮丧。"今天就要走了，你怎么还不收拾行李……"杨富贵惊讶地问。

杨富贵自诩经商的上等材料，学中文是他误入歧途的惩罚。刚进校园不久，他就像捡到了过路神仙遗忘的百宝袋，随时都能搞到你所需要的东西。你想找一本旧书，第二天他就会用旧报纸裹着你的渴望，郑重而得意地向你摇晃，同时伸手要钱，或者几张皱巴巴的饭菜票。每个新学年开始，他精灵般的身影总会在一群新生中穿梭忙碌，兜售毛巾、香皂、饭盒、牙膏之类的小东小西。

"杨总"是杨富贵的绰号。在同学中，他是出了名地抠门，却时不时地无偿塞给吴守之久售不出的旧货：一把小梳子，一筒挤压得变了形的牙膏，一条丝丝缕缕的毛巾，一支几乎霉变的香烟……平时，杨总商务繁忙，无暇学业，每临期末，他就借来吴守之的笔记本挑灯夜战。临场考试，他想方设法地靠近吴守之。刚进大学，大家都在高喊"六十分万岁"，只有杨富贵身体力行并坚持到大学毕业。大学四年，杨总不仅商场得意，还堂而皇之地拿到了学士学位。可他没能按照自己的规划进入商界，而是被分到西越县教委，再分派到碱盐中学教书育人。

吴守之望着前来告别的杨富贵，大受感动。今天一别，不知何时才能相见。他不禁伤感起来，仿佛未来的一些事提前走进了他的心里。他们从一个起点出发，谁都不知道会走到哪里，会走多远。也不知道会不会再次握手、再次相聚。他清楚自己人生的开始，却不知道结局。大学四年就可以毕业，而人生毕业却遥遥无期。

他第一次嗅到死亡的气息，离别。之后的每一次离别，他就会嗅到那种气息，一次比一次浓。望着周君慧在他的毕业纪念册上的留言，他陷入了沉思：命运是才能和机遇最绝妙的偶然，愿你与命运无关……

第二天一大早，吴守之吃了一碗渣渣面就去找黄大姐，可黄大姐下乡调研去了。他又来到宿舍门前，摸出钥匙开锁，还是打不开。就在他不知如何是好时，突然闻到一股异味。他回过头，发现一个陌生人立在他的左侧，个儿比他矮了差不多半个头。那人高昂着脑袋，好像要他好好看看自己的模样：无比警觉的神态，活像从装满摩丝的桶里刚被拯救出来的大分头，扁平的蒜头鼻下露出两个错位的鼻孔，凹凸不平的瘦脸上长满了丘疹，不均匀的脸色仿佛卡拉OK厅里不停变幻的彩球，让人看不出底色。吴守之觉得，他应该去找心理医生祛除脸上的暗影，到整形医院丰满两腮。吴守之的鼻子告诫他，这是一个自己不想跟他有任何瓜葛的家伙。

"摩丝男"好像抓住了什么把柄似的问道："你，你在干吗?"

"我是吴守之。"吴守之正气凛然地自我介绍道，好像为了证明自己不是小偷。

"哦。你好。"陌生人立即换了一副面孔，主动跟吴守之使劲地握了握手。

"你是……"

"我是赵小明。啊,你怎么不进去?"

"我打不开锁。"

"我来。"

赵小明从裤兜里摸出钥匙,一下子就把锁打开了。

吴守之惊讶地盯着赵小明,突然发现赵小明的脸上长满了疙瘩,异常辽阔。多年以后,吴守之都没弄明白,赵小明的脸是因为辽阔才长满了疙瘩,还是因为长满了疙瘩才辽阔的。

"啊,你的钥匙拿错了。"

吴守之沮丧地想,赵小明有两把钥匙,而他只有一把,还拿错了。

推开房门,潮湿的霉气混杂着一股怪味扑面而来。吴守之鼓起勇气走了进去。虽然是大白天,因为周围的楼房、围墙和参天大树,屋里昏暗得好像闯进来了一个风雨交加的黑夜。他摸索着拉开灯,屋里却更加昏暗了。

房间跟大学宿舍差不多大小。里面有一张破旧的竹椅,一张积满灰尘的旧写字桌,一张没有床垫的单人床架。如果他个儿再高点,就触到天花板了。他环顾四周,突然觉得这房间像一张嘴,饥渴的嘴,他是一块待咀嚼的肉。

里间的木床上挂着漂白得扎眼的蚊帐。房门已经擦拭过,门上挂着一把泛着亮光的锁。外间的门上角,横七竖八地悬挂着蜘蛛网,像一团被撕裂的白影。吴守之掏出纸巾,将蛛网抹掉。

最里面的一间是盥洗室。木架上晾着一条淡黄色的毛巾。水龙头正淌着一股细流。他想把水龙头拧紧,可怎么拧也关不住水。他不敢太用劲，害怕拧断锈迹斑斑的把手。他小心翼翼地左拧右拧，好不容易才把水龙头拧到滴水状态。

刚把房间收拾好，突然下起了暴雨，一股冷风挟持着昏暗和扑鼻腥味，急于寻找温暖似的涌了进来。吴守之坐在床沿上，呆呆地望着风雨交加的窗外，不知道接下来该干什么。想起这两天，他就感到沮丧，一切都跟他的想象迥然不同。

倒在床上，吴守之像死过去了似的闭上眼睛。

住进这间蜗居，直到离开，吴守之一直忐忑不安。第一天晚上，他熄灯不一会儿，就听到一阵窸窣声。打开灯，窸窣声马上消失。刚要睡着，窸窣声又响起来。窸窣声有时在地上，有时在瓦片房顶上，有时在床脚枕边。他肯定那是老鼠，这里的老房客。吱吱呲呲，呲呲吱吱，老鼠在磨牙，老鼠在欺负他这个新房客。他万万没有想到，还没开始工作就得先跟老鼠纠缠。他采取大声叱骂，捶胸顿足，坚壁清野，买鼠药、鼠夹、粘鼠板、养猫之类的措施办法，全都无济于事。比人类更早生活在地球上的老鼠，早已识破人类对付它们的那些把戏。每当半夜三更听到老鼠叽叽呲呲的嘲笑声，吴守之就绝望地想，只有把自己变成老鼠，才能与鼠和睦共处。可直到离开，他做梦都没能把自己变成老鼠。多年来的人鼠大战，他没占到一点便宜，只得缴械投降。让他没想到的是，在这间蜗居里，他还要不断跟爱情、婚姻、梦想、油盐米醋茶轮番作战。

第二章

王副主任把吴守之草拟的防洪抗旱《通知》放在办公桌上，语重心长地说："写材料不是搞创作，华丽的辞藻，精巧的构思，不仅不会增光添彩，反而会以词害意……"

吴守之听得云里雾里，却满怀感激。望着王副主任发亮的额头，他忽然觉得王副主任之所以诲人不倦，无非是为了对得起他的秃头。他低下头，差点为自己这个不知从何而来的奇怪念头笑出声来，白净的脸庞竟然憋出了一朵红晕。

看着吴守之认真聆听的样子，王副主任颇感欣慰，禁不住在心里默念了七十二遍"孺子可教也"。这句差不多已经过时的漂亮名言，却使吴守之在不久的将来陷入了一场危机。

王副主任兴致勃勃地循循善诱了一个多小时，还屈尊给小吴倒了一杯白开水。白开水已经凉透，颇能吃苦耐劳的吴守之却无暇喝上一口。王副主任被小吴的虔敬打动了，翻箱倒柜地找出前几年的材料放到小吴手中，让他带回去认真学习，好好参考。

这些材料，除了年份、文件号、签发人不同而外，内容、措词，包括某月某日几乎毫无差别。自诩满腹经纶的吴守之在写了几稿仍然没有通过之后，索性翻出去年的文件，改了年份和个别字句，认真抄了一遍。广都市的旱灾洪涝就像一些经典剧目，每年都要在这片大地上表演。广都人早就习惯了它们，如果某年某月它们莅临其他地方，大家才会感到惊奇。市政府对付它们的办法年年都一样：开小会研究，开大会动员部署，发红头文件，派工作组检查督促……

王副主任逐字逐句地审查了吴守之艰苦卓绝的成果，连标点符号都没放过。审完《通知》，王副主任莫名其妙地突然兴奋起来，颇有力度地拍了拍吴守之的肩膀："不错！就这样。你拿到打印室，打印两百份。"

吴守之拿着像王副主任面部表情一样刻板的材料，气馁地向底楼甬道尽头的打印室走去。一路上，他琢磨着自己与打字机的异同，还打算以此为素材撰写一篇议论文。

在二楼拐角处，吴守之突然闻到一缕百合香，立即停下脚步。他的办公室在二楼通道尽头，紧挨厕所。他平时嗅得最多的是从厕所里飘出来的香皂味、尿臊味、除臭剂味，这栋老楼散发的霉味，偶尔还会闻到苍蝇、蚊子、蜘蛛的血腥味，以及不知从何而来的威严、卑琐、孤独的味道。吴守之在办公楼里突然闻到清新的百合香，异常兴奋。他以为有人在用百合花布置会议室，在过道留下的余香。他四下里看了看，没发现一个人。就在他惊疑不定时，一团白影突然闪现在甬道里，他本能地靠墙让道，好像突然遇到了领导。可白影不像领导从他面前一晃而过，而是继续在甬道里梦幻般地闪烁，好像要让他先走。他惊奇地望着白影，晶莹剔透、曼妙温暖的白影，体内陡然生发出一种蓬勃力量。白影忽然飘走了，百合香也淡远了。吴守之循着滞留在空气中的百合香和白影飘逝的方向，迈开步子到了四楼。

罗科长看到吴守之，诧异地问："吴老师，有事吗？"

"我打印文件。"吴守之话刚出口，突然意识到自己走错了地方。他至今不知道为什么，那天本来是要下楼去打印室的，却上楼闯进了信息科。唯一可以解释的，是百合花香迷导了他的方向。

"吴老师，打印室在底楼。"罗科长笑了笑，好像在为他指点迷津。

工作一个多月，吴守之对大部分同事都不熟悉，他不知道罗科长的大名，甚至连他是信息科科长也不大清楚。办公室的同事，除了有工作交集的，开会坐在一间会议室，平时很少往来，几乎不串门。

吴守之不好意思地说"对不起"，准备退出去。

罗科长热情地说："吴老师，你请坐。薛婧，给吴老师倒茶。"

听到罗科长的吩咐，薛婧放下手里的文件，起身给吴守之倒茶。吴守之看到冲他莞尔一笑的薛婧，好一阵恍惚。他又看到了白影，闻到了百合花香。他觉得薛婧不是在向他微笑，而是在送给他微笑。收到薛婧的微笑，天上的星星突然璀璨起来。吴守之觉得自己与薛婧有了某种联系。他瞬间做出了一个大胆决定。虽然他不清楚自己决定了什么，但坚信这个决定与薛婧有关。多年以后他才明白，重大事情几乎都是瞬间决定的。

"谢谢。我去打印室。"吴守之脸红筋胀地说。可他并没有挪动脚步，好像在等薛婧给他泡茶。

王副主任突然出现在信息科门口。

"王主任好。"罗科长立即笑容可掬地招呼道。他接过薛婧给吴守之泡的茶，双手捧给王副主任。

"王主任好。"吴守之侧转身，惊慌失措地向王副主任问好。

王副主任"嗯"了一声，坐在罗科长刚才请吴守之坐的凳子上。

"再见。"吴守之匆忙离开信息科，下楼去了打印室。

上班以来，今天算是吴守之最高兴的一天。误入信息科，认识了薛婧，白影般的薛婧，百合花般的薛婧，清丽绝俗的薛婧，知道了薛婧是他的同事，在四楼的信息科上班。他认为小说里的"一见钟情"在他身上突然发生了。过去有人给他介绍对象，他都婉言谢绝了。他不是不想进入浪漫角色，而是觉得，爱情不是别人介绍的，也不是追求来的，爱情是一种相遇，可遇不可求。

大一下半年时，吴守之在校刊上发表了一组诗歌，得了十一元稿费，相当于他一个月的生活费。大二时，他成了校园文学社的副社长。

那时，诗歌可以当饭吃、当酒喝、当烟抽、当情书，以诗歌的名义游走天下。收到第一封情书时，吴守之怦然心动了好一阵子。但想到自己的家境学业，就悄悄地把情书烧了。他的财政预算里根本就没有爱情项目。除了爱情，他还有无数梦想，当诗人，当教授，当老板，攀登珠穆朗玛峰，上火星……那时的他，君临天下都敢想。他后来才明白，那不是理想，只是敢想、乱想而已。

欧阳没有给吴守之写情书，而是直接约他到映月湖边。在一棵榕树下，欧阳说"我喜欢你"，惊得他以为自己穿越到了2012年。他愣了大半天都没有回应欧阳。欧阳没有索要他的回应，突然挽着他的胳膊，绕着湖边散步。杨富贵后来问他是不是在跟欧阳谈情说爱，他既没有肯定，也没有否定。他跟周军慧说，他不讨厌欧阳，可跟她在一起，心里总是不大顺畅，好像梗着什么东西。

欧阳是公认的校花，省委领导的公主，这使一心想通过自我奋斗出人头地的吴守之感到别扭。漂亮的欧阳，男人见了都会心动，可从她骨子里透泄出来的冷漠让许多男人不敢靠近。心高气傲的欧阳面对吴守之无所谓的态度，虽然生气，也没有特别往心里去。他们就这样朦朦胧胧、若即若离地"恋爱"了一个多月，直到李伟被学校开除。

李伟被学校开除后，他们约会越来越少，之后就不了了之，既没有说分手，也没有说继续。吴守之后来看到欧阳挽着一个陌生男人，才恍然大悟：欧阳是被李伟逼得跟他"恋爱"的，他成了李伟进攻欧阳的牺牲品。初恋失败后，吴守之以为这辈子都不会恋爱了，直到遇见薛婧。

吴守之这种爱情的单边行动，使他患了病，相思病，单相思病。这种病几乎每个人都会得一次。得过这种病的人，就像出麻疹，好了之后才会终生免疫。没得过这种病的人简直不可原谅。得了这种病，不需要找医生望闻问切，扎针吃药，只要找到病源，就可不治而愈。所有的相思病人都坚定地认为，世上最好的药是人。

吴守之梦见突然崩溃的书山把他掩埋了，醒来后发现胸口压着马尔克斯的《霍乱时期的爱情》。他的家当几乎都是书，自己买的，别人送的，跟朋友借了忘了还的，从大学图书馆偷的。他们读书时非常享受偷书的乐趣。图书馆安装了电磁感应器，也没能防住他们这伙偷书贼。有个同学为了偷书，不怕牺牲，自告奋勇跟图书管理员胖妞恋爱了一年多。他现在的工资，除了吃饭，基本上都换成了书。他最大的乐趣就是逛书店。他觉得所有的烦恼痛苦都不敢跟他进书店。书太多，寝室的空间太小。他就把书放在桌子上，堆在地上，在床上铺了三层当床垫，还在靠墙的床边用书码成了一溜书柜。他喜欢被书包围着的感觉。他渴望书里的人物走出来跟他喝茶聊天，促膝谈心。

白天的喧嚣、人群和阳光，纷纷退出市府大院。整个市府大院好像没住人似的寂静。幽暗的路灯和婆娑的树枝制造的阴影，无情无义地撕扯着路面、墙壁以及偶尔的行人。

当王副主任突然出现在窗口时，吴守之好像发现了一个幽灵，嗖地站起身，抛下《霍乱时期的爱情》，手忙脚乱地给王副主任让座倒茶。

"看啥书啊，小吴。"王副主任重重地坐在唯一的木凳上，好像在关心下属，又像在检查工作。

"看小说……啊，不，没啥……"吴守之好像不务正业时被突然逮住似的语无伦次。

王副主任仔细打量这间寝室的时候，给吴守之创造了打量王副主任的机会。他心想，如果王副主任摘去眼镜，换上电视剧里的服饰，即使没有手袖诏书，也算货真价实的微服私访的钦差。可惜，在王副主任的朋友圈内，缺少识货的导演。

"小吴，有对象了吗？"王副主任认为，对年轻的小吴不必转弯抹角，便直截了当地问。

"还、还没有。"对上级的体恤，吴守之感到受宠若惊，仿佛沉重的秋天经受不住时光的催促，倒退回了夏季。

"我给你介绍一个。"

"谁？"吴守之一下子慌乱起来。

"宋艳。"

宋艳是市委组织部宋部长的千金，跟吴守之在一个办公室上班。她有一个带风走路的本事。没有阳光也戴墨镜，让人怀疑她有眼疾。因为有脂粉加持，她的脸蛋不算难看，但脖子特长，好像天生的护身符。脑袋总是不满似的高昂着，始终处于急于脱离身体的状态。她把自己当作时下紧俏的商品囤积着，总想有个好价，快奔三十了还没嫁人。

吴守之抑制住自己的失望，扶了扶眼镜："啊，宋艳……"他对宋艳并没有坏看法，只是不习惯她浓烈的脂粉味。

"我跟她说……"

"谢谢，谢谢王主任的关心。我刚参加工作……"

王副主任的心里虽然不是滋味，但转而一想，兴许是吴守之觉得自己配不上宋艳的一种心虚，便摆出长辈和上司的双重身份，语重心长地说："小吴，工作应该勤勤恳恳，但婚姻也是大事。古话说得好，成家立业，先成家才能立业。组织上非常关心年轻同志……"

吴守之好像没有听懂顶头上司的话，昂着头说："我现在还不敢考虑婚姻大事……"

"孺子可教也。"让王副主任多了一份耐心，"你是不是有了对象？"

吴守之低下头，不敢迎接王副主任的凛冽目光："没有。"

王副主任正了正身子，摆出欲起未起的姿势。

吴守之侧眼仰望，蓦然发现王副主任泰山一样伫立在自己面前。而王副主任并没有因为自己突然高大起来而兴奋，也没有因为吴守之的唯唯诺诺而原谅他。他盯着吴守之，感到了莫名其妙。

王副主任强压住快要冒出来的火气，开导起来："宋艳是大学本科生，又有良好的家庭背景，这对你的事业前途大有帮助。你要相信我这个过来人。我看你诚实能干……你要仔细想想，好好掂量……在机关工作，关系背景是万万少不得的东西。你们可以先接触嘛……"

王副主任最后的语调几乎变成了一种哀求。

吴守之真想把盐油不进的吴守之拖到光天化日下，吊打一顿。

王副主任这些冠冕堂皇的话并非完全为了吴守之，也是为自己退下来后有个安慰自己的去处。据可靠消息，市政府即将实施机构改革，裁编减员。他还不到退休年龄，但为了年轻人，为了美好的明天，为了社会稳定和谐和发展大局，他已做好退居二线的思想准备。可一旦退到清闲部门，巨大的落差会令自己倍感失落。就剩几年发光发热的时间，若不能鞠躬尽瘁，实乃人生憾事。想到这些，他被自己的博大胸怀和光辉思想感动得浑身发抖。他本想给组织部长送点什么，深感捉襟见肘。昨天下午开办公例会，他心事重重地用目光扫来荡去，当他从宋艳转到吴守之时，难得的灵光一闪，办公例会立即被他赋予了浪漫情调。如果能把吴守之送给宋部长的千金，应该是一个特别礼物，而且不算行贿。在他的职业生涯里，什么都可以是他的，什么都能够成为他的礼物。如果能促成宋艳与吴守之的百年好事，他至少有这个妙不可言的借口在宋部长面前邀功请赏。这两全其美的事，何乐而不为？他平生第一次独断专行地做出这个重大决定，可乳臭未干的吴守之却不识好歹。

吴守之差点为王副主任说出如此肺腑之语感动得热泪盈眶。

他立即奉上一杯热气腾腾的茶水。王副主任瞥了瞥吴守之，展颜微笑，"孺子可教也"这句千古名言终于起死回生，小吴也许已经回心转意。

吴守之虽然涉世未深，也曾喝过不少心灵鸡汤，死记硬背过经书典籍里关于人生世事的格言警句，但他觉得如果先接触再拒绝的话，情况会更糟。夏虫不可语冰。吴守之目前还不打算跟王副主任交心谈心。

"主任对我的关心，我会铭记在心。只是，我想等工作做好了再考虑婚姻的事。"他这几句话，说得有声无气，仿佛曾经紧握拳头宣誓时的袅袅余音。

王副主任一听这话，再也坐不住了。他倏地站起身，冷冷地说："你继续看小说。就当我没来过。"这时候，吴守之才发现王副主任长着一张尖嘴猴腮的媒婆脸。

离开吴守之的宿舍后，王副主任在办公室郁闷了三个月。已知天命的他虽然饱经风霜，经历了不少大风大浪，见识过无数人情世故，想不到吴守之这个愣头小子居然不买他的账。更为恼火的是，临退之际居然把自己折腾成了媒人，第一次做媒，就弄得灰头土脸。他不明白，为什么一次又一次心血的付出，总是没有稍为欣慰的回报。自己真是有愧于满头银丝，辜负佝偻了大半生的腰。

噔噔噔，一阵号角般的脚步声及时拯救了王副主任。

宋艳驾到。

"你好……"王副主任几乎要把自己的座位让给宋艳。

"好。"宋艳一撅屁股，立在王副主任对面。

"有些事情，你别放在心上……唉，怪我无能，无能呵。你看我这张老脸，有什么用啊。什么事都办不好……"王副主任好像在开民主生活会，残酷无情地开始批评和自我批评。

"王主任，你说什么呀?"宋艳怕被揭疮疤似的生气了。

"呵，不说了，不说了。"王副主任挥了挥手，但在宋艳看来，这个窝囊的老头在举手投降。

"王主任……"

"嗯……"王副主任突然兴奋起来。

"王主任，杨市长最近要到上海考察，你说谁跟他去?"

"你认为谁合适?"

"王主任，这可是你在决定，你说谁合适就谁去呗!"

"你说说看，没关系。我想听听你的意见。"

"我……我……"

"就你去最合适。有经验，我放心。"王副主任以为猜中了五百万大奖，慢慢站起身，在办公室里踱来踱去。

"上海，我去过无数次……有什么好玩的。"小宋噘了噘嘴。

"那……"王副主任怔了怔，不解地望着宋艳。

"王主任，你看小赵怎么样? 他上班这么久了，还没出过差。"

"小赵……"王副主任的脑子里好像卡住了什么东西，一时间没回过神来。他不知道，赵小明调到政府办的第三天，就开始聚焦宋艳。王副主任微服私访吴守之的第二天，赵小明已经跟宋艳眉来眼去。

"你说行不行啊?"宋艳有点不耐烦起来。

"小赵办事牢靠，他去也合适。"王副主任突然有了感悟似的说。

"谢谢王主任。"宋艳边说边站起来走人。

"你等等……"王副主任伸出右手,好像要抓住一只即将飞出办公室的喜鹊。

"王主任,还有什么事?"宋艳及时收敛起已经张开的翅膀。

"小赵工作勤奋,能吃苦耐劳,为人又实在,是个好苗子……"

"那是你们领导的事。"王副主任的话还未说完,宋艳就免费送给他一个意味深长的微笑。

宋艳噔噔噔的脚步声早已远去,王副主任依然弓着腰、满脸堆笑地目送着,好像刚挨了一顿揍。

自从吴守之回绝王副主任的美意后,扫地抹窗、打开水、泡茶、接打电话之类的后勤工作,就光荣地落在了吴守之身上。写材料对办公室的工作人员而言算是小美差,可以紧随领导下基层、访贫问苦,到广阔的天地走走看看,偶尔还可打着领导旗号、或者干脆以领导身份,到乡镇部门企业调研检查。以往,宋艳经常以大姐的身份为他抱不平。而现在,吴守之总能从她温柔的目光和语气里感到异样的东西。

一天晚上,吴守之烦躁地把《百年孤独》摔在床上,到机关大院的林荫小道上散步,好像在寻找言情小说里的偶遇。

秋风把绿叶吹得失去水分后,又把它们摘下树枝,毫无心肝地四处飘零。秋风不是在修剪枯枝黄叶,而是在采摘它眼里的花朵。它们的零落,不是因为秋风,而是因为悲伤。城里的果树极少挂果,偶尔看到几枚,也难逃早夭的命运。它们是移栽的,离开第一次扎根的地方,能活下来已经不容易。每当看到它们,吴守之就觉得它们也是城市里的漂泊者。可它们有时看起来却光鲜茂盛。这种病态的鲜艳好像回光返照的惊喜。它们喝的水都是从人的肠胃和像人的肠胃一样的东西里滤过的，呼吸的空气充满了烟气、粉尘、甲醛，享受的阳光被高楼大厦撕裂得斑斑点点。树根总是撞到毫无水分的钢筋水泥，枝丫刚刚萌出碧蓝的理想却被锋利的剪刀阻止……

刚到办公楼的拐角处，吴守之突然停下脚步，他闻到了一缕淡淡的百合香。"你好，吴老师。"薛婧从办公室出来，看到树影里的吴守之，大方地招呼道。

吴守之突然看到薛婧，一股热血直冲脑门，梦寐以求的偶遇终于出现。他连忙应道："你好！加班啊！"

"嗯。吴老师，你散步？"

"啊，我去买烟。"

吴守之真的要去买烟。隔着一棵桂花树的距离，他与薛婧并肩向大门口的方向走去。刚踏进楼顶灯散射的光影里，吴守之说："薛婧……"

"嗯！"薛婧停在吴守之面前，她以为吴守之要跟她说啥事。

秋风偷偷摸摸地在树枝间悠游。吴守之熬制了满腹的甜言蜜语，此时此刻却像被腻封了口，流不出来。他求助似的望着半圆的月亮和稀稀落落的星星。可残月却像卑鄙的逃兵，一溜烟钻进了乌云。

"你们好啊！"宋艳突然出现在林荫道上。

"吴老师，再见！"薛婧瞬间消失了。

吴守之怅然若失地回到寝室，骂自己太窝囊、胆小，又把刚才的恼怒转嫁到无辜的宋艳身上。他本来有机会跟薛婧多说几句话，甚至可以把心掏出来在月光里晒一晒，让薛婧明白他的心意，但宋艳却残忍地惊走了这难得的机遇。

秋天是收获的季节，吴守之却感到自己像冷硬的水泥甬道，一无所有，连那些纸屑、果皮、烟蒂也没能挽留住。

第二天上班，赵小明开玩笑问他要喜烟喜糖。吴守之很恼火，却隐隐感到快活。"当真相还在穿鞋时，谣言已经跑遍半个地球了。"吴守之厌恶谣言。谣言的身手虽然矫健，健康状况却令人堪忧。谣言充满毒性，说多了不仅伤害他人，而且毒害自己。这时候，他却觉得谣言也有可爱的时候。他喜欢这样的谣言。

接下来的几个月，吴守之几乎每天傍晚都在林荫道上散步，可再也没有碰到过薛婧。他渴望与薛婧在另一个地方见面，建立一种非同事关系。有天下班，他恰巧与薛婧一起走出办公大楼，可刚出大门，薛婧就不见了。当天晚上，他在梦里把办公楼夷为平地，一气之下摧毁了世界上所有的办公楼。

吴守之在单相思里苦苦挣扎，设计了千万种表白方式，都被自己一一否决。他那天马行空的想象力在这件事情上不仅没能帮上忙，反而增添了无数额外的烦恼。他觉得薛婧是一张白纸，洁净得让他不敢轻易靠近。自己只是一滴墨水，一旦滴在白纸上，就像他撰写的公文，白白糟蹋纸张。改变一张白纸命运的办法就是污染它，或者使它珍贵得像幅美妙的画挂在墙上，或者让它低贱地被揉成纸团扔进垃圾筐。他想直接向薛婧表白，却怕薛婧名花有主，又怕被当场拒绝。他想给薛婧的办公室打电话，既怕接电话的不是薛婧，又怕薛婧误会他矫情，两层楼的距离都不敢上。他准备买个BP传呼机，让无线电波为他传递爱的讯息，到商场一问，最便宜的也要他几个月的工资，大哥大手机更是问都不敢问。

他最后决定写情书，发誓把自己的命运和满腹才华寄托在一张薄纸片和陌生的邮递员身上。他知道这个时代写信没能与时俱进，却也想到了一些好处：可以想象鱼雁传书的浪漫，可以把不好说出口的情话装进信封，可以隐藏语无伦次的口拙，可以像匿名举报一样不担风险。即使不成，还可拿邮递员出气，责怪他为什么把情书弄丢了。

写好情书，吴守之没有邮寄，他信不过邮递员。他把情书封好，夹在上报的信息件里，瞅准薛婧一个人在办公室，神不知鬼不觉地把夹着情书的信息件放在薛婧面前，转身就走。在他第一次闻到百合花香的二楼拐角处，他差不多相信自己拥有扮演《007》主角的潜质。

4月8日早晨七点，吴守之起床后把自己刻意收拾一番，没吃早饭就赶到南湖公园。买票进园后，发现柳浪亭上无人，便箭步冲上去，像勇敢的战士，终于占领了制高点。

伫立在栏杆旁，吴守之掸了掸衣服，理了理衣领，抹了抹头发，察看敌情似的环视四周，像刚上任的广都市市长那样坚定地认为：那些亭台楼阁、民居、小卖部、碑塔、棚屋都必须被马上拆除，它们把通向他的路拦腰折断了。他讨厌那些枝枝丫丫的海棠撕碎了他的视线。他恨自己的手不够长，无法拂开依依杨柳。他不明白那个弓腰驼背的家伙为什么老是倒着走。他想命令那些挥舞的刀剑马上停下来。这是他的地盘，为什么还有刺耳的流行歌曲？

来来往往的行人，好像抗日神剧里的爱国群众，在为地下工作者当掩护。好不容易挨到九点，吴守之才看见薛婧。一袭白色的连衣裙，仿佛一株洁白的百合，沿着公园的海棠路娉婷而来。

一阵狂喜把吴守之吹得像断线的风筝，心甘情愿地坠落。

四周的行人、花草树木、小桥流水全都成了恍惚的影子。世界已经溃退，爱情正在向他靠近。可他立在亭子间，像被什么定住了似的动弹不得。他一忽儿认为应该立即迎上前去，一忽儿觉得应该马上离开。就在他犹豫不决时，一股淡淡的百合香直往他鼻孔里钻，薛婧已到柳浪亭的石阶上——他已无法撤退的地方。

那天的阳光特别灿烂，游人特别多，爱情也没能让人群回避。吴守之还没有来得及跟薛婧说上话，就被人流裹挟了。人潮短暂退却后，他才又看见薛婧。薛婧还在石阶上，仿佛石阶长出来的一株百合花。

薛婧望着他，微微一笑，仿佛一贴万灵膏药，结结实实地贴在吴守之的背心上，他几个月的相思病一下子痊愈了。

撇开人流，他们一前一后地向湖边走去。那些无法自控的垂柳，时不时地拂到他身上。波光潋滟的湖水好像要爬上岸，一波一浪地直往他们荡来。他们都没说话，害怕被别人偷听似的。

在一棵古柏树下，吴守之停下来，薛婧转过身子。他又看到了一双晶亮的眼眸，嗅到了馥郁的百合花香。他感到自己的气味与薛婧的气味正在畅快地交流融合。他终于确定那不是百合花发出的芳香，也不是百合花牌香水的味道，而是薛婧迷人的体味。

"薛婧，中午请你到老妈饭店吃饭好吗？"

吴守之准备的千言万语不可遏制地蹦了出来。许多年以后，吴守之都没弄明白，一开口说的居然是这句话。他根本就没准备过这句话。他准备好的话，直到离婚，大多没有说出来。

"好的。"薛婧看了一眼吴守之，又微微一笑。这一笑，好像溺水者抓住的一根稻草，吴守之沉浮的心终于被托出了水面。

吴守之得救了。

吴守之向薛婧伸出了那只勇敢的手。

薛婧出生在杭州，三岁时跟响应"三线建设"的父母来到广都。她父母在她五岁那年因公去世，葬在广都莲花公墓。薛婧成了孤儿，回到杭州由堂叔抚养。堂叔堂婶虽然百般疼爱她，可她始终感觉不到家的温暖，好像她父母把家也带走了。她学习刻苦，成绩优异。填报高考志愿时，她毫不犹豫地填报了籍籍无名的广都大学，成了广都大学计算机专业的首批学生。她只想离父母近点。大学四年，她去得最多的地方就是广都莲花公墓，她要把自己的喜怒哀乐随时向父母倾诉。大学毕业后，她被分派到广都市政府办，比吴守之早一年。薛婧平时跟吴守之几乎没有接触，除了那次吴守之误入信息科和那天晚上下班后的偶遇，了解的只是存在电脑里的吴守之的简历信息。她对吴守之的印象就两个字：干净。收到吴守之文采飞扬的情书时，她既激动又担心，不知道自己能不能承受吴守之山盟海誓的爱情。她表面温和，内心倔强，很有主见。她大学期间的追求者、工作后有人给她介绍的对象，她都断然拒绝了，她发现他们都有个共同特征：俗气。

吴守之与薛婧的恋爱，在表面上风平浪静的机关大院里引起了一阵暗潮。宋艳以往看见他，还主动瞅他一眼，而现在，一看见吴守之，脖子就更长了，仿佛有只无形的手在背后拽着她的脑袋。王副主任对他冷淡了许多，没有胡须的肉脸仿佛喝酒过量，泛着青光。吴守之可不在乎这些，抱得美人归的他，自然有好心情去面对那些凌厉的目光、变调的声音，照样乐呵呵地上班下班，忙前忙后地接电话、打开水、扫地、整理资料、看报纸……

吴守之与薛婧打算结婚，可没有婚房。他们住的都是集体宿舍。要等单位给他们分一套单独的房子，像他们这样的小科员，不知要等到猴年马月。他和薛婧到最新开发的芙蓉楼盘转了一圈，发现按他俩现在的收入，买套新房可能要等塑料袋在土壤里溶解之后。那时还没有按揭房，他们想成为房奴都不可能。

　　吴守之过去对房子并没有强烈感觉，有住的就行，就像他对金钱的态度。那时候，大家都差不多，同学也都一样，直到他准备结婚、需要用金钱满足他不断增加的欲望时，才发现人与人之间越来越不一样、同学之间的差距越来越大：衣着、谈吐、观念、地位、拥有的钱财……他警觉地发现社会变了，所有的人都变了。

　　一天下午，赵小明跟吴守之说，他要搬出去。吴守之一阵狂喜，直奔信息科，凑近薛婧耳朵："下班后，我们到老妈饭店吃饭哈。"他要把这天大的喜讯在一个特别的地方告诉薛婧。只要结了婚，单位不好再安排其他人住进来。吴守之下定决心，先斩后奏。

　　领到结婚证的当天晚上，吴守之从卤菜馆买了两盒凉菜，两个小蛋糕。薛婧在屋外的公共炉灶上炒了两个热菜，炸了一盘花生米，煮了一碗煎蛋汤。吴守之铺上桌布，点燃两支红色蜡烛。在摇曳的烛光中，两人算是举行了婚礼。他们觉得温馨雅致，却难掩冷清，连干脆的碰杯声也没碰出一些热闹。虽然没有一个人来目睹他们最幸福的时刻，也没有一个人来证明他们人生里最重大的一件事，可那时的他们，睡在两张钢丝床拼起来的婚床上，心里却暖乎乎的，对未来充满了无限憧憬。

第三章

杨富贵上班没多久，发现几十块钱的工资收入还不如他读大学时跑单帮的收入。勉强教了两年书，他决然"下海"：先到改革开放的窗口深圳打望了一年多，也没打望出什么名堂，就转身裹在十万人群里跑到海南"闯海"，渴望成为"弄潮儿"。他一天到晚汗流浃背地东奔西走，可只看到黄昏时的海面金光闪耀。海南楼市破裂之后，他津津乐道自己跑得快，吹嘘自己有预见。

当西装革履的杨富贵突然出现时，吴守之惊喜地叫出了声。

多年不见的老同学，突然相见，确实令人激动。时间是个神奇的东西，它不知不觉地抹去了吴守之对杨富贵充满个性的看法。

"从西越县来的？"

"早就离开那个鬼地方了。"

"你现在在哪里高就？"

"先不谈这些，肚子要紧。"

"你结婚了？"杨总突然立定，上下打量着吴守之，好像在琢磨如何下手掐死他。

"是啊，两年多了。你呢？"吴守之怎么也没弄明白，杨富贵是怎么看出他已经结婚的。

"我，还是一个人吃饱全家不饿。"

杨富贵天生一副被生活欺负了依然热爱的表情，直来直去，从不遮遮掩掩，特别在意自己身份的变化和界定。他喜欢广交朋友，三教九流来者不拒。他只有一个目标：钱。他的特点就是没有特点。

　　在晶爵宾馆的包间里坐定，杨总一手夹着香烟，一手拿着菜单仔细推敲。"夫妻肺片，红烧肥肠，豆腐脑花，茶树菇炒蹄筋，毛血旺。守之，你再点几个菜。"杨总大方地把菜谱推给吴守之。

　　吴守之听杨总点的菜名，不禁打了一个寒战，难怪杨总比读书时胖多了，油光水滑的头发，服服帖帖地蛰伏在他硕大的脑袋上，原来都是吃五脏六腑营养出来的！吴守之突然觉得：书本确实没啥营养。它们不能使人多长肉，而且味同嚼蜡。他也无法把书本剪裁成革履西装。要想油水足，还得吃些活蹦乱跳的生命，吃透社会这个大杂烩。

　　"来一碟花生米，一个青油菜吧！"

　　"你在吃素？老同学，没有肉欲，人活着还有啥意思。"

　　"你还是一个食肉动物。"

　　"这都得怪上帝的儿子耶稣，他干吗心甘情愿地用自己的血肉喂门徒，使后人成了血腥贪婪的食肉动物。"

　　"你是黄种人，华夏子孙，干吗怪罪耶稣？你跟那帮家伙差不多，喜欢跟上帝攀亲……"

　　"人类是同宗同祖的。现在已经全球化，地球都成了一个村子，还分什么彼此？"杨总望着吴守之，突然大笑起来。

　　"全球化有啥了不起？老子早就宇宙化了。庄子早就经常离开地球到处逍遥自在去了……"

"再了不起的人也得吃饭喝酒啊。喂，喝啥酒？"杨总盯着吴守之，好像他眼里藏着一个酒柜。

"还是老白干吧！"

"那是杂酒。"杨总好像不是在叫服务员，而是要把天上的月亮喊下来："服务员，来瓶金沙酒。"

吴守之被杨总的气势吓得缩短了好几公分，几乎与杨总的海拔相差无几了。杨总根本就没看出吴守之的窘迫，每点一道菜，吴守之的心就颤抖一下。点酒时，他恨不得自己已经醉得不省人事。他那点可怜的薪水就像他本人，一日三餐也没能使他长高长胖，反而随着物价上涨，越来越憔悴干瘦。

几杯金沙酒下肚，吴守之豁出去了：大不了几个月的薪水全军覆没。

"守之，我以为你早就高升了嘞……"

"高升啥？还在原地踏步……"吴守之所处的职场，级别是关键。没有级别，那就什么都不是，什么都没有。

"守之，我算把这个世界看明白了。我们在大学里活的是精神、青春、激情，在社会上活的是物质、关系、背景。人受尊敬的程度跟他的财富地位成正比……"杨总端起酒杯，一饮而尽，好像演讲中途需要金沙酒滋润喉咙，"我真不明白，你上不去，干吗待在那个死气沉沉的办公室里？还想当什么作家？写什么狗屁诗？"

"我就喜欢，怎么啦？我活得新鲜，饿得硬气。"

"顶个屁用。你看你，还穿着皮夹克，不觉得丢人现眼？人就那么几十年，要及时行乐，活不成人样，也要活成宠物狗那样。"杨富贵从来不想虐待自己身体的任何一个部位。他常说，父母给我的器官，我可不想让它们成为摆设。

"要活成一个人真不容易。你看那些人，一辈子都没活明白。"

"活明白了又怎么样？稀里糊涂也是一生。你想想，就你那点死工资，不吃不喝，积攒起来，别说养家糊口，能买一套房子吗……钱是人的胆，衣是人的脸。金钱诞生之后，注定了是永生的命，就像上帝。这个世道，没有钱，就是一无所有。现在可是全民皆商。我认为，世上只有两类人：有钱人和穷光蛋。只要有钱，人模狗样都受追捧。现在都第三次浪潮了，再不赶上去，肯定成了后现代。你天天看报学文件，你懂啥叫全球化？全球化就是全球市场化、全球商业化、全球信息化，核心只有一个，经济，也就是利益。人类社会，本质上是一个商业系统……守之，只要你下海，我绝对把手中的项目分些给你。"

吴守之瞪着血红的眼睛，惊讶地接受着杨总洗礼般的谆谆教导。他觉得杨总在欺侮他，教他人生道理。他真想像大学时那样给他来一巴掌。可他早已不胜酒力，连站起来的力气都没有了。

杨总招手叫服务员结账。

"我、我来付。"

吴守之的舌头被酒精浸泡得软弱无力，这三个字说得有形无声。

杨总一把按住他，从兜里抒出几张钞票丢给服务员："不找了。"

吴守之挣扎着要站起来，嗫嚅道："那怎么行，行。你是客。该我，我……请客……你，你……请客……"

恍惚中，吴守之感觉自己成了赵小明，结巴得正是时候。

杨总扶着吴守之走出宾馆，截住一辆出租车。

刚到市政府后门，吴守之好像突然清醒过来："到我家喝、喝茶。"

"今天太晚了。有个朋友在等我。改天登门拜访。"

两人挥手再见。

吴守之有气无力地站在街边的电杆旁，笼罩在出租车喷出的一股烟雾中。肠胃里一阵翻涌，一股酸臭味破口而出，他不由自主地对着杨总远去的方向，哇地泻了一地，好像对杨总的款待过意不去，把刚才吃进肚里的酒菜一粒不剩地全部还给了他，还白搭了不少胃酸胃液。

吴守之直起酸痛的腰，以为会看到呕吐惊起的一滩鸥鹭，却发现行人厌恶的眼光和绕道而去的身影。广都市经发局楼上有人把脑袋伸出窗外，以为吴守之在寻找电杆上性病广告的电话号码。吴守之用手背抹去嘴角上的残渣，谁也不欠谁似的定定神，摇摇晃晃地向家里走去。

第二天早上，吴守之刚进办公室，电话铃就刺耳地响起来，可他没去接。直到他觉得电话开始暴跳如雷，才赶忙把它抓起来。赵小明叫他马上到楼下，跟李副市长去金县调查处理一起安全事故。吴守之不知道，赵主任是安排不出人手来应付这突发事件才叫他去的。

自从赵小明上任办公室主任以来，吴守之好像跑轮上的仓鼠，整天忙忙慌慌地扫地、打开水、起草公文、做记录、接打电话，掌管着天下似的。他觉得大地不再生长庄稼、小草、花果、河流、湖泊，只疯狂地生长无数藤蔓一样纠缠不清的事情。每次撰写年终总结和来年计划，他就心虚意乱，虽然煞费苦心，仍然无法成文，他哀叹自己已经丢失了那支生花妙笔。

刚出机关大院，天空就阴沉下来，乌云密布，摆出一副要下雨的表情。一到平安镇，大雨倾泻而至。噼里啪啦的狂风暴雨击打着车顶车窗。收音机里正在播报某地遭遇百年不遇干旱的新闻。吴守之恼怒地想，雨水干吗不去灌溉饥渴的田野，反而疯狂地浇灌他们这拨人？他认为这雨不是从平安镇的天空下来的，而是他们从广都市区带来的。

平安镇是金县的山区镇，谁也无法给它一个让人满意的定义。说它是大镇吧，却是全县经济最滞后的；说它是小镇吧，却是全县幅员面积最大的；说它贫瘠吧，到处都是金山银山；说它富饶吧，却被列为首批省级贫困乡。多年来，为了减轻被忽视之痛，平安镇经常弄出一些响动，把外面的目光聚焦在此，像过节似的热闹一番。昨天晚上，惊天动地的爆炸声就及时引来了李副市长一行，还惊动了吴守之。

大学同学徐小兵比大学时老多了，营养过剩似的眼泡脸肿。他从平安中学调到平安镇政府不到两年，就被提拔为平安镇政府办主任，比仍是科员的吴守之高两个级别。可他不敢在吴守之面前显摆，他知道这些人从广都市区随便扯片云过来就能淋死他，他只能鞍前马后小心翼翼地忙着带路服务。这里的书记镇长也不敢随便放肆，他们知道这些人头上插着天线。广都市区与平安镇有一百多公里的距离，之间亘着金县，也就是说，他们只是乡镇干部，而吴守之却是市上来的领导。

载着李副市长一行的汽车一路哀鸣，吭哧吭哧地颠来倒去，挣扎着发出三千年前的车毂声，把封闭在车里的空气弄得烦躁不安。刚到青山村口，雨却停了。因为路窄，汽车无法继续前进。李副市长只得跟大家一起下车步行。

灰暗的天空经过雨水的淋漓，有了晴朗的征兆。地面云雾缭绕。半空中的雨，像眼眶的泪水，欲坠未坠。脚下的土地已成一摊稀泥，温柔得要把他们陷进去。幸好徐小兵为他们准备了雨靴，否则，他们锃亮的皮鞋不得不葬身此地。

冷飕飕的山风刮过。吴守之打了个激灵。这里的气温比广都市区的气温低十度。几乎一个是火热的夏天，一个是寒冷的冬季。他穿的薄衬衫根本无法与这里的气候抗衡。徐小兵逮到一个吴守之与镇党委书记在一起的机会，亲热地跟吴守之开玩笑说，老同学，冷吧，这可是对你不深入基层不了解天气变化不来关心老同学的惩罚。他要通过这种方式告诉他的领导，他是吴守之的大学同学。

模模糊糊的犬吠之声，从四面八方隐隐传来。粗糙的土坯墙上涂满了巨大的标语口号，仿佛猩红色的伤口。

吴守之一行的大驾光临，惊动了所有村民，他们看热闹似的纷纷走出家门。一位老妇用浑浊的眼睛一动不动地盯着李副市长，一个瘦小的孩子紧挨着她，黢黑的双手抓住老妇衣角，乖顺中有些胆怯地瞪着晶亮的眼睛。吴守之发现，在这阴霾的天空下，只有这双眼睛有些亮色。他突然觉得，你尽可以蔑视那些显宦权贵，虽然他们从来不会因此而少吃少喝，但你必须尊重这些平民百姓，即使他们不会因此而感恩戴德。

突然，从半掩的房门里窜出一只土黄狗，汪汪汪地冲他们咆哮，村干部们几乎异口同声地叱骂起来，但威严的叱骂并没有吓退土黄狗。土黄狗根本没把这群人放在狗眼里，继续无所畏惧地跳跃狂吼，把吴守之一行挡在泥坑里，进也不是退也不是。这只土黄狗可不得了，在青山村可谓赫赫有名，它跟随主人常年转战山林野地，战功彪炳——用它野性未泯的力量奋不顾身地追捕过五十头野猪、三十只獐子、无数野兔，吓得二十三个小偷屁滚尿流……

吴守之平时在这群人里，从来不敢随便发声，使他觉得自己还不如这只土黄狗。突然，他感到血液里还残留着自由强悍的野性，他绝不做一只被完全驯化的狗。胆怯猥琐的人不配活在世上。他要向土黄狗学习、表达敬意。他仔细观察，发现这只土黄狗有一双亮晶晶的眼睛，如果不龇牙咧嘴地狂吠，与那小孩不相上下。土黄狗虽然做出一副凶神恶煞的样子，吴守之并不认为它是恶狗。土黄狗不是想咬他们，也不是要吓唬他们，而是想为他们表演节目。这是它的地盘。难得有这么多光鲜的观众。

土黄狗在说话，只是声音大了点。这不能怪它，它没有话筒，估计给它它也不会用。吴守之从汪汪汪的狗声里听出了请示：我要为你们表演节目，参加你们的演出，即使作为一个配角、没有出场费，哪怕一个背影也行。虽然我不是表演系毕业的，但是，我的狗音纯正，从不打胡乱说……

吴守之忽然觉得，荧屏里那些演员之所以表演过度，原来都是因为这只土黄狗。想到自己现在不是在看电影电视剧，便可怜巴巴地望着越来越进入角色的土黄狗，几乎想呜呜哀求："对不起，我没有资格批准你的请示。"可出口的却是与村干部们差不多的吆喝声，他觉得此时不与他们站在一起同仇敌忾，就对不起作为一个人的尊严。

徐小兵第一次直起腰，向土黄狗发出愤怒的叱骂声。可吴守之始终没听明白，在大学里就喜欢冷嘲热讽的他是在骂狗，还是在骂人。土黄狗一点不理会大家唾沫星子横飞地叱骂，反而更加理直气壮地狂吠乱跳，大有不批准它的请示就誓不罢休的气势。

土黄狗终于成了众目睽睽的焦点，这场戏的主角，而吴守之他们都成了配角。吴守之禁不住乱想，自己要么退场，要么心甘情愿地扮演自己的角色。任何人只要没有别的能耐，就只会演戏，戏演多了，连当观众的能力也丧失了。萨德说过："这些人在这儿不过是演闹剧，有时是演员，有时是观众，我们要不评判演出，就得参加演出。"

在众人的吆喝声里，土黄狗终于愤怒了，坚定地认为李副市长们一点不给自己面子。吴守之突然喜欢上了这只土黄狗，它爱面子，它知道面子的重要性。他相信未来时代，所有的人都得靠面子吃饭、混社会。每张面子都会被定价，就像信用卡。所有的人出门啥都不用带，刷一下面子，就知道这张面子值多少钱。

土黄狗只知道现在，想不到遥远的未来。它咆哮着唤来一些五颜六色的白狗、黑狗、花狗，和一群鸡、鸭、鹅，还有一只尾随而来的细眉斜眼的花猫。它们心灵相通似的蹦来跳去，下定决心要在这片广阔的大地上精诚合作，不管吴守之答不答应，都要为李副市长表演一场自编自导的免费大戏。

李副市长的脸色终于与天空的脸色水乳交融了。

一位勇敢的村干部满脸怒色地转向老妇："把你的狗，喊回去！"

老妇"切"了一声，土黄狗立即停止狂吠，呜呜咽咽地退缩着，摇晃着的尾巴像风中柳枝，仿佛要翘上天，又像要缩回去紧紧夹住。在吴守之们的再次前行中，土黄狗把老妇当作保护神，躲在她身后，向吴守之他们呜呜咽咽地发表着模糊的观点看法。

在村干部半引领半保护下，李副市长一行终于莅临事故现场。

陡峭的山崖下，是一处相对平坦的开阔地，青山村的村民大多聚居在此。一片裸露在青山绿水中的废墟特别扎眼，仿佛大地被撕裂出的一块红肿伤口。令吴守之惊讶的是，除了山风，这里异常安静，并非他想象的瓦砾纵横，断垣残壁，尸横遍地，鬼哭狼嚎。

爆炸声已经消失在无垠的太空里。几声爆炸，根本伤不了这么广阔的天地。他不禁想到没有汽车火车的时代，没有电视网络的时代，没有人类语言的时代。任何一个时代的时髦词汇都无法装饰这片大地，任何嘹亮的口号都难以颤动每个心灵。缺失，是任何时代都无法涂抹掉的特征。而不少人却喜欢用色彩、语言之类的东西去掩饰、装潢……

据当地干部介绍，昨晚那场爆炸发生在凌晨二点，随后发生了二次爆炸，现场腾起一片"蘑菇云"，附近民房窗户被震破，几十公里外的居民被震醒。据省地震局监测，今天凌晨二时十五分，广都市发生了六点五级地震，震中位于广都市平安镇。据先期前来调查的同志讲，这是一家地下鞭炮厂，三无企业。据附近村民说，该厂老板昨天在外联系业务，爆炸当夜就赶了回来，他的父母妻儿却失踪了。

在茂密的竹林里，村干部从村民家里搬来一张饭桌，几条凳子，搭建了一个简陋的露天会议室，或者叫审讯室。

鞭炮厂的负责人、人称周老五的周老板，感激涕零地站在一棵烧焦了的香樟树下。他是一位中年男子，黧黑的皮肤没能掩盖住他的憔悴和满脸的蜡黄。他那副听天由命的样子，可鄙的恭顺态度，清白无辜的语调，使吴守之感受到了愧疚和羞辱。

李副市长带领一拨人煞有介事地去周围视察情况。

吴守之在李副市长的授意下，开始粉墨登场，俨然一个大人物，东指一下，西拨拉一下，还把村社干部呼来喝去，好像他并不想调查事情真相，搜集处理证据，而是为了满足安排工作，提要求，做指示，发布命令这些夙愿。围观的人群用木讷的神情观赏着神气活现的吴守之们。他们出色的工作差点把天边的乌云吸引过来，而傻瓜蛋似的鸟儿们不会欣赏节目，纷纷躲开不见了。

吴守之带领公安、消防、安全、纪检部门的同志开始主持询问，徐小兵做记录。他们居然没能降伏住这位胆敢私造鞭炮、看上去还算老实本分的周老板。他对其他问题都如实做了回答，却矢口否认其父母妻儿的失踪。好像他并没有听到惊天动地的爆炸声。吴守之在他游移的目光里，看到了惊恐，却没发现一丝悲哀。在警察询问他的家人时，他说儿子上学去了（老师说，他的儿子根本没到校），父母妻子出远门了（确实不知走了多远，也许永远回不来了），或者顾左右而言他，仿佛这一切都与他无关。

据说，周老板一回到被夷为废墟的家，没有事先寻找亲人，而是慌慌张张地找来左邻右舍帮忙清理现场，抹去血迹，焚烧破衣碎片，掩埋残肢断腿。难怪吴守之他们到来时，并没有目睹狼藉惨境。吴守之心里也清楚，他跟周老板的想法差不多，就是如何通过艰苦努力，把现场清理得不留下一丝痕迹，使爆炸像漆黑的夜一样再次平静下来。

一切都像不存在，却又真实地存在过。

吴守之正想对拒不配合的周老板发威，突然发现周围不知什么时候集聚起了黑压压的人群。他从来没有面对过这么多的人。他现在要对付的已经不是周老板一个人。他看了看两位公安民警、低头记录的徐小兵，不知道该怎么把问询继续下去。突然，人群骚动起来，惊慌失措地四处躲避，好像发生了地震。当听到李副市长熟悉而陌生的声音时，才发现那是人为的震动。李副市长左手抓住手提喇叭，在夹着公文包的一群下属和村民面前指手画脚地喊话。广都电视台、《广都日报》的随行记者，用摄像机、话筒对准李副市长，抢镜头、抢新闻、抢最美的瞬间。

这时的天空异常干净，蔚蓝的底色，洁白的云朵，还有一些隐隐约约的星辰，一点不像广都的天空，总是一副肮脏的面孔。与太阳、月亮相比，吴守之更爱星辰，它们安静而执着，温柔而谦逊，没有任何犹疑和不安。

回到广都后，吴守之很长一段时间吃不好睡不踏实。那声巨响总是固执地在夜里响起，那想象中的满目疮痍总是闪现在他的脑海里。他觉得那次爆炸并非发生在平安镇，而是在他心里。最震撼人心的不在于有声有色，而在于声色掩盖的平静，就像一颗炸弹在爆炸之前的沉默。

一天深夜，吴守之又被一阵奇怪的声音惊醒。一辆奔驰汽车戛然而止，尖锐的刹车声、轮胎与地面摩擦的声音，仿佛警报。此后，他经常听到周围响起比雷声响亮可怕的怪异声响。这些怪异之声有时会变成警车、救护车、消防车、防空警报、地震演习的警笛声。它们四处游荡，破窗撞门地涌进各个房间，使这座城市充满了惊恐不安。

在清脆的鸟鸣声中，吴守之睁开惺忪睡眼。薛婧正在厨房里准备早餐。棒子骨熬制的粥香一股劲儿地飘进吴守之的鼻孔里。晨曦从玻璃窗口斜射进来，为卧室蒙上了玄幻般的色块。晨曦是上帝之光，无论贵贱，都公平公正地把温暖和希望投向所有迎候它的大地万物。

吴守之的无数个平淡日子，就是从这道梦幻之光重复开始的。他以为攀着这道光，就能再次抵达色彩缤纷的梦境。他喜欢赖在床上。只要离开床，所有的梦就会四分五裂，像破碎的镜子，映照出他的窘迫。薛婧说他像个孩子，赖在床上不想长大。

对自己的爱情婚姻，确切地说，是回到这个蜗居，吴守之也算幸福的男人。他对自己的人生做过规划：自由自在地做自己喜欢的事——写作——红袖添香、夫唱妇随、相亲相爱。他梦想的生活状态差不多已在这个蜗居实现。可一旦跨出房门，他的心就会莫名地疼痛。眼看同事不断晋升，不断搬离这溜平房住进宽敞的高楼大厦，他就觉得自己面前矗立着一台庞大的挖掘机，时刻准备着将这溜平房轰隆隆地夷为平地，把他仅存的一点幸福埋葬在高楼底下……

"守之，吃饭了!"

听到薛婧叫他，吴守之如梦方醒。他一边应着一边翻身从床上坐起来。床边的一条木凳上照例叠放着整齐的干净衣服。跟往常一样，他刚洗漱完，薛婧已摆好早餐，正在给他剥鸡蛋。她温柔地说着什么。吴守之"嗯嗯嗯"应着。看着薛婧晨曦一样明净的笑容，听着她小鸟般甜脆的声音，吴守之心中的幸福与痛苦就开始无休无止地争执。

两年多来，每一顿可口的早餐，吴守之都能嚼出自己的无能，嚼出深深的苦涩。他竟然没有能力去爱他的女人！爱情已从梦里蹦出来，变成实实在在的东西。爱情也要吃饭穿衣，也喜欢玩耍。爱一个人也需要能力和本钱。薛婧给了他梦寐以求的爱情，他给薛婧的却是这间狭小窒息的蜗居，无休无止的操劳，捉襟见肘的生活困窘。他为薛婧做的，只有偶尔带她出城去欣赏免费的油菜花，享受那些不需要掏钱购买的蓝天、清风、阳光。他不能再心安理得地享受薛婧对他无微不至的爱。他不想眼睁睁地看着薛婧为他牺牲。

杨富贵离开广都后，吴守之每天回到家里，第一件事就是走进他擅自改造的浴室，让喷洒的水流反复冲洗身体。他觉得自己必须彻底清除满身污渍，方可奔入爱的怀抱。他怀疑自己患了洁癖症。

薛婧有次回杭州看望养父母，吴守之回家后没洗澡就上床睡觉，可怎么也睡不踏实。他翻身爬起来，在洗澡间里把自己从头到脚洗了一个多小时。在镜子里，他发现自己居然有了眼袋，眼皮向下耷拉，皮肉向下松弛，感觉地球重力越来越强大，曾经的飞天梦想荡然无存。他穿上衣服，独自爬上广都大厦楼顶，妄想远离地球重力。可在楼顶上，他感到地球重力依然没有丝毫减弱。

下班前，吴守之接到电话通知，要他马上去市委组织部，组织部干部处高处长找他有事。高处长说，根据文件规定，特殊情况除外，夫妻俩原则上不能同在一个部门工作。他与薛婧不属于特殊情况，他们中必须有一个人调离政府办。

吴守之与薛婧商量，打算离开办公室，换个环境，但薛婧主张他留下来。薛婧第二天就从信息科调到广都市档案馆，准确地说，是从打字室调到档案馆。吴守之与薛婧恋爱的第三天，王副主任找薛婧谈话，说现在的电脑系统更新快，打印室的几个临聘人员不懂电脑新技术，经常打错别字，经办公会研究，安排薛婧去指导他们。王副主任笑嘻嘻地表扬薛婧是电脑专家。薛婧被安排去指导打字员学电脑后，就一直待在打印室，跟其他打字员差不多，一天到晚打印文件。在他人看来，薛婧就是一个打字员。薛婧没觉得有啥不满的，吴守之心里却窝着一团火。

从组织部出来，吴守之冲进小晓杂货铺，买了一瓶金沙酒，又狠心买了一包花生米。他左手提酒瓶，右手拿花生米，昂首挺胸地向家里走去，酷似电影里的敢死队员，要去炸敌人的碉堡。

薛婧问他吃饭没。吴守之"哼"了一声，把金沙酒蹾在茶几上，径直去了卧室，砰地关上门，从枕边拿起《局外人》。每天看书，是他多年来的习惯。可现在拿起书，却像拿着冷硬黏腻的砖头。他越来越讨厌那些擅自从书本里钻出来向他指指点点的古圣先贤。每当他说话做事，他们就会一窝蜂前来谆谆教导，子曰诗云地要帮助他。很多事情，他总觉得不是在为自己做，而是在为他们做。

吴守之走出卧室，拿过遥控板，"啪"地关了电视机，关掉了电视机里的莺歌燕舞。

"你要干吗？"薛婧错愕地盯着吴守之。

"烦。"吴守之好像多说一个字，就会放出窝藏在心里的秘密。

薛婧打开电视，吴守之立即关上。他们一人开，一人关，好像在玩双魔游戏。当薛婧再次打开电视机，屏幕上全是闪闪烁烁的麻点。这台已至高龄的电视机，早已不胜风吹草动。

"电视机坏了。"薛婧说。

"坏了更好。换一个新的不就得了。"

"守之，你怎么了?"薛婧伸手想给他宁静。

"烦。"吴守之一甩手，挡开薛婧，电视遥控板砰地摔在地上。

薛婧没想到吴守之会对她动手动脚，感到胸口一阵疼痛。

坐在矮小的茶几旁，吴守之佝偻着腰，就一碟花生米自斟自饮，仿佛惹他生气的是那瓶酒和花生米，非把它们嚼碎了咽进胃里变成恶心的粪便方可解恨。他这种神情，薛婧从来没有见过。她小声道："你少喝点酒吧，这对身体不好。"

"在家里喝酒都不行?"吴守之有了酒精的帮助，声音比平时高亢得多。他从来没有这样大声跟薛婧说过话。薛婧觉得他买回来的不是一瓶酒，而是一个魔鬼。他不是在喝酒，而是在与一个妖怪促膝谈心。薛婧知道自己好言相劝不会有啥效果，便转身进了内室，自己看书去了。

吴守之端起酒杯，一仰脖子，一些亮晶晶的酒水顺着嘴角，流淌在衣衫上。酒渍瞬间鲜亮了他那陈旧的夹克，仿佛昙花一现的风景。他的脸，完全隐没在了从外面擅自闯进来的蒙蒙夜色里。

吴守之觉得心里有个恶魔，必须用酒把它灌醉。他一边喝酒，一边唠唠叨叨，自言自语。读大学时，他渴望工作。工作是独立的标志，不仅是为了生存，更是为了实现理想。有工作就有办公室，向往工作就是向往办公室。刚参加工作时，他把办公室当成大展宏图的天地，认为工作和办公室浑然一体，工作和生活、工作和理想没有明显的分界线。慢慢地，工作和理想渐行渐远，对工作和办公室的热情逐年降温，坐在办公室里，他感觉像关了禁闭，无聊、煎熬、虚度残生。

在机关大院里，所有的人事都跟这幢大楼差不多，每一层都是一样的格局。如果说有变化，无非是楼层高低不同、部门不同、里面办公人员的职务级别不同而已。每个办公室就是一个格子。在格子里，不能像在大学时那样我行我素、个性张扬，摆在他面前的，只有两个选择：要么老老实实地待在里面，要么永远离开。

工作成了他的负担，在榨取他的生命，消耗他的人生。他的理想不在办公室，工作实现不了他的梦想。他想停下来、离开，甚至穿越，可他不是科幻人物。他要生活，生活不是想象。大学毕业时，他觉得自己已经做好充分准备，能够勇敢无畏地直面社会，接受命运的挑战，哪怕是天堂地狱的落差，自己也能把它们像蹦极一样当作人生体验。他还坚定地认为，任何抱怨、退缩、回避都是人生的陷阱。可多年过去了，他的生活依然平淡无奇，跌宕起伏都跳不出他的胸膛。快奔三十了，什么都没立起来。

吴守之的酒量小，平时不爱喝酒，偶尔喝酒，多半为了应酬。今天他却喝得比哪次都多。他知道现在遍地皆商，人人都是生意人，他也想过像杨富贵那样下海捞钱，可他觉得自己的经济状况虽然像时下女人的裙子——越来越短促，但还没有赤身露体，不至于逼上梁山。可想到某某下海淘金淘得盆满钵满，某某如何阔绰发达风光无限，某某连升几级趾高气扬……他就感到脑骨要戳出来似的疼。自己不比他们懒惰，不比他们蠢笨，可金钱、权力、房子、职位……为什么总是瞧不起他、不怜悯他？他跟薛婧结婚三年多，连孩子也不敢要，住的仍然是这间颇具文物价值的三十多平方米的小青瓦平房。他们养活自己都磕磕绊绊，哪敢养孩子？偶尔听到郎才女貌的赞誉，他就有呵斥的冲动：别他妈的念错别字，那个“才”应该是“财”……

斜躺在床上看书的薛婧，听到哐啷声，丢开书跑出来。看到瘫倒在地的吴守之，她的心痉挛起来。她用力去扶吴守之。吴守之刚被扶起来便双腿一软，不由自主地压向薛婧。娇柔的薛婧哪堪吴守之墙壁似的躯体，她紧紧搂着吴守之，就像搂着一块实木大板，重重地摔倒在地。吴守之活像一个酒罐，经这么一摇晃，稀里哗啦地把糜烂在肚子里的花生米和酒精泻了一地，怪怪的酸臭味立即飘满了屋子。薛婧忍着疼痛，不顾满身污渍，挣扎着把沉重的吴守之连拖带拽地弄到了床上。

第四章

连续几天的阴霾密布，天空突然飘起了雪花。吴守之以为跟往年一样，稀稀拉拉的雪花仅在提醒人们寒冬已至。可一夜之间，零星雪花变成了天女散花般的大雪。路面、屋顶、树上结满了厚厚的白雪。

望着窗外，他觉得雪花不是在飞舞而是在凋零。天空是雪花的生命舞台，大地是雪花的葬身地。雪花的生命短暂，一落地就化为乌有，连一丝证据都寻不到。人一经过，只会看到满地污渍。他要为被践踏的雪花鸣冤叫屈。他觉得这场不期而至的大雪是一种凶兆，无法预知结果的可怕灾难。

"好美的雪花……"宋艳想使寒冷的冬天有一句话的温暖，但钻进吴守之的耳朵里，却变成了比冰雪还凛冽的调侃。

他苦笑一下，算是回答了宋艳的问候。穿着大红羽绒服的宋艳丰满得有些臃肿，长长的脖子因此打了百分之九十的折扣。面对花枝招展的宋艳，吴守之突发奇想：如果当初与她结婚，那么主任的帽子就会扣到他头上。赵小明对他的指手画脚，也会颠倒过来。杨总的春风得意，说不定会在他面前黯然失色！

办公室成了吴守之的囚笼，每踏进去一次，就像往泥潭里深陷一步。他想逃跑，逃出这个世界。可他的步伐太小，双脚灌了铅一样沉重。办公室是一个逼仄的方寸之地，他的内心却异常旷大。外面的风总是在窗前吹拂，他的心只能像围墙边的天竺葵，随风摇曳。他觉得自己是栽在办公室里的树苗，水泥地和故纸堆无法为他提供养料，也很难让他茁壮生长。他的肉体像这间狭窄的办公室，容不下他灵魂的激荡。再不离开，理想抱负就会像他的锦绣文章一样胎死腹中。他不断告诉自己，绝不能提前把自己埋葬在狭小的办公室。走出去，兴许能找到肥沃的土壤。但是，办公室又像一叶扁舟，躲在里面有一种安全感，在办公室里寂寞挣扎总比在大海里漂泊沉浮少费心力。办公室与外面仅仅隔着一扇随手就能打开的门，但他仍在门口犹疑彷徨。他向往门外的热闹，又渴望门内的恬静。他跟自己说必须马上走出去时，总有一个叫他留下来的声音同时响起。他的生活至今没有自主选择过，大事小事基本上处于被选择的境地。自从他离开家乡独自闯荡世界后，他就有了紧张感、不安全感。他一无所有的时候，在他拥有了很多的时候，紧张感、不安全感不仅没有离开他，反而越来越强烈。拥有再多，也不敢说坚不可摧。门内门外都不是安全的港湾。

吴守之在办公室里磨蹭到同事们都已下班回家，仍然不知道自己要干什么。他拿起电话，也不知道打给谁。他认真地梳理一番后沮丧地发现：偌大的广都，居然没有能交心的同类。

他突然想起了杨富贵。

再见到杨总，吴守之惊讶莫名。不到一年，杨总的洋洋得意像被法院贴了封条，不敢随便启封了。

吴守之主动请杨总光临，是那天醉酒的成果之一。

杨总有气无力地问，找他何事。

"我想通了，与其闷在这里，不如下海一搏。"吴守之虽然没准备好游泳裤、游泳镜、游泳圈，却已决定下海。与其在千篇一律的办公室里等死，还不如在自由广阔的大海里被淹死。

　　吴守之"下海"的导火索是突然去世的父亲。他的父亲精瘦、沉默寡言，一生辛苦操劳，从来不说一句怨言。父亲生活了七十五年，任何疾病都不敢招惹他。父亲一辈子只生过一次病，临死前的肝癌。父亲患病后坚决不去医院，只叫老婆给他熬草药喝，还不准她告诉儿子。母亲看到他痛苦不堪的样子，就悄悄带信给吴守之。吴守之回家后硬把父亲送到医院。医生检查结果是肝癌晚期。医生说，保守治疗就几个月，换肝顺利的话，可以多活几年。吴守之问换肝要多少钱? 医生说要六十万。六十万对吴守之来说是一笔他想都不敢想的巨款。第一次面对生死，吴守之开始相信"有钱能使鬼推磨""钱是人的命根子"，相信金钱能够治病救命，能够买房买车买官，还可买命。时间是生命的衡量指标。长短是时间，长短也是生命。他没钱为父亲续命，哪怕几个月、几年的命。父亲在医院里住了三天就去世了。父亲去世的前一天晚上，吴守之梦见父亲对他说:"别管我，让我去死吧!"

　　"没下过海的人，没资格谈论人生。但是，下海可不是你诗人的想象。下海之后只能做海洋生物。要上岸就太难了。大海就像人，风云诡谲，变幻莫测，只有鲸鱼之类的大家伙才敢露头……下海的，大多淹死了。我见过几位下海官员，在位时以为自己不得了，下海后才知道自己几斤几两。真的，那帮家伙还不如摆地摊的。小贩赚小钱，却能养活自己和家人。下海，关系当然重要，可关系一旦断了，就破产了。不瞒你说，我就破产了。我满脑子都是钱，可口袋里一个子儿都没有……"

"开玩笑吧?"吴守之大为惊诧。

"世界是不确定的,未来是概率分布的。下海创业,你以为简单容易?办公室虽小,但非常确定。越大的地方,越具有不确定性。你以为大海里只有帆船、游艇,还有鲨鱼、惊涛骇浪……"

"可你……"

"有时候我也感到绝望,大海太大了,就是把双手双脚变成桨,也划不出茫茫大海。恺撒在海上遭遇暴风骤雨时,豪情万丈地对他的舵手说,你运载的是恺撒和他的远大前程。可我不是恺撒……"杨总摇摇头叹息道。话音刚落,失败的伤痛把他的神经刺激得亢奋起来,"不管怎么样,饭还是要吃的。我们喝酒去!"

杨富贵再次荣获了吴守之对他的敬佩。像他这样的人,即使不小心掉到陌生的星球上,也能活蹦乱跳地活下去。

杨总拽着吴守之来到农民街的苍蝇馆子——绍富饭店。

几杯酒就撺出了杨总慷慨激昂的话:"我可不在乎输赢成败,那只是故事结局的标签。人与人之间的差别在于有没有故事。有的人无论经历什么都成不了故事,有的人,一句话、一个动作、一个选择却成了故事。我平时关注故事的结局,更看重故事本身。没人看书只看最后一页,看电影只看最后几个镜头。有个作家说过,永远不要让结局遮住了故事的光芒。这个世界,从来不会发生无缘无故的故事。只要有人,就会有故事,无穷无尽的故事。故事就像种子,发生后就有了无限可能。我们无法阻止故事的发生,更无法控制故事的发展。故事一旦开始,就不会结束。其间会有停顿迷失,会被扭曲被遗忘,但永远不会消失。故事是病菌,或公开地发展,或隐秘地进行,或融入其他故事重新开始……当初下海，我感到周围都是温柔、自由、炫目的色彩，满以为海阔天空，任我遨游。可没游多久，就发现四周都是危险，喘不过气来，随时都可能沉溺消失，每个动作都想抓住点什么。那时候，我不再渴望有船有游艇，能看到一块漂浮的木板就安心了……下海，必须有依靠。阿基米德说过：只要给我一个支点，我就能撬动地球。人类社会就是一个寻找支点的社会。这个支点，我至今没有找到，而你，却一次又一次放弃了。"

"我？放弃了支点？"

"宋艳不是你的支点？欧阳不是你的支点？你所处的环境，支点还少吗？只要你弯腰点头，多磕头少说话，努力培养吃喝玩乐、溜须拍马的本事……你不跟领导莺歌燕舞，领导怎么会认识你，发现你，提拔重用你……"杨总紧盯着吴守之，害怕被人窃听似的说，"欧阳离婚了。她最近要到广都。"

吴守之端着酒杯的手抖了一下，好像心里的暗伤突然遭遇了碘酒。

看到收发室送来的一摞报纸，吴守之想退出办公室，可已经无处可退。去年7月1号，吴守之才知道自己患了报纸过敏症。他开始不知道为什么拿起报纸就鼻塞，翻动报纸就流鼻涕。他去看医生，医生诊断为油墨里的铅过敏。

广都市"两会"今天正式开幕。吴守之要做的工作早已做完，以为可以轻松几天，却接到市委通知，所有人必须严格遵守上班纪律，一律不准请假。市纪委派出督促组，专门检查不在状态的人。他只好无所事事地待在办公室，跟办公桌一起全勤享受无聊和郁闷。当他闭上眼睛打算不再睁开时，突然想打死一只苍蝇来改变心情。他四处张望，始终没找到一只苍蝇，好像苍蝇都躲到乡下去了。

窗口对面的丹桂花正处于黄转红的瞬间，微风吹过，惊恐地在枝叶间躲闪。吴守之觉得花香娇嫩得无法飘过来，可眺望它们也有一种望梅止渴的意义。他渴望丹桂抽花之后，给这阴暗的天空增添一些颜色。

骤然响起的电话铃声，把吴守之从丹桂身边残忍地扯开了。

"请问，您找谁？"

"我找吴守之。"

"您是哪位？"

"都听不出我的声音了？我在古城宾馆，你过来一下。"

放下电话，吴守之紧紧盯着那支签字笔。他觉得这支笔不应叫签字笔，因为他从来没用它签过自己的姓名。签字笔是领导的专利。吴守之一声叹息："跟随我吴守之，只能委屈你起草文稿了。"

吴守之展开稿笺，用签字笔龙飞凤舞地抄诗，边抄边吟："露重飞难过，风多响易沉。无人信高洁，谁为表予心？"

远远望去，吴守之像在呕心沥血地著书立说，又像在苦练书法。突然，他甩掉签字笔，立起身，一声不响地出了办公室。

在古城宾馆大门口，吴守之问自己来干什么，重温旧梦还是另有企图？他想掉头而去，却感到有一种无形的力量在怂恿他进去。

欧阳光洁的面容，既看不到桑田，也看不出沧海。她的表情毫无刚离婚者应有的悲伤，而像无所畏惧的旗帜。吴守之肯定这魅力不是高级化妆品能涂抹出来的，也不是一时激情的回光反照。那是什么呢？又是什么使欧阳在时光的摧残下依然鲜亮？

欧阳从茶几上拿起一盒香烟，让吴守之从中抽出一支，自己也抽出一支。她嚓的一声划燃一根精美的火柴，哧哧声中，她点上烟，用力吸了一口。吴守之从裤兜里摸出一次性打火机，点上烟。

吴守之瞥了一眼火柴，觉得它不应该做得如此精美，因为它的唯一使命是燃烧，唯一结果是毁灭。想到任何东西的最终命运都是灰烬，他突然觉得一切都无所谓了。

欧阳并不在乎吴守之心里想什么，又划燃一根火柴，却没点烟，而是盯着燃烧的火苗，仿佛故意跟吴守之的思想作对。

大学毕业后，欧阳选择到《经济日报》当记者，经人介绍认识了软件工程师王建。从家庭背景来说，他们可谓门当户对。三个月后，他们办了结婚证，大张旗鼓地举行了婚礼。婚后，他们才突然发现彼此性格差异太大，不可调和。她觉得王建缺乏生活情趣，成天鼓捣软件，还一心想出国读博。她要王建辞职做生意，王建不答应。他们勉强维持了三年多名存实亡的婚姻。离婚后，王建到美国读博，据说已带着儿子移民美国。欧阳没提到她与王建生有一个儿子，离婚时判给了男方的事。

欧阳说，结婚是寻找幸福，离婚是脱离苦海。在一起不幸福，何必强扭在一起？分开了，才有机会找到幸福。

吴守之侧过头，发现欧阳正紧紧地盯着他，仿佛在打量她研究多年的一幅现代派油画。他突然发现欧阳目光里掠过的一丝温柔，立即感到莫名的激动和欣喜折回了心胸。可一想到薛婧，他的激动和欣喜犹如白天的闪电，短暂而不明显。

欧阳想听吴守之的故事。

吴守之惜墨如金地说，毕业后，他就在市政府办公室工作至今，哪能发生什么像样的故事。其实，欧阳对他的情况了如指掌，她只是想让吴守之自己说出来。

吴守之以为要与欧阳共进晚餐，但欧阳说杨市长已有安排。他们是同学，又是曾经的"恋人"，一起吃顿饭，实属正常，不一起吃饭，也不能说是意外。离开时，吴守之却感到了些许失落。

回到家，吴守之倒头便睡，迷迷糊糊地始终没有睡着。薛婧进来睡觉时，他装着睡熟的样子。薛婧以为他工作累了，隔着一定距离地躺在床上。吴守之睡觉从来警觉，一点风吹草动都会惊醒他，与薛婧结婚之前，几乎没有一个晚上睡死过，即使喝多了酒、疲惫不堪。只有嗅着薛婧的体味他才能熟睡，一旦薛婧不在身旁，他又会失眠、胡思乱想。薛婧是他的安眠药。百合花香是他的镇静剂和兴奋剂。他以为今晚会像平时一样，薛婧能让他马上睡着，可薛婧已经睡熟，他仍然很清醒，这是他与薛婧结婚以来的第一次失眠。他没有辗转反侧，而是极力屏住呼吸，打算按照书上教的呼吸法驱逐失眠。他静静地呼吸吐纳。薛婧的体味消失了。百合花香消失了。他想伸手摸薛婧，想问薛婧这是怎么回事，却动弹不得，想喊却喊不出声，连一根手指头都动不了。他清楚薛婧就躺在身边，只要薛婧翻个身，轻轻触他一下，他就会立即醒来。可薛婧没有触他，好像已经不在床上。他觉得自己好像陷入"鬼压床"的梦魇里了。手指像气球一样无限膨胀。身体的每个部位在四分五裂地挣扎。唯有意识清醒。可意识已经离开自己的肉体。想到自己可能就这样无声无息地死去，永远不再醒来，汗水就从他的每个毛孔里倾泻而出，打湿了床单、被子、枕巾。他想，自己即使没有窒息死去，也会被不断流淌出来的汗水淹死。他渴望薛婧叫醒他，拯救他。薛婧为什么不像以往那样挨着他睡觉？如果他今晚死掉了，罪魁祸首就是薛婧。当他觉得自己只是在做梦时，就不再挣扎。梦是无法控制的。他相信黑夜会过去，天会亮起来。即使自己不能唤醒自己，也会被叽叽喳喳的晨鸟唤醒，被薛婧叫他起床吃早饭的声音唤醒……

"守之，欧阳记者到广都采访，这几天你就陪她哈。"赵小明笑容可掬地跟吴守之说。

吴守之多次陪过记者采访，可从未领受过赵小明的这种亲热。安排他陪欧阳记者采访，本来是杨市长钦点的，但由赵主任来宣布，就像是他赵主任的特别关照。欧阳是省报记者，她的背景却使她迥异于普通记者。在他的记忆里，还没有哪位记者如此惊动过市长。原来，市长杨昌明是被欧阳的父亲发现并提拔的干部。他亲自打电话给赵小明，明确指示叫吴守之陪欧阳采访。赵主任知道这背景，敢不态度陡变？吴守之却认为，背景是一种狐假虎威，虚张声势。许多背景只是背影，脆弱易变，就像舞台布景，戏演完了，布景就拆了。

如果说昨天与欧阳相见，吴守之还感到不安，那么今天与欧阳在一起，就觉得心安理得了。因为昨天是私事，今天是公事。公事往往是一种美妙的借口，既可蒙蔽他人，又可安慰自己。

刚到楼下，欧阳就在轿车里向吴守之招手。这辆奥迪轿车，他经常见到，但从未享用过，就像招贴画上巧笑倩兮的美女。坐在温暖的轿车里，吴守之心里突然打翻了五味瓶，赵主任对自己态度的转变，与昔日情人相处的激动，对薛婧的内疚，一股脑儿地涌上来。

"守之，你来开车吧?"欧阳问。

"我不会开车。"

"都啥年代了，不会开车?"

"学会了开车，没有车开有啥用?"

"我跟杨市长说，先给你弄辆车实习，怎么样?"欧阳偏过脑袋，笑嘻嘻地打量着吴守之。吴守之木头人似的没有反应。

"不要这样严肃嘛，我又不是你的顶头上司。"

"要是我的顶头上司才好呢!"吴守之突然咕哝道。

"那我是谁?"

"大记者吧。"

"还有呢?"

"同学吧。"

"还有呢?"

"公主。"

"还有呢?"不等吴守之开口，欧阳大笑起来。奥迪轿车差点在欧阳的笑声中拐个弯，飞起来。

"老同学，有什么需要我的，尽管说。在广都，我还能说几句管用的话。你干吗还是那副万事不求人的样子……"

"到时可别不认老同学。"吴守之挪了挪身子，好像他的屁股被陌生的座椅硌得不舒服。

"我相信，再强大的力量都无法改变历史事实……"欧阳把"历史事实"四个字说得老唱片似的富有磁性。

"过去，只可回忆。"

十字路口，红灯急红了眼似的大睁着。鲜艳的横幅标语，仿佛被太阳晒焉的藤蔓，皱巴巴地悬挂在空中。匆忙的路人好像在躲避什么，失去方向似的东张西望。

"城市里没有风景……"欧阳突然说道。

吴守之跟欧阳终于有了一个共识：城市里没有风景，至多是一些风光。拔地而起的高楼大厦，一根根锥子一样直刺天空。如果从空中俯瞰，城市像一块疤痕，绿色海洋里的可怕梦魇。那些柔和的田畴、挺拔的山峦、习习和风吹拂的红花绿叶，才能给人温暖亲切，让人感受到美。

这几年，广都市的规划几乎都以"世界"为定冠词，以"都"来定义命名，漫天满地张贴着世界时尚之都、世界文化名都、世界空港航都、中国十大古都、中国十大创新创业之都之类的标签。但在杨洋看来，广都市只是一个小镇，碎片化的街道房屋天井围墙拼凑起来的小镇。他跟吴守之直言不讳地说，广都人也就小镇人而已。

过了红绿灯，奥迪轿车径直向西而去，刚进鹃城县境，吴守之诧异地问："不是要采访吗？干吗到鹃城？"

"我早就采访完了。"欧阳心想，吴守之问这样的问题，确实需要好好调教一下："守之，你不喜欢游山玩水？"

驶入杨柳河路后，欧阳放慢车速。清凌凌的河水缓缓流淌，无声无息。吴守之觉得，如果溯流而上，一定能发现蜀人先祖的身影。他把车窗摇下一条缝，试图谛听鹃鸣，可欧阳突然点开车载CD，悲怆的旋律立即从四面八方响起来。

"你喜欢《Casablanca》《There you'll be》吗？"

"看过电影。"

"爱情与战争，最有魅力。"

"停一下，我想打个电话。"在歌曲的余音里，吴守之突然说。

"向老婆请假？"欧阳踩了一下刹车。

吴守之自嘲地笑了笑："打个招呼。"

"听说你老婆很漂亮，啥时介绍一下？我现在送你回去，等她批准了再走，也好让我一睹芳颜。"

吴守之瞟了一眼欧阳，犹犹豫豫地说："还是算了。走吧！"

吴守之虽然没给薛婧打电话，薛婧却得到了赵主任的口头通知："吴守之出差了，一周后才回来。"

"老同学，不回去说明白，今后怪罪于我，我可担当不起。我有大哥大。喏，拿去打吧。"欧阳拿出大哥大，吴守之却没接。他只看过这玩意儿，还不知道怎么使用。去年买了个BP机，几乎使他倾家荡产。

出了广都市区，吴守之突然觉得自己患了失忆症，过去的一切都被忘在了广都。他发现自己青春依然。更令他吃惊的是，一直以为欧阳是个冷美女，想不到欧阳还有温顺活泼的一面，有时像个调皮的小姑娘。

欧阳和吴守之名曰采访，实则旅游观光。每到一个地方，都有当地官员、公司老总的热情接待。刚开始，吴守之还不适应，像第一次上场的演员。走了几个地方后，他就应付自如了。

欧阳撰写的连续报道，频频出现在《广都日报》上，有篇报道同时署了欧阳和吴守之的名字。他们因此成了广都某圈内人士私底下谈论的对象。那些人对他们的猜测和议论，给部分广都人的生活添加了不少鲜艳的佐料。一对孤男寡女在随时随地都可能碰到熟人的地方四处晃荡，难免不勾起人们的遐想。庸常之人的想象力在这类事情上都能超水平发挥。薛婧虽然偶有所闻，但她觉得，他们之间无非是一种纯粹的工作关系，一旦欧阳采访完毕，谣言和舆论自会风平浪静。

每当想起在朝阳湖泛舟的情景，吴守之就开始失眠，他觉得自己是丫头抱酒坛——醉也没有，睡也没有。他与欧阳正谈得兴起，欧阳突然冒出一句："要是我们在一起，世界就是我们的！"不等吴守之有所表示，欧阳扯上了其他话题，就像某些小说里必须安排的情节。这情节虽不惊险，却惊出了吴守之的一身冷汗。也因此，这句轻描淡写的话变成了一根鱼刺，卡在他的扁桃体上，让他至今感到隐隐作痛。

对周围的环境人事，吴守之不是木讷，也不是不清楚，只是他不愿想得太明白，更不想把知道的付诸行动。杨富贵经常免费点拨他：你那地方没啥不得了，只要有个特点让人记住，就能无往而不胜。比如美颜，嘴巴甜，舍得钱财，舍得一身剐，有敢往死里喝的胆量，肺活量大，喊叫声比别人高……可他一样都不突出。面对来来往往的同事，他越来越觉得自己平常、平庸。

欧阳出现后，那些都不重要了。只要跟欧阳在一起，金钱权力不再是雾里看花。但是，他这样就不得不面对鱼与熊掌不可兼得的窘境。与欧阳一起，就得与薛婧离婚。像欧阳这般强势的女人，绝不会心甘情愿只要爱情而不要名分。他心中不仅有对薛婧的爱，更有对她的愧疚，这是结婚以来就一直牵绊在他心头的痛。他曾经以为爱情会鲜艳生活，可爱情进驻他们的陋室后，还不及十五瓦的灯泡明亮。在昏暗的蜗居里，他的梦铺满了灰尘似的黯淡。

吴守之爱薛婧，心里却缠绕着对放弃欧阳的不舍。一个用娇弱纤柔的手牵着他，一个用坚强有力的胳臂挽住他。他不知是拥着那份娇柔走向温馨宁静，还是攀着有力的胳臂走向海阔天空。

在草席街口，吴守之突然说："我在这里下车。"欧阳莫名其妙地问："不送你回去？"吴守之说："我有事。"欧阳把车停在路边。吴守之拉开车门，说了声"谢谢"，就被广都夜色吞没了。其实，吴守之啥事都没有，他只想走路回家，家是在外无法落脚时想起的地方。

广都的夏天特别漫长，整个晚上，微弱的天光都在犹豫不决，是否把黑暗像被子似的盖住这座城市。草席街上的几盏路灯昏昏欲睡。没有运走的生活垃圾散发出一阵阵恶臭。夜风里充满了残羹冷炙的味道。月色被尖屋顶、支架、电杆、水塔、电线、电视锅盖、晾衣绳肢解得支离破碎。街沿上，三三两两的居民围坐在一起，袒胸露臂地谈论着今年的苍蝇蚊子。

这条老街居住的大多是原住民。街中间有个古老的双眼井，水位逐年下降。大热天里，有些老人还像从前一样，从井里提水喝。他们觉得古井水比超市里的矿泉水还香甜。古井旁边的一株百年黄葛树，巨伞似的为这条老街营造了一方清凉的天地。街坊邻居进进出出，都习惯性地绕过它。左邻右舍每天晚上都会不约而同地聚在这里，做完家庭作业的孩子缠着老人讲故事。前年，老王在自家墙上贴了白色瓷砖，使老街突然显得极不协调。老街周围是灿烂辉煌的新城区。这条老街被遗忘了。

吴守之像被什么追逐似的，匆匆穿过草席街，来到西大街上。

一溜汽车长虫似的趴在街边，有的还在气喘吁吁。一位花枝招展的姑娘从霓虹灯里款款而来，向一辆蜈蚣样的黑色轿车走去，黑色轿车突然张开嘴。吴守之举起手，差点叫出声：

"别进去。那是蜈蚣。"黑色轿车突然合上大口，一溜烟消失在了灿烂的夜色里。吴守之正要为自己没能阻止被车虫吞噬的姑娘而懊恼，却发现一辆黄顶绿边的出租车尖叫着停在他身边。出租车司机以为他招手打车。吴守之疾步而去，他可不想钻进虫腹里。

吴守之突然感到疲惫不堪，走了半个多小时，脚底触摸到了地面的余热和粗粝。在红庙子街上，他看到街边吆三喝四赤膊喝啤酒吃串串香的人群，突然感到饥肠辘辘。他现在面临两个选择，穿过红绿灯，直走十分钟回家；再走五分钟，到老妈饭店。可他两个选择都没做，而是选择突然停下来，摸出香烟，凑近旁边的梧桐树，打燃打火机，要点燃梧桐树似的点燃香烟。抽完半支烟后，他绕上了衣冠庙街，继续漫无目的地往前走。

想起陪欧阳采访的这几天，吴守之有种被欺骗的感觉。欧阳采访的都是美景美食。他以为可能发生的事，一件都没发生。他反复玩味欧阳说的"爱情与战争最有魅力"这句话，时而觉得这是欧阳的暗示、明目张胆地挑衅，时而认为自己想多了。他预感到战争即将打响，却只能等待或者被动接受。如果战争真的降临，他觉得应该保护薛婧。可他保护得了么？也许，那时的他是个冲锋陷阵、肆意杀戮的战士。在内心深处，他渴望一场真正的战争来改写他的人生，即使有罪恶也可以由战争来承担。可半年过去了，战争没有发生，欧阳也没有出现，连一个电话都没有。那辉煌的几天仿佛天边的彩虹，还没来得及享受就消失了。他又一次感到绝望和无奈。

在昏暗的办公楼的拐角处，吴守之突然发现一团白影，从浓密的树叶里飘出来，起起伏伏地向他家的方向飞去。他以为走错了地方，惊恐地望了望四周。不远处的那团黑影的确是他的家。他快步上前，刚进屋子，白影却不见了。

薛婧呆呆地坐在藤椅上，脸色煞白。

吴守之诧异地问："你怎么了？"

薛婧把一个信封递给他，他立即抽出其中的纸片。纸上没有署名落款，但他一眼看出这是欧阳的笔迹。

> 我跟吴守之是大学时的恋人，因一次误会而分手。现在，误会消除，我们已重新在一起。我相信，你从来没见过他看我的眼神，你也不知道他心里在想什么，更不知道他到底需要什么。当然，即使你清楚，你也满足不了他。他对你仅是感情，对我才是爱情。感情和爱情是两回事。真正的爱情只有一次，没有爱情的婚姻是可悲的……

"这是真的吗？"

看到薛婧泪汪汪的眼睛，吴守之几乎脱口而出："薛婧，这不是真的，薛婧，我爱的是你。"可这句话还没有出口就已胎死腹中。他低下头，不敢正视薛婧。

"这是真的吗？"薛婧又一次问道。

吴守之猛然惊醒过来，想把薛婧拥入怀中。可他突然发现站在眼前的人不是薛婧，而是一个颤巍巍的老太婆，头发雪白，满面皱纹，老态龙钟。薛婧变了，变成了耄耋老人。韶华已从她洁白的脸上流失，仿佛蒙了尘垢的旧相片，没有一点生气。她的声音沙哑低沉，完全不像过去的温暖清澈。他平时喜欢听薛婧说话的声音，那是春天里的鸟鸣，淌过鹅卵石的涓涓溪水。只要薛婧一会儿不说话，他就感到紧张。他常跟薛婧说，你不说话，整个世界就会鸦雀无声。自从住进这间陋室，吴守之常常担心有一天薛婧会在寒碜中老去，老得面目全非。他的担心终于出现了。这都是因为自己的无能。他一直在摧残心中最美的东西。他必须离开，他必须让薛婧永远美丽……

吴守之双手抱头，重重地跌落在破藤椅里。

信纸离开吴守之的手，在空中飞舞，跟着薛婧飞进了卧室。薛婧趴在床上啜泣，委屈像溃堤的洪水，冲刷着这个风雨飘摇的家。吴守之回家前，薛婧希望这封信是无中生有，指望他矢口否认。看到他犹疑的神态，薛婧一下子就明白了。她曾认为他宅心仁厚，幽默风趣，像一缕清新的风，飘荡在那幢充斥着各种心思和味道的办公大楼里。她爱他，把自己的一生寄托在他身上，把他当成唯一，什么事情都依着他，围着他转，生怕他像孩子似的出去后就忘了回家的路。她相信他像她爱他一样爱她。这段时间，她虽然感觉到了他的异常，但在看到那封匿名信之前，她没想到这是他移情别恋的缘故。她能忍受贫穷、厄运、平凡，但不能忍受欺骗。欺骗是不可宽恕的侮辱。她对他的信任爱慕在吴守之低下头的瞬间土崩瓦解。

吴守之清楚地听到卧室里的床受了委屈似的嘎吱呻吟，屋顶受到株连似的嚓嚓作响，一群耗子在瓦楞上狂欢。

"你听我解释……"

"我不想听，也不想知道她是谁。我曾经以为你与众不同，现在才知道，你和他们没有任何区别。"

吴守之心律失常似的浑身战栗，直到多年后都没停下来。

他不会忘记自己信誓旦旦的承诺，更明白薛婧是为什么如此深爱他。自己与那些人并没有什么不同，在欲望面前，在诱惑面前，他已经分不清爱情是什么，世界是何模样……从爱上薛婧那天开始，吴守之变了，充满了前所未有的激情、力量和欲望。他要爱情，要婚姻，要婚房，要金钱，要官位……要整个世界。为了爱情，他不惜用一生的代价去获取那些曾经不屑的东西。可是，得到薛婧的爱情之后，他却发现世界离他越来越远……半年多来，他经常跟薛婧无理取闹，薛婧都忍着。这不仅没能使他平心静气，反而使他更加气恼，好像输了钱的赌徒找不到捞回本钱的对象。他想通过争吵来减轻自己的负罪感，甚至希望薛婧无情地抛弃他。可薛婧从来不跟他生气，即使吴守之给了她充分的生气理由。他恼恨薛婧对他太好，没有给他创造背叛的机会。现在，机会来了，他却感到浑身无力，连站起来的力气都没有。他知道如果自己一开始就矢口否认，即使口是心非地敷衍，薛婧也会原谅他。可他已经丧失勇气，连欺骗的勇气都没有了。吴守之已劝说不了吴守之。吴守之已阻止不了吴守之。

"我卑鄙、无能、软弱……我不值得你爱，我对不起你……"吴守之语无伦次地咒骂自己。他想通过诅咒来自我救赎。

大颗大颗的泪珠从薛婧木然的脸上滑落下来。可吴守之看不到她的眼泪。她的眼泪洒在风中，飘进了大海。这间蜗居，曾经漾满两人幸福的笑容，此刻，却成了一个被泪水浇湿的冰窟。一切都被冰冻了。

"你走。我不想见到你。"

吴守之平时最怕听到走的声音，那是请求命令，那是离开逃跑，那是驱赶背叛，那是可怕的死亡。能不走，他坚决不走。他害怕走出人们的视线，害怕离开心爱的人。薛婧要他走开，他能去哪里？哪里是他的归宿？走出这个家，就有路吗？在这个世上，不是有腿就可以走，不是有路就能够走的。世上即使没有路，至少还有一条死路……

吴守之呜呜咽咽地哭了。薛婧第一次看到吴守之的哭泣。喜悦的眼泪和悲恸的眼泪，都是从同一双眼睛里流出来的。薛婧想为他擦去眼泪："你不走，我也不走，我们都不走。我爱你，永远爱你。"可吴守之听到的却是："我知道你在想什么，也清楚你无法战胜自己。虽然我帮不了你，但我绝不会成为你的绊脚石……你不走，我走。"薛婧走了出去，仿佛一团白影。

吴守之记不得薛婧是怎么走的，可他清楚地记得，薛婧离开后，他突然失去了嗅觉，闻不到百合花的香味，闻不到米兰、菊花、紫罗兰的香味。薛婧走了。薛婧带走了世界的味道。从那天开始，他再也没有闻到过任何东西的气味。他多次去看医生，做各种检查，始终查不出原因。

薛婧喜欢用花草布置家。为了给窗帘戴上一朵鲜花，她经常骑自行车到城外采摘。家里的百合、水仙和不知名的野花野草，宁静地装饰着这个家，使简陋的家里一年四季充满馨香和生机。吴守之说："市有市花，家有家花。咱们的家花就是百合花。"每次从外面回家，每天早晨起床，他最喜欢闻百合花淡淡的幽香。现在，薛婧走了，花盆里的野百合成了茕茕孑立的影子，发不出香味。菊梗挽留不住的花朵和绿叶，纷纷凋零在桌面上。灰暗的花瓶蒙了尘垢似的憔悴。整个屋子静得好像需要针灸，连肆无忌惮的老鼠都不敢弄出任何声响。面对空空荡荡冷冷清清的房间，吴守之既害怕又悔恨。以往的不如意，还能自我安慰，至少有一个温馨的家，一个爱他疼他的妻。他不知道自己在敞开的房间里待了多久。他发现衰老就在门口，跟他一步之遥，只要他跨出门就会一头扑进衰老的怀里。

　　吴守之原以为与薛婧离婚会有一个复杂而漫长的过程，想不到结局却如此简单，简单得连一句温暖的话都没有。战争还没有展开，他就失败了，败在一个弱不禁风的女人之手。

第五章

最痛苦的事莫过于生离死别。人的一生，大多数离别就是永别。一次分离就是一次死亡。活着的离别，比死亡更恐惧。

办理离婚手续前，吴守之还在犹豫，梦想挽回，可薛婧态度坚决。

在办结婚证的同一个窗口，他们一人接过一本离婚证。

吴守之无法原谅自己。他亲手制造了一种分离，还要亲自把它送去鉴定、公正。能保卫婚姻，能不能保卫爱情？

他们离婚，与其说是因为欧阳的出现，还不如说是他们的爱情太完美，完美得让世俗忌妒，连个像样的房子都不肯给他们。纯洁的爱，需要一颗纯洁的心才能享用。吴守之的心，早已粘满世俗尘埃。

遇见薛婧之前，他的世界差不多已经失衡，几乎摇摇欲坠。遇见薛婧之后，他把世界一分为二：薛婧和其他。薛婧使他跟这个世界达成了和解。离婚后，吴守之的生活几乎瞬间崩溃，一下子变得模糊无序，就像每天晚上那些乱七八糟的梦。离婚三个多月，吴守之不敢跟人说他们已经离婚。有人问他，他就支支吾吾，不置可否。他三次到档案馆找薛婧，想破镜重圆。可他无论说啥，薛婧都一言不发。薛婧脸色惨白，好像被吸血鬼吸走了生气。女人是爱情养育的。没有爱情，女人就会像花儿一样枯萎。

档案馆何馆长开大会时问吴守之，薛婧为什么要辞职。吴守之才知道薛婧辞职的事。大会还没结束，他就跑到档案馆找薛婧。薛婧的同事说，薛婧已经辞职，不知去向。当天晚上，吴守之一个人把自己喝得酩酊大醉。第二天醒来时，已经十点半，第一次上班迟到。可他不再担心被领导批评，他决定辞职，离开办公室，离开广都，在离开的路上捕捉人生意义。

"我要辞职。"吴守之小声道。

"你要干吗？"赵主任以为自己听错了。

"我要辞职。"

"好……好好的，干吗要辞、辞职？"欧阳出现后，赵主任正在考虑调整吴守之的工作，可他居然要辞职？

"这是我的辞职报告。"吴守之没理会赵主任惊讶的表情。

赵小明挣扎着站起身，正在发福的身体极不礼貌地撞得办公桌吱吱作响。吴守之发现报纸上的一位领导受到骚扰似的收敛起笑容，还狠狠地瞪了他几眼。吴守之突然问自己，干吗要向这张脸辞职？好像只要乞求，就可以从这张脸上得到什么。没等赵主任答复，吴守之头也不回地转身而去。

在琴台路的石榴水吧，吴守之小声说："我辞职了。"

欧阳盯着吴守之，好一会儿才从牙缝里漏出"祝贺你"三个字。在欧阳看来，辞职早已不是新鲜事，还没"下海"的人都是不敢下水不会游泳的旱鸭子。但是，她没想到吴守之会这么快出现在她面前，毫无征兆地开口就说他辞职了。

"这有什么值得祝贺的，一个无业游民。"

"在这个世上，还有什么比自由更令人神往的事？你看我……"

"我怎敢与你相比？"

"自由还有什么不同吗？"

"当然啦，乞丐也自由、洪水也自由……"

"吴守之，你今天来，不是想跟我讨论自由问题吧？"

"我离婚了。"

"呵，那就更要恭喜你了，老同学。"欧阳平静地说道，好像世上无论发生什么事，都逃不出她的预料。

"你是在祝贺我，还是在讽刺我？我失业了，我单身了，一无所有了……"吴守之突然意识到自己在生气，立即住嘴。

"你需要可怜吗？在这个世界上，无论你怎么了，都不会有人真正可怜你。只有自己才会可怜自己。顾影自怜有啥用？失业、离婚，有什么大不了的，多着呢！没离婚的，十有八九痛苦着嘞。离了婚，并不能说不快乐！谁敢说他明天不会失业？"

"有些东西对你而言当然无足挂齿。自由也需要保障。没有保障的自由算什么？即使大海，也需要海岸的保护。"

"不谈自由好吗？"欧阳突然严肃地说，"我们结婚吧。"

"不。结婚？不。"吴守之不假思索地大叫道。

吴守之的反应，让欧阳心里蒙上了一层不愉快的蜘蛛网。她想，即使吴守之不立即答应，也不会如此冒失地断然拒绝。她开始还以为吴守之是来向自己求婚的呢。

欧阳站起身，来到窗前，点上香烟，往空气中一个接一个地吐着圈圈。她狠狠心，就把吴守之悬挂在天狼星与北斗星之间了。

吴守之意识到刚才的反应过于激烈，便小心翼翼地问："欧阳，你能不能帮我？"

艰难地说出"帮我"两个字，吴守之突然感到如释重负。他终于把"帮我"这两个字从心底里逮出来，就地正法。"帮我"是个罪犯，他把它藏在内心太久了，使他差不多成了"帮我"的同谋犯。

欧阳转过脸，微微一笑："帮你？你终于需要帮助了。守之，我很高兴。但是，我们先结婚吧。"

"今天不谈结婚的事。你要帮就帮，别附加什么条件。"

吴守之的犟劲终于抑制不住冒出来。他确实需要欧阳的帮助，但他不愿意以这样的方式接受。

欧阳真生气了。她不明白，吴守之既然已经离婚，为什么还不愿意跟她结婚？她都不计较，他还摆什么谱？

吴守之觉得自己受到了某种打击，而欧阳受到的打击更严重。

欧阳冷冷地打量着吴守之："你说，我怎么帮你？"

"我想办公司。"

"没问题。你有多少钱？"

"除了我这个人，还有什么？"

"没有钱，办啥公司？难道天上会掉馅饼？"

"如果有钱，干吗找你帮忙？"

"那我仅仅是你想要的钱啰？"

"我只是向你借钱。我会还你，利息照付。我写借据。"

"借钱必须要有抵押。你拿什么来抵押？"

"你不相信我？"

"我凭什么相信你？信誉多少钱一斤？一张同学脸值多少钱？"

吴守之想起杨富贵曾经说过，现在的社会，拍胸脯、赌咒发誓、道德品质、承诺、信用、担保都已不起作用，身份证、介绍信、文凭、指纹、人脸、印章这些生物人的说明书也没用，硬通货只有一个：钱。

"我不是送上门来供你调侃的对象。"吴守之觉得自己雄起了。

"那你是什么？"

"同学。"

"吴守之同学，我可没有经历过无条件借钱这种好事。我不是慈善家。社会上只有交易。抵押就是一种交易。没有抵押，那就免谈。"

"呵呵，原来你是当铺？我是抵押品？结婚是抵押手续？"

"随你怎么想。但是，我可告诉你，不要随便武断地定义某人某事。冷嘲热讽解决不了任何问题。"

"欧阳，就算我没来过。"

吴守之突然觉得今天是自己主动把自己送上门来自取其辱的。他至今没弄明白，为什么跟欧阳说不了几句话就要争吵。争吵从他们认识不久就开始了。争吵像幽灵一样紧跟着他们不离不弃。

"性格决定命运。像你这种性格，不仅难成事，多半会自食其果。"欧阳慢悠悠地转过身，在沙发上坐下，拿起茶单，翻来覆去地看，好像在核实胃里的茶水与杯中茶水的区别。

"我可不想自取其辱之后，还荣幸地得到你的训导。"

"在这个世上，谁能无师自通？坐下，我可不喜欢谁立在我的面前说话。"欧阳放下茶单，正气凛然地说。

吴守之突然看见一团白影在欧阳的身后一闪而过。他四处搜寻，可他的目光触到茶座边的橡皮树，就被弹了回来。他觉得刚才是白影在跟他对话。他鬼使神差地坐了下来。

"上次到广都，你不是说过要帮我吗？"

"我什么时候说过啊？我的记性可不好。谁有闲情逸致去记自己说过的话？又不是金玉良言，记住了有什么用？我们曾经死记硬背的格言警句不都全忘了吗？"欧阳故意找茬刺激吴守之。她相信杜拉斯的情人观：为了创造你，我要先毁掉你。如果不先毁掉吴守之，就不可能有崭新的吴守之。她为吴守之的离婚暗自高兴，却没想到他会辞职。他这样行事，以后说不定会自作主张干出什么事来。她要防患于未然。她要用她的方式淬炼吴守之，不惜毁灭他。她从小就有驾驭癖好。她把这个世界当成需要驯服的烈马。

"你有能力帮我。"

吴守之惊诧自己居然如此作践自己，就像小时候吹的气球，一会儿鼓起来，一会儿蔫下去。他既没有能力把气球吹到满意的程度，又没有足够的力气吹爆它。他想把欧阳郑重其事地悬挂在墙壁上顶礼膜拜，也想过拂袖而去，却像被什么粘住了，动弹不得。

"在一般人看来，办公司确实不容易，在我眼里却是很简单的事。"欧阳撤灭烟蒂，"我们不结婚，那我就爱莫能助了。"

吴守之突然看到载他过来的大巴车轰隆隆地向他奔驰而来。他站起身，一声不吭地走了。从他晃动的背影来看，半绅士半无赖的样子。

吴守之走到司马相如与卓文君的雕像边，仿佛迫降到了一颗陌生的星球上，茫然、沮丧、窝囊、卑贱……今天主动找欧阳就是偶像剧里的现实版本，除了自尊心再次受到伤害外，一无所获。他觉得他的脸面已经抛弃他，独自快活去了。自己真他妈的是个货真价实的无赖。他为自己居然还赖在地球上感到可耻。

吴守之摸摸口袋，除了手在里面盲目地搜寻而外，空空如也。他比囊中羞涩还差一个档次，连羞涩的借口都没有了。微风轻拂，从卓文君飘逸的裙裾里送来一股酒香，回锅肉、叶儿粑、三大炮、火锅的味道接踵而至，好像在引诱他，又像要把他赶走。他感到饥肠辘辘，肠胃极不争气地咕噜噜吼叫。他想吃东西，却不敢走进饭馆，连看一眼热气腾腾的包子店都心虚。他现在只想吃，像猪一样不停地吃。他觉得自己已经退化成动物。动物的特点就是吃，只要有吃的就天下太平。自己看来只配跳进河里变鱼，躲进深山老林变成野兔，钻进桥洞当流浪汉。他真不明白，肠胃和脑袋怎么会联在一起？肠胃不会去想什么，空了只会恬不知耻地乱叫。肠胃没有嘴，却无时无刻地要吃东西，为生命呐喊。脑袋上的嘴本该为生命负责，却心猿意马，管不住肠胃。他真想把脑袋与肠胃断然分开，把嘴巴移居到肠胃上。

创业失败的杨富贵在永福保健药品厂当销售科长。从杨总掉价到杨科长，杨富贵并没有沮丧多久，凭借他快活的人生理念和三寸不烂之舌，很快又如鱼得水了。

吴守之没想到永福保健药品厂是在这样一个偏僻的乡下，离小镇还有三公里的距离。他的突然光临，不仅使杨富贵感到惊讶，也惊动了这个恬淡的世界。

杨富贵差遣年轻漂亮的方菲去买菜做饭。

吴守之问杨富贵什么时候结的婚。

杨富贵笑道："你看我像结了婚的人吗？不过，男人总是需要有个女人的。小方就住在附近的村子里。"

吴守之看着杨富贵好一阵恍惚。从外表来看，杨富贵和方菲好像一对父女。杨总毕竟是杨总，他到哪里都不会委屈自己。

半圆的月亮刚出现在树梢，在杨富贵租住的农家小院里，一桌酒菜已安排妥当。杨富贵跟方菲耳语了一番，方菲便拖出自行车，笑嘻嘻地说："吴哥、杨哥，你们慢用。"

吴守之不知该叫她什么，局促地问："你不一起吃饭吗？"

"你们慢慢吃，我明天再来。"

方菲大大方方地冲他们笑笑，骑着自行车走了。

"不用管她，我们喝酒。有女人在，兄弟说话不方便。"杨富贵拿出窖藏多年的一瓶金沙酒，潇洒地请吴守之入座。

乡村的夜晚，虽然漆黑，却真实朴素，没有任何人为的装饰。它最大程度地抹去了乡村的简陋，使乡村和城市好像没有了距离和裂痕。在夜里，一切都会丧失差别。

田间地头的青蛙蝈蝈自顾自地欢叫着，仿佛没有与人类生活在同一个地球上。萤火虫在空中翩翩起舞。呼朋唤友的蚊子苍蝇，时不时地插进来，打断他们的话，发泄被忽视之痛。萤火虫是夜的精灵，照亮了吴守之的整个童年。现在，蚊子进城都得小心翼翼，因为城里到处都是灭蚊器、驱虫剂，不断涌现的创新发明，更有恨之入骨、置之死地而后快的城市人。城里人有耐心、闲情逸致和坚强决心，以及花样百出的措施办法与它们战斗到底，直至消灭它们。

几杯酒下肚，吴守之和杨富贵都感到浑身燥热。

"把衣服脱了。这里没有观众。"杨富贵边说边站起来，三下五除二地把上衣长裤脱了个精光，只剩下短促的裤衩。

吴守之犹豫一下，也把衣服脱了，赤裸着上身。吴守之摇摇晃晃地站起来，挺胸抬头，踱起方步来。他现在唯一能做的，就是用他白而不嫩的身体给乡村的夜晚免费涂抹点脂粉。

"我现在真的是无牵无挂了。"吴守之自嘲地拍拍胸脯。

"开什么玩笑？"杨富贵惊诧地瞪大了双眼，"你不牵挂薛婧？"

"我们离婚了。"吴守之本想让这几个字充满豪迈之气，出了口却显得有些凄惶，"我倒想有牵挂呢！可没有牵挂的对象啊。你说，是我怎么了，还是这个世界怎么了？"

"别拿世界来说事。世界永远都说不清楚。也别把自己当回事，你就是你，我就是我，他就是他。万事万物都在随时诞生、死亡。离就离了，有什么大不了的？现在，离婚越来越平常，流感似的传染。我敢保证，你听到离婚的一定比结婚的要多。欧阳离了，张虚离了……无数夫妻正在离婚路上……离了婚就等于重获自由。你看我，一个人来去无牵挂，女人嘛有的是……别担心，天涯何处无芳草……"

"你不懂爱情。你的感官已经钝化，感觉不到爱情了。"

吴守之借助金沙酒的力量，粗暴地打断杨富贵的话，他不允许杨富贵把薛婧放在那些女人堆中随意褒贬，即使放在芳草丛中也不行。

"好好好，我不懂，我真的不懂。"杨富贵举起双手，做了个投降的姿势，"但是，做人还是现实点好，追求还是少点虚无缥缈的好。碰到石头上，即使头破血流也没啥的，至少石头是实在的，我们也清楚自己到底碰到的是个什么东西。如果碰到理想抱负爱情梦想之类的东西上，那可划不来……每个人都生活在现实里，永远生活在现实里。你的梦在你的脑袋里，你的脑袋在现实里，你的梦也在现实里。任何人都逃不出现实……有人说真理在大炮的射程之内。我可没有大炮。真理就在我的视线之内，现实就是我的真理。在我看来，爱情是个高成本的冒险。爱情跟许多事情一样，追求的过程痛苦，拥有和失去也痛苦。你看我，只欣赏爱情，绝不做爱情的主角。"

"婚都离了，还谈什么爱不爱的。我现在最大的理想就是有个能养活自己臭皮囊的工作。我需要钱，需要吃的东西，需要睡的地方。可它们在哪儿啊？我今天来，就是我现实的表现。我讨厌现实，现实的本质具有强制性，可我还是来了。你就是我的现实。"吴守之夹起一片青菜叶塞到嘴里，他觉得自己现在就是一条只配吃菜叶的青虫。

"唉，你让我说什么好呢。"杨富贵摇头叹息道，"离婚也就离婚，你干吗要辞职？你知不知道有多少人羡慕你？那可是金饭碗啊。那里充满了金钱、权力、欲望的气息，你至少应该吸饱喝足才离开。"

"我可不愿脚踏两只船。不摘帽子，不脱衣服裤子，就像穿着衣服洗澡，怎么能叫下海？说白了，我从来没有喜欢过那里，我与那帮家伙一直格格不入。这几年，我一直处于《易经》里的'羝羊触藩，不能退，不能遂'的尴尬境地……"

"也好。庙小妖风大，池浅王八多。但是，你别那么悲观。你会有钱的。会有飞黄腾达的那一天。"

"飞黄腾达我不指望。我只想在这里。这里安静，自由。"吴守之拍拍已被酒精染得通红的胸脯，有声有色地说。

"你他妈的脑子有毛病是不是？你知不知道有多少人正在想方设法消灭农民？你知不知道花钱都难买到一个城市户口？你知

不知道现在农转非有多难？你知不知道有多少人梦寐以求到城里去生活工作？农民已经没有接班人……现在的农村，只有老人、孩子和过客。"

"农民不是被消灭了，而是被遗忘了。没有农民，没有田地，你吃个锤子啊。超市里能长庄稼？城市里的树能结水果？你听过几个专家讲课？你知道有多少领导的决策？规划赶不上变化，变化赶不上领导的一句话。你以为我辞职，就因为我离婚了？从广都过来的路上，我没看到一点曾经沃野千里的影子。摧毁容易，恢复难啊。洪水滔天都无法把钢筋水泥冲成千里沃野。这样肆意糟蹋良田，上帝看了都心痛……"

"真没想到，你娃还在胸怀天下……老同学，你不要对城市化产生偏见和误解。这几年，中国的最大变化，就是城市的扩张和崛起，没有谁能拒绝、回避城市对我们的影响。我们都在经受城市化过程中的生活冲突，文化演变，物质与人性的多层面考验……在城市化中，我们将失去许多东西，但也能获得许多东西。在失去和拥有的过程中，难免会发生许多冲突，危机，故事……"

"不是故事，是事故。"吴守之冷不丁地插了一句。

"管它是故事，还是事故，我们坦然面对不就得了。何必逃避。即便要逃，能逃到哪里？能逃多远？不论现在的科学有多发达，我们的生活都充满了种种局限。人类只能生存在十五千米的对流层内，离开这个范围，就会窒息，七窍流血，粉身碎骨。除非我们真正进化了，进化成了机器之类的玩意儿。那些想移民太空的家伙，全他妈的傻B。离开地球，人还是人吗？谁能够否认我们的血肉之躯？所谓的人工智能，无非是把人变成了血肉与机器的混合物。血肉之躯一旦被机器控制，人还是人吗？我们的灵魂可以离开肉体四处飘荡，但我们的肉体永远做不到。能让我们的肉体畅达自由的，除了金钱、权力，还有什么？我的老同学啊，你是捧着金饭碗讨口啊！"

杨富贵说了一大堆话，像是累了。他端起一杯酒，一口灌下去。又夹起一块肥腻的红烧肉塞进嘴里。肉汁溢出嘴角，滋润着他的下巴。

吴守之根本听不进杨富贵的苦口婆心，他一杯接一杯地喝酒，睁着血红的双眼说："你少跟我说这些云里雾里的话，那些概念性的大话大词谁不会说？一句话，你帮不帮我？你是销售科长，安排个把人，应该不是问题？乡镇企业不会有那么多繁文缛节。我要求不高，一般工作人员就行，搬运工也可以……"

"啪"的一声，吴守之抡起右臂，向自己的左臂就是一巴掌，愤怒地叫道："混账东西，你也敢欺侮我？"

嗡嗡嗡，那只勇敢的蚊子从吴守之的掌下逃之夭夭。

吴守之看了看自己的左臂，好像营养过剩似的红肿起来。他想找那只蚊子报仇。可蚊子早已无影无踪。为了安慰左臂，他又自灌了一杯酒。

"狗日的蚊子，可恶得很。在这种地方，扇子毫无作用，连风油精蚊香驱虫剂都无可奈何。我真想把这个地方撒满避孕药。"

杨富贵真他妈的够哥们儿，坚定地站在吴守之这一边同仇敌忾。

"我们是老同学，不敢说两肋插刀，只要你需要，我就会全力以赴。但是，我怕害了你。这鬼地方真不是你待的。我在这里，也只是暂时的权宜之计。我不明白，你为什么不去找欧阳，你们曾经……"

"我干吗要去找她？过去那点破事，我早就忘了。"吴守之确实变了，胆子也大了，当面也敢说谎了，居然把先找欧阳一事瞒了下来。他第一次体验到撒谎的快感，还觉得那是自信的表现。

"不是我说你，只要欧阳出手相助，你的世界立马就……"

"你干吗老提欧阳？杨富贵，你不帮我就算了，我马上走。"一说到欧阳，吴守之就像受惊的兔子。

"干吗我一提欧阳，你就……"

"叫你别提，你还要说。"

"好好好，我不说。只要你不感到委屈，就留在这儿。明天，我叫几个老同学过来，一起热闹一下。大学毕业后，我们还没好好聚聚呢。"

"这嘛还像个同学。"

吴守之猛地站起来，向着夜空，突然吼道："我曾经问个不休……"

"你何时跟我走……"杨富贵接着唱了起来。

"老杨，你的吉他还在不在？"吴守之问道。

"我去找找看。"杨富贵好像也来了劲头，一溜烟跑进屋里。

他和杨富贵曾在大学的映月湖边、足球场上，抱着吉他边弹边吼《一无所有》。他们觉得这首歌不能唱，只能声嘶力竭地狂吼疯叫。毕业后他经常想嘶吼，却没有合适的环境。此时此刻，他认为崔健是专门为现在的他写的这首歌。

吉他已铺满灰尘，失去了昔日的金黄颜色。

吴守之接过吉他，调了调弦，弹出了几个沧桑的音符，一缕尘土像烟似雾，从吉他里飘出来。他感到手指僵硬，记忆茫然，把握不了旋律，特别是和弦，老是弹不准。他调了半天弦，也没调出个名堂，跟不上杨富贵的节奏。吴守之、杨富贵、吉他、歌词，好像都在各走各的路，各弹各的调。他伸开手掌，开始无所顾忌地猛击吉他。伴随着噼里啪啦的打击声，哥儿俩引吭高歌。嘶哑的吼叫，混乱的击打声，颠三倒四的歌词，惊得寂静的夜晚睁开了蒙眬的眼睛。周围的树全都站了起来，簌簌作响。青蛙蝈蝈偃旗息鼓了。睡梦里的鸟儿扑扑飞走了。他们不知道自己是在笑还是在哭，是在乞求还是在命令。这些嘈杂的声音不是从他们嘴里跑出来的，而是从他们身体里挣扎出来的。

突然，他们同时停止了吼叫。

吴守之喘着粗气，把吉他一甩，颓然坐在地上。

多年之后，他才缓缓问道："你说说，我到底是什么东西？你我有什么不同？"

杨富贵把酒杯重重地砸在桌上："我说不清楚你是个什么东西，但我知道咱们都是悲观主义者。世界上只有两类人：积极的悲观主义者和消极的悲观主义者。我是积极的悲观主义者，你是消极的悲观主义者。"

"你，你小子在绕口令……"

"无论怎样，我们都要坚强。老子曰，人之生也柔弱，其死也坚强；草木之生也柔脆，其死也枯槁。"难为杨科长，居然还记得老子曰。

"吴守之，你娃还没有断奶，不成熟……"

"我还不成熟？"吴守之趁着夜色的掩护，差点把眼珠子当子弹射向杨富贵。

"有个作家说过，一个不成熟男子的标志是他愿意为某种事业英勇地死去，一个成熟男子的标志是愿意为某种事业卑贱地活着。"

　　杨富贵上班的第一件事就是给欧阳打电话，说吴守之在他那里，好像在征求如何处理正蜷缩在他床上的吴守之的意见。

　　"他在哪里，关我啥事?"欧阳没好声气地挂断了电话。吴守之主动找她帮忙那天，没能把吴守之"毁灭成人"，她心有不甘。她当初以为自己能速成吴守之，就像兮方培训学校速成班的优秀外教，结果却是吴守之的不辞而别。吴守之离开后，欧阳并没有急于跟他联系。她要冷冷他，杀杀他的犟脾气。她相信吴守之会再来找她，可半年过去了，吴守之居然没有主动跟她联系，她感到了被忽视之痛。好在杨富贵隔三岔五地给她打电话，有意无意地泄露吴守之的情况，她认为吴守之仍在她的"掌控"之中。

　　吴守之被杨富贵"收留"在永福保健药品厂的宣传科上班，协助厂长助理徐上进负责厂里的宣传工作，主要是撰写通讯报道，与记者打交道。二十三岁的徐上进，初中肄业，虽然对宣传一窍不通，但仗着是厂长的亲外甥，经常对吴守之颐指气使。吴守之把自己当成刚参加工作的新手，一切从头开始，毫不介意徐助理的指手画脚。有一天，看到徐上进龙飞凤舞的签名，吴守之好奇地请教杨富贵。杨富贵不屑地说，他只会写这三个字。你只要问他，他肯定会得意洋洋地说："这是我请有名的范大书法家为我专门设计的签名，花了我两头水牛的价钱。"

　　吴守之在厂里上班，最高兴的是轻松自在。除了杨富贵，他不认识厂里的其他人，其他人也只知道他是杨富贵介绍来这里打工的朋友。杨富贵答应帮他在厂里找份工作，吴守之只提了一个要求，不准透露他的过去，只说他是他的朋友。第一个月，吴守之根据徐助理的要求，认真计划本月工作，按时间节点制成表格。工作不繁重，事情也不复杂，每天都有具体实在的事情做，忙碌使他感到充实。第二个月初，他在总结上月工作、安排本月工作时，惊奇地发现这个月要做的事跟上个月做的事几乎一样。想到今后每个月要做的事都差不多，他突然感到后怕，看到了一生中可怕的重复。难道这就是所谓的"下海"？如果继续在这里工作，岂不成了不断重复永无止境的西西弗斯？他突然萌生了去意。他现在是自由身，没有跟永福保健药品厂签用工合同，即使签了也没有约束力，他想离开几乎可以不打招呼，但是，他还没想好离开后去哪里。

吴守之又开始写作，把随时随地的感悟转换在纸上。他现在写作与过去写作截然不同。过去写作一心想发表，想出版，想成名成家，想通过写作获得什么。现在，他只想为自己写作，为清风明月写作，借此聊以打发时间。

在永福保健药品厂上班的第九十七天上午，吴守之正在办公室百无聊赖地翻弄报纸，徐助理打电话通知他马上去玫瑰苑温泉度假村8号楼接待两位记者，有车在厂门口等他。

玫瑰苑温泉度假村距永福保健药品厂四公里，享有"千年圣汤、养生天堂"的美誉。鹿溪河在度假村里绕出了一个清澈的水湾，水湾因为常年有温泉注入，冬暖夏凉。据广告宣传，用这湾水擦洗身体，皮肤将光洁如婴儿。这条水湾吸引了无数少见多怪的城里人蜂拥而来。每次接待，客人都会指名道姓要去看水湾温泉。后来，厂长胡明发现接待费用太高，就严格规定，除非特殊客人，一律不准在度假村接待。

吴守之估计这次接待的不是一般记者，但也没多想，随便收拾了一下就赶到厂门口。厂门口除了一辆锃亮的宝马，再无其他车辆。他正在想是不是这辆车时，一个年轻人趋步而来，问他是不是吴守之先生。他点点头，年轻人就为他拉开车门，请他上车。

一路上，司机缄默不言，吴守之也没多问。司机把车直接开到8号楼的大门前，迅速下车，引导吴守之穿过花园和踊跃着锦鲤的水池，来到玉皇厅。在玉皇厅门口，吴守之吃惊地发现了欧阳。他以为走错了地方，正不知如何是好时，却听到欧阳欢快的声音："守之，进来。"

吴守之硬着头皮走了进去。

"守之，叫杨董。"吴守之不清楚欧阳是在向他介绍客人，还是在给他下命令。出于礼节，他主动伸出手："杨董好！"

杨洋是海洋实业公司的董事长。海洋实业公司，在广都市可谓叮当响的大公司。吴守之曾耳闻该公司的董事长是杨市长的大公子，原来是他。杨董的身体与沙发融在了一体，无法站起来。他的右手好不容易挣脱出来，使吴守之不得不弯下腰，才勾着他的手指。

"哈哈！一表人才！"杨洋好像刚被春风花雨滋润过，脸圆得发亮，活脱脱一位德高望重的鉴宝专家。

吴守之拘谨地坐在侧边沙发上，瞥了一眼杨洋肉嘟嘟的脸，立即联想到一种庞大的食肉动物。他的嘴长得像古典美女的樱桃小口，但肚子特别大，一副要装下宇宙的架势。

"抽烟。"杨洋从烟盒里抽出一支烟，直接向吴守之甩过去，吴守之手忙脚乱地接住香烟，却没点上。

"听说小吴是诗人？"不等吴守之回答，杨洋端起盖碗茶，接吻似的轻啜一口，转向欧阳道："欧阳姐，我们继续谈论刚才的话题。我听人说过，当诗人，不是饿死就是疯掉。我认为，人生不过是一场观众或多或少的演出。人生如戏，全靠演技。我认为，社会是一个庞大的演剧院，人人都是演员。有的人在演别人，有的人在演自己。我认为，大多数人在演别人，按照他人写的剧本来表演，有些人扮演的角色太多，能力不逮，演得漏洞百出。我认为，与其分散精力演那些孬角色，还不如集中精力演好自己这个角色。我认为，一个成功人士，都是本色出演，他只有一个脚本，自己的人生。"杨洋在成功两字上特别加了重音，边说边把身体往后使劲靠了靠，好让自己的形象再高大一些，"我认为……"

　　听了杨洋不知头尾的一席话，吴守之暗思：如果杨洋去当演员，那些影帝的饭碗多半不保。继而又想，演别人容易，演自己太难。这个社会允许你只演自己吗？像我这样的人有什么资格演自己。

　　杨洋没有听到吴守之的腹语，也不想跟吴守之展开讨论，继续兴致盎然地说："我认为，怎么演好自己，是一个身份确认问题。我认为，每个人都渴望得到别人的确认，得到金钱、权力、事业、价值的确认。我认为，只有他者才能确认，第二者、第三者才能确认。父母必须得到儿女的确认。官员必须得到上级的确认。演员必须得到观众的确认。婚姻必须得到男女的确认。自信自负、自吹自擂，也是一种确认。我认为，人生就是被他人、被组织单位、被时间历史确认的过程。我认为，它跟科学一样，没被证明确认的，只能算猜想……"

杨洋慢悠悠地边说边啜饮茶水。杨洋今天来的目的可能只是想在吴守之面前练口才。他对自己的话敝帚自珍，对他人的话不屑一顾。吴守之即使想说什么，也插不上话。他要求自己做个老实听众，极力满足喜欢唱独角戏的杨董。但他却无法阻止自己思想：确认的标准是什么？谁来确认？谁对确认进行确认？确认是一种权力，被确认是一种无力的承受。社会繁荣的标志，就是个体身份的模糊和叠加，很少单一身份的界定。卢梭说过："野蛮人过着他自己的生活，而社会的人只知道生活在他人的意见之中，也可以说，他们对自己的生存的意义和看法却是从别人的判断中得来的。"卢梭的这个判断，也许就是杨洋所谓的确认。但是，除了死亡可以确认，没有什么是可以确认的。

吴守之瞟了一眼杨洋的漏斗鼻，对他进行了大胆猜测：杨洋可能是理工男。他后来证实，杨洋大学学的是数学专业。

"杨大哥是实证主义者！从社会学的角度来看，的确如此。"欧阳接过话题。

"我的一点心得，随口说说，达不到主义的高度。欧阳姐聪慧过人，与小吴真是才子佳人。不错。行。好。我认为，就这样。"

吴守之这才明白，杨洋绕来绕去，把他当成了鉴定目标，确认对象。从走进这个房间到现在，吴守之只说了一句问候语，可他越听越觉得所有的话好像都在指向他。他们在安排与自己有关的事？他们是来鉴定确认的？自己一旦得到他们确认，立即开始实施，不管他愿不愿意。

吴守之刚进来就想离开，徐助理要他接待的是记者。他想跟欧阳说明，可一直没有机会插嘴。他在心里琢磨着离开的办法。

如果光明正大地从门口退出去，觉得不礼貌，很可能牵扯到人品大事。如果从窗户出去，又觉得危险，不知道窗户下面是啥。他想找个地缝悄无声息地钻出去，可始终没有找到。

"杨大哥，我们边吃边聊吧！"欧阳诡秘地看了吴守之一眼。

欧阳今天特别高兴，不是因为杨洋的精彩演讲，而是她已确认吴守之变了，乖顺，听话，没有了过去的锋芒。

"好！"杨洋双手往膝盖上一撑，"腾"地从沙发上冲了起来，拍了拍吴守之的肩膀："小吴，不就一个身份确认吗？"

"我虽然没有身份，但有身份证。"吴守之咕噜道，连自己都没听清自己在说什么。

"守之，你在说啥？"不等吴守之回答，欧阳转过话头："杨大哥，你说我们怎么办？"

"只要欧阳姐一句话，我全包了。"杨董把重音放在包字上，好像他只喜欢承包什么。

吴守之不知道什么怎么办，怎么办什么。

欧阳和杨洋在演双簧，一点不在乎唯一的观众吴守之。

杨洋的大哥大突然惊天动地地叫起来。欧阳不再说话，吴守之更不敢出声，连电话那头的声音都嘤嘤哦哦，听不清楚，整个世界只有杨洋铿锵有力的声音。

"喂，又有啥事……我现在忙得很……大事，啥大事……屁点大的事，有啥着急的？我早就说过，海里的那些事也就是村里的那些事……下来再说……我很忙……你们啥关系……好朋友……见他干吗……不就一个局长……你们找过他……他不买账……他说啥来着……局长算他妈个屁，一抓一大把，抓住了也只能拿来烫个火锅……我知道了……什么，你不放心……你他妈的还不知道我是老中医，专治各种不服……好了，别跟我啰嗦，我要喝酒了……我空了叫小朱给阿约县的县委书记打个电话……就这样。"

吴守之看着杨洋一副不屑被歌颂的样子，暗想，凭这口气，杨洋就算一个了不起的大人物。他多年以后才琢磨出什么叫人物。不管是大人物小人物，都算人物。有人无物，不是人物；有物没人，不算人物。世上最重要的关系就是人与物的关系。

"守之，我们先敬杨大哥一杯。"

杨洋对欧阳和吴守之的敬酒，来者不拒。他本来就讨厌拒绝，何况这酒掺了那么多甜言蜜语，喝起来顺口滋润。吴守之平时偶尔喜欢小酌两杯，可面对杨洋的海量，深感自愧弗如。他瞪着杨洋一杯接一杯地干杯，不由自主地想起干旱，沙尘暴，干裂的田地，黄河断流，沙漠肆无忌惮吞噬的青草肥羊……

吴守之脸红筋胀地想，这样喝下去何时是了。他还没见到徐助理给他安排接待的记者，自己醉倒是小事，误了徐助理的事可是大事，如果因此被开除，脸面何在？他多次想给欧阳直说，可每次话到嘴边又咽了下去。他虽然极力装出没事的样子，他的心神不定还是被欧阳发现了。

"守之，你有啥事吗？"欧阳关切地问。

吴守之发现今天的欧阳变了个人似的，自始至终没说过一句跟他过不去的话，现在还主动关心他，便鼓起勇气说："徐助理要我来接待记者……杨董、欧阳，我再敬你们一杯……"

"管他的。我们继续喝。"杨洋打断吴守之的话。

欧阳笑着问："哪里的记者？"

"我也不知道，徐助理说……"吴守之的话还没说完，突然看到杨富贵、胡明、徐上进端着酒杯，满面笑容地走了进来。

"老同学好，我们来敬杯酒。"杨富贵大大咧咧地凑了上来。

杨洋不认识他们，他盯着三个不速之客，露出了生气的表情。

"老同学，我来介绍一下，这位是杨董。"欧阳怕杨洋发火，笑着站了起来。看到杨富贵他们进来时，欧阳也感到意外。她不认识胡明、徐上进，也不想认识他们。她今天来只想见吴守之。她怕吴守之不愿过来，叫杨富贵以厂办名义通知吴守之到这里来接待记者。她吩咐杨富贵别告诉任何人，可杨富贵想在胡厂长面前显摆，透露了欧阳的行踪。胡厂长早就想结识欧阳，只是没有机会和条件。胡厂长要杨富贵带他过来敬酒，杨富贵虽然担心欧阳怪罪，也欣然同意。

杨富贵发现欧阳没有责怪他的意思，热情地介绍起客人来："这位是我的同学欧阳。这位是永福保健药品厂的胡厂长。"

"这位是我的同学杨富贵。守之也是我的同学。"欧阳介绍道。

胡明、徐上进毕恭毕敬地散烟、递名片，一杯又一杯地敬酒。徐上进表演了一个"小钢炮"后，觉得可以跟欧阳搭话了，就不知天高地厚要欧阳的名片和电话号码。

"对不起，我今天没带名片。杨富贵有我的电话，守之也有。"欧阳瞟了徐上进一眼。

胡明正要给杨洋斟酒，杨洋大手一挥，厉声道："我只要摘要。"

喝了敬酒，抽了敬烟，杨洋的气消了大半。

胡明笑容可掬地说："你们慢用。有什么事尽管说。守之，你就在这里陪他们。单，我都买了哈。"

每当想起这顿午餐，吴守之就会感叹：所谓人生大事，就是一顿饭的问题。

第六章

漫步在山间小路上，欧阳突然觉得世界变了。满眼满心都是翠树绿草，蓝天白云，清香的空气，风筝般悠悠飞过的白鹤，闭上眼睛才能听到的各种奇妙声音。

"这里的空气有股薄荷味。守之，你在这里享清福啊。"

"享清福？可祖祖辈辈生活在这里的人，为啥拼命地要离开？现在的农民，连接班人都没有了。"吴守之倚靠在一块大石上，若有所思地望着对面的山坡。一条弯弯曲曲的小道隐约在树丛碧草间，那是进出玫瑰苑的车道。在山外奔驰的车辆根本没想到，拐个弯就是洞天福地。

"你这里隐居？"

"隐居？我哪有资格隐居。我在这里疗伤、修行。你知道我受了伤。只有在这里才可能痊愈。乡村和宁静是最好的医生……啊，不，我在这里寻找一种动物般的幸福……"

欧阳没有理会吴守之言语中的怨气和调侃。在这样的环境里，再久的沉默都不会尴尬。那些啁啁啾啾的小虫，叽叽喳喳的鸟儿，微风翻动的树叶，好像调皮的小精灵，随时都在插科打诨。

"守之，你打算在这里待多久？"

"在这里无须记住时间的流逝。我只知道，一些花谢了，一些花儿开了；这片草黄了，那片树叶变红了……"吴守之刚来这里上班时，看到花儿开了，就觉得全世界的忧郁都让他一个人承包了。慢慢地，他跟这里的花草树木差不多成了知心朋友。

一只毛茸茸的松鼠哧溜一下从欧阳身边跑过，飞快地爬上一棵红松树上，抓住颤巍巍的枝丫，回头盯着他们，吱吱吱地笑。

欧阳惊得一下子抓住吴守之的手。

"别怕，它不会伤害你，这里的一切都不会伤害你。"看着欧阳惊魂未定的样子，吴守之突然笑了。

"你笑起来真好看。"

"男人有什么好看不好看的。绿叶红花才是最美的。只有灵魂喂养的东西，才会如此水灵。"

"守之，你不适合待在这儿，你应该有更广阔的天地。"欧阳语调轻柔，漫无目的地游走，似乎并不期待吴守之的回答。

"我不知道比这里更广阔的天地在哪里？我是父母生的，却是大自然养的。在人群中不舒服就离开，进入山水野林。在大自然里，不会有任何抱怨。"

望着欧阳袅袅婷婷拾级而上的背影，吴守之忽然感到心里有一块坚硬的东西柔软起来。他第一次感觉到欧阳的温柔。山风拂过，他开始怀疑自己的眼睛。眼前的欧阳不是欧阳，而是另外一个女人，一个刚邂逅的美丽女人。上次找欧阳受的委屈，他本想找机会怼回来。现在，他觉得那股怨气已经散去。

侧边的一条小路突然钻进密林，不知通往何处。

"这是什么花？好美啊！"

"这是美女樱。这山上到处都是，五颜六色。这里还有许多不知名的小花小草。它们都是鲜活的美。这里是一座鲜美博物馆。许多人把城市当作天堂，其实，这里才是天堂。天堂的隔壁才是天堂。"

"是吗？"

"花迎喜气皆知笑，鸟识欢心亦解歌……"

"可这里垃圾太多。路上的粪便、泥泞，房间里飘进的枯叶……"

"在城里人看来，一片树叶是垃圾，一撮尘土是垃圾，凋零的花瓣也是垃圾，都应该被扫除。其实，这里没有垃圾。这里不需要扫帚。这里的一切都可以转化。落叶化为泥土，泥土催生绿叶红花。松鼠野兔的粪便，多香啊……别瞧不起垃圾，真正的垃圾都是我们制造的。今天不是垃圾，明天就成了垃圾。我们随时地在制造垃圾，我们是最大的垃圾源、污染源。最应该被扫除的垃圾是人。人是最难转化的垃圾……"

"这就是你喜欢这里的理由？"

"任何革命革的都是人的命。现在的人，是流水线上的产品，必须得有说明书，就像罐头上贴的标签，电脑的使用手册。没有注明生产日期，使用说明，保质期，检测结果，构成元素，规格要求……就不能判断其优劣，可用不可用。即便如此，也不敢保证万无一失。当然，最主要的标签是价签。我们越来越像那些精美的包装，可基本上都是金玉其外，败絮其中。大自然的产品可不这样。现代人已不是大自然的产品。"

"这里有毒草，有苍蝇蚊子，有蛇……哎呀，我衣服上粘满了臭草籽，我手臂上还有蚊子咬的红包……"欧阳伸出白嫩的手臂，好像在向吴守之起诉那些违法乱纪的蚊子。

吴守之不想跟欧阳争执。在玫瑰苑里生气吵闹，对这里的清新空气是一种伤害，他也不想惹花草树木生气。

在半山坡上，吴守之注视着一丛郁郁葱葱的蒿草。

每次走到这里，他都会驻足凝视。

欧阳看他呆呆的样子，也顺着他的目光搜索，可除了杂花野树，什么都没看到。

"你在看什么？"欧阳好奇地问。

"那是坟墓，没有墓碑、旌幡、花圈，没人前来凭吊的坟墓。它们在大地上炮弹般微微隆起，仿佛要驮起什么。死去的人也像害怕孤单的活人，喜欢挤在一起。那些生生不息的野花野果、小草树木以及虫蚁鸟兽，是长眠于此的人的最大慰藉。他们到这里后，也许没想到，只有与花草树木融在一起才能真正安息。所有一切被掩埋之后都会成为一个整体。这里没有公墓的凄凉，没有祠堂庙宇的喧嚣。再豪华精美的公墓，都无法让人安息。公墓是人为的隔绝。我们却喜欢把活人的世界拓展到死人的世界。墓园是最安全的地方。那座新坟，过不了多久，即使站在这里也不会发现它，它很快就会与这里的景致融为一体。在时间看来，无论是古老的，还是初来乍到的，没有任何区别。我不希望自己未来的墓地有参天大树，能有一株夜来香的陪伴已足矣。即使没有夜来香，也会有一丛小草，它们每天清晨会为我落泪……生死是人生最大的事。含着金钥匙出生的人毕竟是少数。寿终正寝是所有人向往的死法。我们无法选择出生，如果能选择如何死亡，也是一种幸运。无论生前还是死后，我们都渴望安居……纵有千年铁门槛，终须一个土馒头……"

吴守之蹲伏着拨开草丛，一块残缺的墓碑露了出来。他念着墓碑上有些模糊的文字：青山不墨千秋画，绿水无弦万古琴。

"你在搞研究？"

"哪个人没有在搞研究？只是每个人研究的东西不同而已。在我看来，这里是一切的终点，也是起点。无论快慢，我们都会来到这里。人们常说生死无常。生可以说无常，死从来就正常。死神不会忘记任何人，死亡不会放过任何人，不管是出世的人，还是遁世隐居的人。如果这个地方能成为我的墓地，那该多好。生前就找到自己的归宿，肯定令人欣慰。从终点倒回去，不是重生了吗？"

欧阳仿佛被一缕凉风带走了，没有吱声。

刚起的山岚，一丝一缕悬浮在枝叶间。极目望去，一片片田畴仿佛一幅幅画卷。拐出山的鹿溪河改名叫锦江，闪闪烁烁，蜿蜒而去。

"你还记得《与朱元思书》吗？"吴守之抑扬顿挫地吟道，"风烟俱净，天山共色，从流漂荡，任意东西……"

欧阳盯着吴守之，不知是在嘲弄还是在欣赏，她从来没有听过吴守之如此装腔作势或者理性平静地跟她说过这么多话。但她确实被这里的景致淹没了。一路走来，好像忘了自己。

欧阳望着悬在天空的月亮，惊奇地问："还不到黄昏，月亮怎么就出来了？"

"世上有两个月亮，一个是城市之月，一个是乡村之月。乡村之月出来得早，太阳还在山顶，月亮就送别太阳似的出现了。城市之月迟迟不肯出来，或者根本就不出来。城市之月粘在天上，仿佛受到污染似的迷蒙。乡村之月悬浮在半空，明朗清晰。在城市里，隔着高楼大厦、灯光、汽车、行人、花草树木、灰尘、雾霾……我们与月亮有了漫长的距离。在乡村，我们与月亮就像一家人，没有任何障碍。"吴守之好像在跟欧阳普及常识。

"你打算一直在这里？你不是说过，寿终正寝是一种耻辱……"

"无论如何，任何人都会来这里。我说过，这里是所有人的最终归宿。我无非是提前来了而已。"

"别那么悲观。"

"我不悲观。我在这里进修，向这里的山水学习。大自然无论受到多大的创伤，都能快速复原。当我们还在为断垣残壁哀伤时，它们已经再次生机勃勃……"

"守之，上次的事，别放在心上……"

"过去的事，我早就忘了……这里的夜晚气温低，待久了会受凉。我送你回房间吧。"

直到今天，吴守之都没弄明白：他与欧阳怎么就到了谈婚论嫁的地步。不可否认，吴守之被苦恼和矛盾纠缠了好长一段时间，任何人都不忍心探究他决定与欧阳结婚的心路历程。

婚礼那天，沉睡三周的太阳仿佛明亮的天眼，一大早就开始巡视广都。经过天雨清洗过的城市，格外新鲜。据可靠消息，今天的气温将创历史新高，空气质量直逼重度污染，人体舒适度让部分人感到满意，半夜三更，将有暴风骤雨。

花枝招展的婚车仿佛迷了路，在市区兜了几大圈才找到华夏宾馆的大门，却差点没法进去，前来祝贺的车辆来宾实在太多了。

宫殿般的宴会大厅把世界劈成了两半，大红大绿的色彩把所有嘉宾的脸庞映衬得酷似新娘新郎。他们前来参加婚礼的目的各不相同，但人人喜笑颜开，就像美女主持字正腔圆的吉祥话：来这里的都是货真价实的亲朋好友，真心实意地赶来祝福。这些地方上的政界要人、叱咤商界的老板、闻名遐迩的艺人，除了特殊会议，很难把他们聚集一堂。在座嘉宾都坚定地认为，自己的光临会使这里蓬荜生辉，完全可以蔑视那些美酒佳肴和精妙绝伦的装饰布置。在不知情人士看来，广都官场真是理不清的复杂，但在中学教员向尚看来却非常简单：外表是裙带，实质是生殖器。

举行婚礼，是欧阳的决定。所有嘉宾，都是欧阳亲自拟定的。吴守之主动要求不请他的任何亲戚朋友，包括他的母亲、姐姐、杨富贵、周君慧。他觉得自己第一次结婚都没请他们，这次结婚更不能请。不少嘉宾猜测，吴守之这个"倒插门"女婿是孤儿。

欧阳的父母被来宾簇拥着，一本正经地坐在主位上，好像在参加一个严肃的会议。欧阳的哥哥在外省工作，弟弟正在读大三。吴守之婚前只见过他们家人一面，婚后他们一年也难得聚在一起。他们家庭成员之间的关系有一种公事公办的味道，一种近乎冷漠的仪式感。吴守之不喜欢任何仪式，仪式都是做给他人看的。

男女主持洪亮的嗓门震得在座嘉宾的耳朵嗡嗡作响。他们把这里当作电视台的节目录制现场，在红地毯上一唱一和，配合得天衣无缝。他们在为别人主持婚礼，但给人的感觉是，他俩才是天作之合的一对。婚礼本来很庄重，但在他们轻浮浅薄的主持下，让人觉得好像马戏团的杂耍。当他们对新娘新郎热情洋溢的颂赞之词灌进吴守之的耳朵时，吴守之忽然想到了悼词。悼词和婚词的异同在于：悼词低沉，婚词高亢；念悼词的人表情凝重，念婚词的人激情四溢；它们的字词基本相同，意义也相差无几……"该死。"吴守之满怀愧疚地责备着自己的心猿意马。

杨昌明市长兼职做了证婚人。他一反常态地急步上台，好像去领奖金。他接过司仪的话筒，照着稿子念道：

各位亲朋好友，大家好！

在这美好的日子里，我们迎来了一对珠联璧合、佳偶天成的情侣，欧阳与吴守之先生的幸福结合。首先，我代表各位来宾，祝新郎新娘新婚愉快、万事如意！

我宣布：欧阳和吴守之先生的感情是真挚的，他们对共创美好未来已有了充分的信心和充足的物质准备。他们的婚姻受中华人民共和国法律保护，结婚程序合法有效！青山为你们作证！秀水为你们作证！在座的亲朋好友们为你们作证！

在今后的日子里，希望你们互敬、互爱、互谅、互助。无论生活顺畅或坎坷，你们都要一心一意忠贞不渝地呵护对方，在人生的旅程中永远心心相印、白头偕老，共创甜蜜生活。

谢谢！

欢天喜地的结婚仪式终于结束，觥筹交错的喜宴正式开始。欧阳携着吴守之，把他一一介绍给每位尊贵的客人，也把每位尊贵的客人一一介绍给了吴守之。吴守之觉得自己宛若小时候走亲串友，被母亲牵着向人炫耀的宝贝。他从来不像欧阳那么喜欢热闹，哪怕自己是热闹的主角。他觉得这次婚礼，是欧阳特意制造的热闹。他感觉到，要解决自己爱不爱欧阳的问题，首先要解决自己适不适应欧阳的问题。

婚礼第二天，欧阳和吴守之开始度蜜月。他们在地中海的心脏马耳他待了两天，又乘飞机直奔欧洲，几乎绕地球一圈。这是吴守之第一次出国。他本想找点优越感，无奈语言不通。如果没有导游，他就是货真价实的聋子、哑巴、傻瓜、睁眼瞎……每当看到几岁小孩都能伶牙俐齿地说英语，他就感到自卑。

吴守之的蜜月比谁的都长，长得使他几乎忘记自己是个新郎。回广都时，杨洋隆重地到机场迎接他们，直接送到欧香花园小区。欧阳接过杨洋给她的钥匙，打开8号门。这是一套错层式花园洋房，里面装饰得喜气洋洋。

"这新房还行吧！"杨洋跟欧阳说。

欧阳开心地拥抱了一下杨董："谢谢杨大哥。"又转过头，对吴守之道："守之，这是杨大哥帮我们布置的……"

吴守之"嗯"了一声坐在沙发上，点上一支烟。他婚后才知道，欧阳一口一个"杨大哥"，实际上，杨洋的年龄比欧阳还小三岁。吴守之还在政府办迷惘挣扎时，杨洋已经轰轰烈烈地"创业"成功了。多年的商海历练，杨洋看上去比实际年龄要老得多。吴守之终于明白，在这个世界上，能不能当大哥，靠的不是年龄，而是财富和权力。

"你们好好休息，我就不打扰了。"杨洋走到门口又说，"还有什么要求，尽管说。"

关上门，欧阳生气地质问吴守之："你今天怎么了？杨大哥为我们做了这么多，你连谢都不说一个。"

"你不是说了成千上万的谢谢吗？何必我来多嘴多舌。"

"懒得跟你说。我洗澡去了。"

欧阳一甩脚，高跟鞋"砰砰"两声闷响，歪在了墙边。

欧阳赤脚走进浴室，好像不再打算出来。

吴守之突然觉得自己成了地下情人，被欧阳包养了。他曾经认为自己已被日复一日的生活判了无期徒刑，就像西西弗斯在斯坎特山上经受的重复苦刑。他觉得欧阳会帮他减刑，把他带出囚室，恢复自由。现在才明白，欧阳只是为他换了一个面积更大、光鲜舒适的囚室而已。

欧阳从浴室出来，给吴守之指了两条路：回市政府上班；办公司做生意。吴守之说他已辞职，怎么可能再回去。欧阳说，他不是辞职，而是停薪留职。

欧阳从杨富贵那里得知吴守之辞职的事，立即给杨市长打电话，把吴守之的辞职改为停薪留职。吴守之一直被蒙在鼓里，认为自己早已跟原单位毫无瓜葛了。

欧阳怎么可以擅自为他做主？吴守之知道真相后几乎火冒三丈，但他最终忍住了。他已学会忍耐。忍耐，完全有资格称为美德，甚至会成为一个人的性格特征。

吴守之盯着欧阳说，他想办公司。

欧阳说："行。"仿佛无所不能的上帝。

吴守之清楚自己并不需要上帝，而是需要上帝创造的人。

守之实业开发贸易有限公司发展初期，吴守之成天东奔西走，吃喝玩乐，好像什么都可以做，什么都能够做，又觉得什么都没有做。他认真研究象形文字，发现"实业"在他公司里就是一个虚词。

因为欧阳的言传身教和杨洋的鼎力支持，顺手牵羊、说东道西的生意倒也顺利。他做的所谓贸易，大多是高书记、杨市长、蒲局长的批条。他开发的基本上都是领导、银行、老板，以及宾馆、餐厅、牌桌、娱乐场所。收到第一笔十万块钱时，他觉得自己在犯罪。公司账上的钱越来越多，可他始终没有弄清楚那些钱从何而来。那些钱好像生有手脚，或者他确实了不得了，主动要躲到他的名下。每当把玩财务报表，他就怀疑那些只是数字，而不是钱。多年以后他才明白，你去找钱太难，钱来找你就轻松多了。成功人士的标志，就是钱主动找上门来。

吴守之很快就摸清了经商门道，练就了生意人思维。"上帝目光所及，皆可交易。"做生意，就是做交易，这种交易不像吟诗作赋，无须绞尽脑汁追求完美，只要交易双方各取所需、有利可图就行。所谓人类进步、社会发展，无非是交易范围的扩大。只有跟外星人开始做生意，人类才算真正发达起来。

吴守之一直努力把欧阳当作爱人、妻子、老婆，可欧阳从来不跟他积极配合。在欧阳的强势下，吴守之没法挽留住自己，连父母所赐、用了几十年的姓名都不得不提前退休。每次介绍称呼，都说他是"欧阳的先生"，好像高中同学给他取的绰号。吴守之并不讨厌绰号，同学朋友之间就经常互起绰号、叫绰号。大多绰号虽然戏谑、残忍，不少绰号却让人感到愉快，甚至自豪。一般人的绰号都与自己有关，因为显著的外貌特征、特别的生理问题、众所周知的糗事，但吴守之觉得"欧阳的先生"这个绰号更多的是与欧阳有关。

刚开始，吴守之感到憋闷，好像古时女子，嫁给欧阳随夫姓了。后来发现，从古至今的大人物，都不止一个名字。一辈子只有一个名字的家伙，都是名不见经传的凡夫俗子。即使还在成名路上的文人墨客都喜欢撇下父母的命名，给自己整个字、弄个号，不过瘾的，还把别号制成牌匾悬挂在房前屋后、客厅卧室，天天瞻仰。稍有头脸的人，生前有封号，死后有谥号。明星艺人都以艺名横空出世。作家都以笔名流芳。

想到老祖宗的名讳规矩，吴守之不再计较"欧阳的先生"这个新名号。他觉得那帮家伙因为不敢直呼其名，才尊称他"欧阳的先生"。在很多场合，他还主动介绍自己是"欧阳的先生"。过去就有无数不识好歹的家伙因不知讳而命丧黄泉，株连九族。讳是尊敬、孝顺、荣誉、符号、象征、规矩……皇帝要讳，父母要讳，达官贵人要讳，连头上长疮疤的阿Q都忌讳说癞、光、亮、灯、烛。但凡算个人物，都不能直呼乱叫，必须在前面加个姓。即使现在很多人达不到需要"讳"的高度，也要想方设法地"讳"一把。比如，请书法家弄个签名，好像一旦看清楚自己的大名，就是犯讳。讳名，可不是一般人能够享受的待遇。

吴守之告诫自己，从今往后，不再叫自己吴守之，也不再把自己当吴守之看待。有一次，他答应一个客户下周付款，那个客户非要他签字认可，他就恶作剧地签上"欧阳的先生"。签字时，他故意扭歪身子偏着脑袋，活像个顽皮的小男孩。那个客户拿着吴董的手稿去找财务室，财务室的人不知道是真不认识这几个字还是为了积极配合吴董，对那张字条死不认账。那个客户紧张地从办公室到财务室，又从财务室到办公室，来来回回好几趟，脸色变了，汗水出来了，头发几乎花白了，直到吴董把财务室的人叫到办公室，当面做了交代，并强摁住胀满肚子的哈哈大笑不从嘴里跑出来。

吴守之已不是吴守之。

吴守之成了欧阳的先生。

吴守之跟着欧阳走进婚姻殿堂后，开始认真扮演自己的角色。在他们的婚姻中，欧阳总是以昂扬的姿势行走，吴守之紧追慢赶，很少踩准节奏。在跌跌撞撞中，他切身体会到：爱一个人太简单，跟一个人一起生活真不容易。

经过反复洗礼，吴守之变了，变成了吴董事长。吴董事长跟欧阳在一起，不像吴守之跟欧阳在一起，少了不少磕绊。唯一让吴守之感到不快的是，欧阳把他当作生意场上的高中生，至今不给他颁发毕业证。他渴望尽快毕业，改变处境。杨富贵好像遥感了吴守之的心思，及时送去了供他撰写毕业论文的素材。

吴董事长看到杨科长，莫名其妙地拉长了脸。近年来，吴董事长动不动就生气，仿佛越来越肥胖的身体把他的心胸逼成了一线天。他拥有的东西满满当当地塞满了他的身心，没有给他留下舒展的空间。

吴董事长刚现身，杨富贵嗖地站起来，提起一个精美的盒子："守之，啊，吴董，这是我厂最新开发的保健品，请笑纳。"

"谢谢。"吴董事长没有接杨科长双手奉上的保健品，而是把手包顺手丢在茶几上，幸好杨富贵及时从茶几上提开保健品，手包和保健品才没产生误会。

吴董事长跟沙发有仇似的，重重地坐了下去。

杨科长害怕吴董事长把保健品当作手包给扔掉，悄悄把保健品轻轻地放在茶几的另一边，也慢慢地在沙发上坐了下来。

离开永福保健药品厂时，吴守之就想把杨富贵从记忆里删除。他们是大学同学，经过时间的反复淘洗，同学关系就像那张毕业合影，越来越模糊。在杨科长的卖力推荐下，吴守之在永福保健药品厂宣传科打了三个多月的工。乡镇企业并非他想象的那样。这个世界也不是他想象的那样。永福保健药品厂一直存在着根深蒂固的家族观念，裙带关系。能干的杨富贵始终只是个科长。吴守之终于明白，他无法改变世界，只能改变自己。在杨富贵的怂恿下，他最终投向了欧阳。

在烟雾缭绕中，杨科长仔细打量着时隔三年的吴守之：白白净净的脸庞丰满了许多，微微腆出的小肚平添了一种风度。在他身上，再也找不到机关小职员的影子，也不像以前熟识的那个迷茫倔强的吴守之。

"他已找到了支点。"杨富贵在心里肯定地认为。

吴守之与杨富贵各自叼着一支香烟，仿佛刚刚认识的两个陌生人。

"你们生意还好吧！"吴守之把第三支香烟掐灭在烟缸里，率先打破沉默。

"吴董，说真的，我现在不是在推销产品，而是在推销工厂。"杨科长把手扬了扬，终于下定了决心。

"别危言耸听。有你大科长在，还会出什么岔子？"吴守之瞟了一眼杨富贵。

杨科长认真地道："说实话，你可能也清楚，永福保健药品厂早已病入膏肓，面临破产边缘。去年，胡老板想方设法力挽狂澜，可工厂经营状况依然每况愈下。他早就打算金蝉脱壳，当地政府和银行却不同意。永福保健药品厂名义上是私营企业,实际上,早就抵押给了政府和银行。他想卖掉工厂,可没人愿意接手。他想跟人合作,有些人来看一眼就走了,有些人来胡吃海喝一顿后就毫无音讯。上个月,他跟一位浙江老板达成口头协议,却始终没有落地……"

吴守之盯着杨富贵,确定他所说非假后,好像猫嗅到了鱼腥味,不由自主地正了正身子。表面看去,他们仍在东扯南天西扯网地闲聊。

"怎么会到这种地步?"

"这是家族式的工厂。与其说是工厂,还不如说是有一定规模的作坊。技术落后,产品雷同,严重的裙带关系,一言堂的管理模式,急功近利,盲目扩张,缺乏对决策风险的有效追踪和控制。跟其他工厂差不多,市场上什么好卖就一窝蜂地造什么。基本上都是以仿制为主,没有自主开发的产品。优秀人才的发展空间堵塞,大量劣币驱逐良币。市场竞争激烈,所有的人好像突然睡醒了,个个精神抖擞,摩拳擦掌,大有不干一番惊天动地的事业就誓不甘休的架势。他们都很自信。自信和才能之间却隔着一条鸿沟。世人还没发明出把自信和才能融在一起的玩意儿。当然,自身有原因,外部环境也是问题。你体会不到没有根基和背景的民营企业的艰难……"

"老杨,何苦操这份心思!工厂又不是你的。市场经济就是如此。这样吧,我这里正缺人才,你来做个业务经理。"吴守之好像明白了杨科长的意思,他决定把杨科长提拔为杨经理。为了不使杨科长误会,他补充道,"就算老同学帮我,其他人,我还不相信。"

"谢谢。当初我进永福保健药品厂，一是帮朋友的忙，二是看好保健药品的未来发展……当然，这个烂摊子，并非穷途末路。只要有企业跟它联营，注入一定资金，管理跟上，自然会起死回生。"

"你还对它充满信心啦！真是难得的忠将良臣……你认为保健品真的有发展前景？"吴守之依然不动声色地闲扯着。

"现在，人类前所未有地关注自身的健康。健康产业肯定是朝阳产业。保健品作为大众消费起步不久，市场广阔。全国许多地方正在考察或已投资这类项目。"

"既然如此，为什么没人跟他合作？"

"世上鼠目寸光之徒太多，能高瞻远瞩的人凤毛麟角！对大多数人来说，一头牛跑过看不到，一只蚊子飞过却要拼命去抓。"杨富贵仔细观察吴守之，发现吴董事长动心了。

"你认为我跟他合作咋样？"吴守之轻描淡写地说。

"老同学，你在那里几个月，应该有所了解。跟他合作确实弊多利少。土老肥的狭窄，暴发户的傲慢，没读过几本书的人的愚忠，你未必能拉动它，相反，也许会拖累你。不过，如果你看准这个项目，倒可以想想其他办法。"

"什么办法？"

"入股，或者收购。"

"收购？那需要多少资金？"

"肯定比投资办新厂划算得多。收购，会减少立项、审批、征地拆迁、补偿安置、基建、购买设备、招工、建营销网络等环节程序。我们还可以打招商引资牌。地方政府就喜欢招商引资，出台了很多优惠政策……"杨富贵好像说漏了嘴似的，突然闭口不言了。

"老杨，你再辛苦一下，拟一份详细报告。如果此事能成，你可要帮我全权经营该厂啊。"

"当效犬马之劳。"

杨富贵再也掩饰不住内心的亢奋。他早就打好了小算盘，此事若成功，他不仅可以得到一笔可观的佣金，还能全权经营该厂，一箭双雕的事，何乐而不为？即使此事不成功，他也为自己投奔欧阳做了铺垫。吴守之是他的机遇，准确地说，欧阳是他的机遇，他可不想错过机遇而追悔莫及。他已下定决心把欧阳、吴守之作为自己的人生支点。他一直认为自己为吴守之与欧阳的美满姻缘做出了杰出贡献。

吴守之没理会杨富贵的心思，他有自己的想法。

守之实业公司至今没有实体，吴守之一直在想方设法使公司能够名副其实。他考察了好几个项目，都被欧阳枪毙了。如果把收购永福保健药品厂作为自己的毕业作品，他觉得欧阳应该会给他颁发毕业证。

吴守之亲自到永福保健药品厂进行考察。故地重游，他有了衣锦还乡的强烈感觉。酒足饭饱，他携着杨富贵在玫瑰苑温泉度假村旅游，差点成了玫瑰苑温泉度假村又一道亮丽的风景。

胡老板还是一副寸头、肥腻的大脸，可身体却膨胀得一塌糊涂，连昂贵的皮尔·卡丹也无法阻止。他的社会知识太丰富，撑得他的肚子不得不傲慢地腆凸出来。他与吴守之本来就认识，当然算是老朋友相见。在玫瑰苑喝酒后，胡老板本已决定重用吴守之，可吴守之却执意离开。

胡老板再三邀请吴董事长光临他家。他家装饰得金碧辉煌，与其说是一个家，还不如说是一座塞满了家具电器的城堡。吴董事长参观了每个房间，除了看到胡老板第三个儿子的小学课本，没有发现一本书。三天来，经过喝酒、吃饭、打牌、不知其名的娱乐、大堆大堆的废话闲扯等等不成文的程序规矩，吴守之与胡老板终于达成口头协议。

　　吴守之立即返回广都，向欧阳汇报。欧阳马上给予了表扬，并及时颁发了一个吻的物质奖励。

　　欧阳要吴守之再到永福保健药品厂，先草拟合同，但不要签字：守之实业公司全资收购，买断原厂土地、设备、厂房、技术、品牌，包括库存的成品原料，原厂更名为"康华保健品厂"。

　　三周后，欧阳与吴守之一起来到该厂，在当地主要领导的见证下，隆重签署了正式合同。令吴守之诧异的是，收购资金比原先约定的少了三分之二，优惠条款令人咋舌，比如：剥离债权债务；银行同意转贷，原贷款挂账还息，同时追贷了一大笔钱。吴守之除了支付一点原老板的现金外，还有一大笔流动资金，不仅足以使新厂热火朝天，也大大缓解了其他子公司的资金压力。在该厂附近，吴守之以修建职工宿舍的名义低价拿到一块土地，除了一幢真正的职工宿舍外，其余的都变成了商品房对外出售。吴守之在房地产市场上小试牛刀，就赚得心花怒放。他不仅白捡了一个企业，还新注册了守之房地产开发有限公司。

　　在祝酒仪式上，欧阳得意地向吴守之眨了一下眼睛。他差点把欧阳当成上帝，供在神龛上顶礼膜拜。一直以来，欧阳看他，就像看遥远的星空。他没有一副高大威猛的身材，连影子都显得细瘦、干瘪。只要欧阳盯他一眼，就会让他感到自惭形秽。但是，他必须感谢欧阳，没有欧阳眼睛的时刻警醒，就不可能有他的现在。与欧阳分居后，吴守之才发现，他需要欧阳的钱和人脉关系，更需要欧阳这种雷厉风行、从不犹豫地杀伐决断。

在守之集团的广都大厦里，欧阳、吴守之、杨富贵跟普洱茶、中华香烟和金丝楠办公桌一起，认真商议今后的发展规划。吴守之任守之集团董事长兼总经理。欧阳离开报社任守之集团执行董事长、财务总监。杨富贵任守之集团副董事长兼康华保健品厂总经理。

第二天，杨富贵走马上任，下令停产整顿。一周后，工人重新上岗，新招的员工陆续进厂，生产全面恢复。三周后，各类报刊、电视台、广播电台铺天盖地地发布关于"康华保健品厂"的新闻报道。欧阳坚持在电视连续剧中插播广告，请明星代言。三个月后，第一批新包装的产品集中上市。第二年年底，康华保健品厂被媒体和广告鉴定为省级龙头企业。守之集团下属的梦想夜总会已经开张营业，龙湖度假村也已破土动工。一切都像联想一样顺利。吴守之成了广都的一个传奇，家喻户晓的企业家、房地产开发商，身价像牛市股票，持续涨停。他的姓名被胡润排行榜盯上了。民间传说纷纷：吴守之是当之无愧的广都首富。

第七章

茅医生从医二十多年，对人世间的各种气味早已嗅惯不惊，相信自己的体内已经产生恶臭抗体，地球上最凶险的气体都伤不了他。在杨富贵任康华保健品厂总经理的第二天凌晨六点半，一个被烧烤店老板和出租车司机送来急诊的醉汉让茅医生开始怀疑自己的臭味免疫力。醉汉早已人事不省，可他散发的恶臭却异常活跃，好像被惹恼的毒蜂，铺天盖地地向他蜇来，即使他的鼻子是广都大道上的双向隧道，也受不了。茅医生抓住醉汉手腕时，认为醉汉通宵喝了一大缸酒精勾兑的白酒、一桶染过色的红酒、十扎发酵十年之久的鲜啤酒，狼吞虎咽了一头野猪、两只臭鼬、三只秃鹫、四条鬣狗、五只蝙蝠、六只果子狸……

处治醉汉时，医用口罩根本不起作用，茅医生和护士恨不得戴上防毒面具，穿上密实的防疫防护衣。茅医生叫护士打开窗户，不是要把醉汉的恶臭放出去污染空气，而是想用醉汉的气体唤醒嗅觉钝化的人，治疗鼻窦炎、鼻部脑膜脑膨出、鼻骨骨折、气味麻痹症患者。

从香樟树上飘过来的绿叶清香与醉汉的恶臭还在窗口纠缠。深陷恶臭里的茅医生只想马上脱掉白大褂，赶快逃离医院。杨富贵的电话及时拯救了他。他要茅医生在广都医院等他，他马上开车过来。茅医生问他有啥事。他神秘地说，见面再聊。

他们是高中时的"死党"。这段时间，茅医生差不多成了杨富贵的免费"保健医生"。杨富贵三天两头打电话，不是咨询，就是请教。他对自己身体的关注度超过了中东局势。他最初对茅医生的医术也不以为然，逼茅医生露了几手后仍然将信将疑，直到茅医生给他的女友方菲把准胎脉，他才心悦诚服。他决定把茅医生的话当鸡汤喝、补药吃。他到处宣扬茅医生精通四诊八纲，是他的同学，广都名医，"钟把脉"的关门弟子。茅医生几乎被他吹得像算命先生。

在医院大门口等杨富贵时，醉汉的恶臭才从茅医生心里慢慢淡逝。

晨曦正在改变天空的颜色。葱肉包子的香味满不在乎地飘向每个行人。程姐小吃店热气腾腾地温暖着广都的冬天。一溜人力三轮车整齐地停放在马路边。进出医院大门的车辆越来越多。茅医生第一次感到医院门口的空气是多么新鲜。

杨富贵直接把奥迪车开到茅医生面前，摇出一丝足以钻进几只苍蝇蚊子的车窗缝隙，招手叫茅医生上车。透过覆膜车窗，茅医生盯着若隐若现的杨富贵，突然觉得他俩好像犯了啥事，准备逃跑。杨富贵再次高声催促茅医生上车时，茅医生才突然醒过来似的拉开车门，侧身坐在副驾驶座位上。

杨富贵一副周末醒来的样子，快活地问茅医生吃没吃早餐。茅医生说刚交班，还没来得及吃。杨富贵摇紧车窗，独裁地说："我们去吃醪糟荷包蛋。"刚进刘一手小吃店，杨富贵就大声武气地点了一海碗醪糟糯米疙瘩、四个鸡蛋。茅医生问他："你知道病是吃出来的，为什么老是管不住自己的嘴？"杨富贵瞪了茅医生一眼，嘟噜道："吃完再说。"

用完早餐，杨富贵请茅医生去刚开张的星巴克咖啡馆喝咖啡。茅医生说昨天值夜班，必须补个觉。杨富贵说："那我送你回家，下午再来接你。"在车上，杨富贵说，他现在是守之集团的副董事长、康华保健品厂的总经理。他要聘请茅医生做康华保健品厂的医药顾问，今晚就带他去见董事长吴守之。

茅医生道听途说过吴守之，但不认识他，对康华保健品厂也不了解。他认为，药品可以治病，保健品却是另外一回事。如果遇到霸道的董事长，再优秀的顾问高参都形同虚设。茅医生再三说，他只是一个普通医生，没有能力当好医药顾问。茅医生拗不过杨富贵的热情纠缠，最后答应只当免费顾问。当医药顾问后，茅医生几乎没啥正经事可做。有领导来厂检查，他就奉命陪一下，主要是吃饭、喝酒、聊天、打牌。杨富贵介绍他是把脉大师，那位领导就用好奇的目光打量他。他的眼神，让茅医生感到不舒服，好像他是刚从电视机里蹿出来表演杂耍的江湖艺人。

五年前，茅医生被评为"广都十大名医"。近年来，他越来越觉得自己名不副实。一旦离开五花八门的检测仪器和不断上市的新药，他几乎看不了病。他经常扪心自问，如果没有CT、彩色B超、核磁共振、胃镜、肠镜等仪器提供的数据、指标、照片，他还能诊断疾病吗？干脆利落地切除病灶病体，病人就能痊愈吗？他甚至觉得病人治好了，与他无关；病人没治好，是程序不对、检测结果有误、药品无效。病人要感谢他，他总是客气地说："不用谢我。要谢就谢那些仪器和药物吧。"每次走进门诊室，他就感到惶恐，好像扮演医生的演员，害怕真病人的出现。

穿在身上的白大褂、挂在胸前的听诊器，只是演员医生的道具。昨天中午，有个病人反复问他得了什么病，他没好声气地反问他："检测结果没出来，我咋知道？"

平时坐诊，茅医生基本上都是严格按照医疗程序，机械性地察言观色，了解病情，开检查单、化验单，根据仪器的检查结果对症配药。程序一旦编定，谁都不想去改变。这种标准化的诊断治疗，让他觉得自己差不多成了机器人医生，那些仪器和药物的打工仔。

茅医生调到广都医院那年，他父亲患肺癌，治了一段时间后没啥效果。茅医生跟家人商量，准备放弃进一步治疗。母亲坚决不同意，带着父亲去找钟老师，从钟老师家搬回大袋小袋的中草药熬给父亲喝。一年后，父亲去医院检查，癌细胞居然不见了。

钟老师出身中医世家，有个祖传绝活"钟氏把脉诊"，方圆几十里的人都叫他"钟把脉"。他家住在三娥镇多堰村，距广都市区一百二十公里，远在开发区规划范围之外，只有一条进出的公路。越接近多堰村，周围的空气越明朗、清新、洁净。望见立体状的云朵与蜿蜒的山脉勾勒出的清晰的天际线，茅医生特别兴奋。他相信汽车一直开下去，一定会开进变幻莫测的白云里，开到神仙居住的地方。

母亲叫茅医生把车停在一条早已停了一溜小车的乡村公路上。茅医生打开车门，一缕清香扑鼻而来。碧蓝的天空，灿烂的阳光，水墨画般的山峰，让久居城市的茅医生感到有些不适。母亲挽着父亲，指着百米开外的竹林盘对茅医生说："那是钟老师的家。"一米见宽的田埂上，行人来往不断。在母亲心里，钟老师是神一般地存在。想到母亲眉飞色舞地谈论钟老师，茅医生觉得，那些人手里提着的不是装满塑料袋的草药，而是继续活下去的希望。

钟老师的家，是一座老式四合院。跨进跨出的人，使敞开的龙门显得有些狭窄。刚进门，茅医生就陷入了浓郁的花香草香中。晒在院坝里的、凉挂在四周屋檐下的草药，他大多叫不出名字。整个院子，虽然挤满了各种各样的人，却有一种香甜的安静。

坐在小木凳上的父亲，把左手放在黑漆漆的四方木桌上的棉垫上。钟老师瞟了一眼站在父亲背后的茅医生，微微低下头，眯上双眼，把食指、无名指和中指轻轻地搭在父亲手腕上。过了一会儿，他睁开眼睛，示意父亲伸出右手。在父亲换手的间歇，钟老师又瞟了茅医生一眼。把完脉，钟老师叫父亲伸出舌头，又看了看父亲的面色和眼睛，示意父亲站起身。钟老师用右手在父亲腹部摩挲了一阵子之后说："好了。"

母亲问："不吃药了？"

钟老师说："不用了。"

离开钟老师后，茅医生脑海里总是浮现钟老师的三根手指。那三根神奇的手指像魔法棒，好像能够伸进人体血管、五脏六腑，随心所欲地捕捉人体的过去、现在和未来。

再次见钟老师，茅医生是一个人去的。那天是星期六。他也不知道为什么起床后突然想见钟老师，一门心思只想见他。

让茅医生惊讶的是，那条乡村公路上，空荡荡的，没有一辆车，田埂上也没有一个人。他开始以为走错了地方。

遥远的三娥山烟笼雾绕。钟老师家周围的竹林依然青翠。四周的田野却使它显得孤零零的，像被谁遗弃了。

茅医生敲开龙门。开门的是师母。茅医生说："我来找钟老师。"师母说："他不在家。"茅医生正要离开，却听到钟老师中气十足的声音从里屋传来："进来吧，我在家。"

后来，茅医生恍惚觉得，那天的钟老师好像专门在家等他。

师母在院坝里的木桌上，为茅医生泡了一碗茉莉花盖碗茶。茅医生和钟老师边喝茶，边在树荫婆娑的阳光里聊天。

钟老师跟茅医生谈他的身世，还把九十九个药方交给茅医生。钟老师说："这是我几十年来琢磨出来的药方，方子不多，但是，理解了就是一方演万方。我给我的病人建有档案，详细记录他们的病状病因、治疗过程。为了不泄露病人隐私，我用的都是代号，除了我，其他人都看不懂。你拿回去看看，不清楚的地方再问我。"

从那天开始，茅医生正式跟钟老师拜师学艺。

钟老师说："有人说我是'神医'，但我清楚，在有些人眼里，我根本不算医生，连江湖郎中都不算。我没有工作单位，没有诊所，没有行医执照，没有医学院的专业文凭。找我治病的人都叫我钟医生，找我喝茶聊天的大多叫我钟老师。如果在医生和老师之间做选择，我更愿意选择老师的称呼。

"我家搬到乡下居住后，我父亲就在家里给人看病、开药方。1970年，他突然不看病了，连我儿子生了病也不看。他死后，我在他没烧完的残稿里发现了蛛丝马迹。我父亲脾气古怪，一直秉承悬壶济世的梦想。只要他觉得是好人，不给钱也看。凡是他讨厌的人，给再多的钱也不看。第一次挨批斗时，他发现把他押上批斗台上的那个年轻人，就是三天前找他看病的人。他想，难道给这些人看病，就是为了让他们身强力壮地来批斗自己？他后来发现，自己千方百计治好的病人居然有不少强奸犯、贪污犯、杀人犯、诈骗犯。他仔细想了想，他一辈子看过的病人，只有三个算得上是无可挑剔的好人。他曾经梦想医病、医人、医国，可最后发现连人都没医好几个。

"我开始独立看病之后，基本上只开药方，病人自己去抓药，镇上的医生看到我的处方都会抓药。后来，我开的药方，所有的医院都不给抓药了。我不算医生，我所有的医术都来自我爷爷和父亲的言传身教。

"找我看病的，大多是熟人，和熟人介绍来的。我没治好，他们才去医院。慕名而来的病人，都是在医院治了一段时间后，医生不想治了，或者家属听说我的'大名'，想'死马当活马医'。我特别感谢这类病人，他们相信我，有的家属直言不讳地要我把病人当'试验品'。治好了，感谢我；治不好，绝不怪我。这九十九个方子，不是我个人的，而是大家的。

"1998年春节后，我也不看病了。好医院、好医生越来越多，我这个江湖郎中已经无用。我想静下来，花点时间把爷爷、父亲、我的行医经历整理出来，如果还有点用，就不辜负'中医世家'的称号了。

"你知道，中医难学。中医讲究的是耐心、悟性。中医慢，不像西医那么急。中医与大自然、大环境，与我们的生活完全融合，不可分开，不能分开。我的三个孩子都不愿跟我学医。曾经有人给我介绍了好几位愿意跟我学医的徒弟，我都没答应。我说，你学了也没有任何医院会聘你当医生，你也开不了诊所。因为你是跟师学艺，不是专门的医科学校毕业的，你的单方验方秘方再有效，都没用。你的方药没有经过药监部门审核批准，你没有临床实验报告，你没有考取执业证、资格证，你就是非法行医、非法制药者。不仅没有哪个医院用你，搞得不好，还要坐班房。所以，我把他们都挡回去了。"

从钟老师的话里，茅医生听出了郁结在他们这代民间医生胸中的怨气。自从行医必须取得行医执照、行医资格证后，民间医生不能再遂"不羡良相、甘为良医""悬壶济世、治病救人"之志了。"非法行医"的帽子一戴，啥都完了，还可能遭到无证行医、过失杀人的指控。当然，行医是事关人命的大事，必须合法合规。

那几年，茅医生一有空就跟钟老师请教，还试着给一些朋友开中药方子。后来发现，同样的病情同样的方子，效果却大相径庭。

钟老师说："治疗效果，方子、药材质量、熬制都很重要。现在的中药材少有原产野生的，加之环境污染、异地种植，药材不地道，药效不好。熬药机熬出来的药几乎没有药性，就是一锅草水。熬药方便了，病却拖重了，拖得治不了了。有人质疑中医，与毒中药、假中药、无效中药有关系。我担心现在的中药材毁了中医……"

在古城宾馆的888包间里，吴守之与茅医生第一次见面。经杨富贵的热情介绍，他们互相客气地同时问候了对方："吴董好""茅医生好"。吴董事长先伸手过来握住茅医生的手，茅医生还没使上力，吴董事长已经松开手。就在他们两手相触的瞬间，茅医生突然觉得吴董事长有病。吴董事长的手细滑、柔软，有点汗腻腻的冷。那个冷，不是来自他皮肤，而是来自他体内。他中等个儿，皮肤偏红，估计是太阳晒出来的。他吃东西时，不像一般人那样直接把酒、茶水、食物送进嘴里，而是先送向鼻子，再向下移进嘴里，好像喝酒吃东西的是他的鼻子。茅医生开始以为他患有神经官能症，仔细观察后就否定了自己的看法。他们熟悉后，茅医生开玩笑地问："你的嘴是不是被鼻子控制了，只有得到鼻子的允许才敢张开？"被茅医生捅破秘密，吴董事长笑着说"习惯了"。

包间里的温度，热得有点过分。隐藏在墙壁里的装饰气味、满桌子的酒菜气味，被中央空调肆意蒸发出来，加上他们越来越高声的谈天说地，推波助澜地把气氛搅得异常热烈。偌大的包间里，只有他们三位客人，随时伺候的服务员比用餐的人还多。茅医生觉得吴董事长安排的这顿晚餐有点夸张，他的言谈举止烙满了奢侈痕迹。从外表来看，吴董事长并没有什么与众不同。茅医生向来认为，人与人之间并没有本质差异，不同的都是身外之物。两个地方最能说明这个问题：穿着统一囚服的监狱，穿着同样病号服的医院。

餐后分别，吴董事长把他慵懒的手搁在茅医生手里，抽开时茅医生才感到吴董事长手掌的温暖和力量。他不明白，两次短暂地握手，感觉为什么会截然不同。

第一次见面就说别人有病，尤其是对医生来说，难免有招揽顾客的嫌疑。茅医生对吴董事长的病只是一种感觉。先入为主，是心理医学上的大忌。在宾馆门口，茅医生好像为了报答吴董事长的热情款待，要杨富贵提醒吴守之注意身体，可杨富贵根本不相信吴守之生病了。去年冬天，茅医生说他有"三高"，他也不信，还满不在乎地说："管他三高八高，我只要高兴。"茅医生连哄带吓，逼他去医院做了全面检查，他才不得不重视有医生签名医院盖章的体检报告。杨富贵心知肚明，没有健康的身体，再美好的生活都享受不了。

一天下午，杨富贵在电话里忧心忡忡地跟茅医生说，他也觉得吴守之生病了。他要吴守之请茅医生给他把脉，却被吴守之臭骂了一顿。

吴守之的这种反应让茅医生感到好奇。现在的许多庶民百姓都重视养生治病，何况他这样的富人？疾病几乎都是累积渐变的结果。不是穿着病号服、躺在病床上的人才是病人，红光满面的人并不比满脸憔悴的人病得轻。在医生眼里，光鲜昂贵的衣着、精心打理的头发、夸张豪迈的言行、神采飞扬的神情，都很难掩饰住病情。

茅医生把他的病人分为几类：知道自己有病，积极配合医生治疗的；知道自己有病，但谁都不配合、破罐子破摔的；知道自己有病，而讳疾忌医、依然我行我素的；自己本来没有病，却总认为自己生了病的。据茅医生的观察，吴守之与某些财大气粗的人不同，也跟那些有难言之隐的人不一样，他不是假打，强装笑脸，故意遮掩。他没有病耻感，从来不否定自己有病，也坚信自己没病。他不主动配合，也不断然拒绝。好像他的病与他的身体无关，与他本人无关。

人生病，实属正常，不正常的是医生和病人只知道病状，而不清楚病因病源，可怕的是，像吴守之那样讳疾忌医。从医以来，茅医生医治的差不多都是一般病症、平常的病人。对医生来说，没有比遇到一个具有挑战性的特殊病症病人更能激发他的兴趣。

对吴董事长的病，杨富贵比谁都着急。他希望茅医生给吴董事长看病，又担心吴董事长察觉。他嘱咐茅医生，跟敏感多疑的吴董事长在一起时要不露声色。茅医生也打算把吴董事长当成特殊病人，最大程度地窥探他光鲜外表下的内心世界。他明里暗里为吴董事长"望闻问"，了解他的身世经历，打算弄清病症病因之后把脉，开处方。可是，他对吴守之了解越多越感到捉摸不定，就像他试图搞明白的历史和现实。

杨富贵有时把吴守之的病说得非常吓人，但观察吴守之的气色、言谈举止，茅医生觉得杨富贵有些夸张。他能肯定的是吴守之有病，但不严重。疾病只是自然规律中比较突出的一种现象。有些疾病根本不用治疗，有些疾病谁都治不了。疾病不是结束生命的唯一原因。真正治得了病的只有死神。死神才是最好的医生，时间才是生命的罪魁祸首。目睹了太多的死亡，濒死之人的挣扎、痛苦、丑陋，他就觉得，死亡也许是解脱，并不比活着可怕。害怕死亡的人也害怕活着。

杨富贵与吴守之的区别是他们与社会的融入度的区别。吴守之的个性更突出，杨富贵的共性更多。他们多变，杨富贵的变，目的明确、受自己控制；吴守之的变好像不受自己控制，或者说，他并没有变，他的每个形象都真实自然。茅医生诊治过不少个性化的疾病，但很少见到有个性的人。

没给杨富贵一个明确交代，茅医生感到不安。杨富贵骂他浪得虚名，他都不知道该怎么反驳。杨富贵认为他是西医名家，又是钟大师的关门弟子，怎么对付不了吴董事长？

茅医生无奈地说："你要我给吴董看病，确实有点为难。医患之间的互信非常重要。吴董不来医院，我就不能给他开检验单、配药，不在其位不敢谋其政。我把不了他的脉，切不准他的寸、关、尺，不了解他的十二经络、奇经八脉，五脏六腑的寒热暑湿，就无法诊断治疗。当然，医疗过度干预，对病人不一定是好事。好在他不是临险急症。我只能当个慢郎中，从'攻心'开始，跟他接触交流，先'望闻问'，时机成熟时再'切'！有没有效果，我可不敢保证。"

吴守之从小爱做梦，相信梦会始终伴随他的生活。直到六月四日早晨，他最担心的事情终于发生：他已不会做梦。

六月三日晚上，欧阳又没回家，吴守之打算继续享受跟以往一样的自助梦宴，在家里把自己弄得酩酊大醉。可他在客厅、阳台、卧室、花园、门口徘徊挣扎到天亮，都没能做成一个梦。他迷迷糊糊地记得有人在他耳边唠叨："绝梦比绝经还要糟糕：这是精神排卵的终结。"

连续一周没做梦，吴守之感到不安，就主动打电话约茅医生到他家来喝茶聊天。

吴守之居住的麓山国际别墅区距离广都市中心十公里，与老城区隔着古老的柳江和一座丘陵。别墅区周围自古以来都是良田塘堰，去年突然成了忙碌的建设工地。一条几乎断流的积满垃圾的肮脏小河。一座摇摇欲坠的石板桥。两条蜿蜒曲折的土路。下雨就是泥泞，天晴就是飞扬的尘土。他上班进城，都要绕过去倒过来，经过无数的水凼、建渣、坎坷和麻烦的错车。从别墅到他公司，不到一个小时的车距，却要经历三五十个噩梦。这让吴董事长很难说清楚自己是住在城市还是乡村。

这栋别墅像一座结实的城堡。爬满绿色藤蔓、缀满鲜花的围墙，使它显得与世隔绝、孤傲冷清。一楼会客用餐，二楼住宿，三楼书房，四楼收藏，顶楼的露天平台是茶室、棋牌室。主楼下面是隔成两个大房间的地下室，一间是卡拉OK厅，一间是家庭影院。别墅背侧配套有一栋两层楼房，一楼是厨房，二楼是保姆房。

午餐前，吴守之带着茅医生参观了他家的室内陈设和琳琅满目的收藏，让茅医生大开眼界。别墅从外到内，从花园到露天平台，那些事无巨细的讲究，撩人幻想。金钱创造的美，伟大的艺术家都望尘莫及。茅医生并不关心那些东西的价值，却为它们散发的气味着迷。大门口、花园、台阶、过道、阳台、室内都摆放着不同品种的百合花，使茅医生感觉到其他一切都是百合花的点缀。

吴守之配合着手势说，除了外面的阳光和空气，这里的一切都是他的。他相信麓山别墅区里的每栋别墅，都是一部厚重的长篇小说。

吴守之从不回避他是从大山沟里出来的，也不回避他现在的奢华生活。他出生在清水县的吴家坝村，距广都市区两百多公里。他的母亲和姐姐至今仍然住在乡下老家。对他的老家人来说，精神距离远远大于地理距离，他的祖祖辈辈很少有人从那里走出去。

那天的吴董事长神态悠闲，心情不错。他俩在别墅的露天平台上喝茶聊天。吴董事长喜欢晒太阳，总是追着太阳晒，一个下午，他挪了好几个位置。他们天南海北地闲聊，越聊越投机。当最后一缕阳光从石竹花和三角梅上消失时，他们突然聊起了梦。

吴董事长问茅医生，十多年里反复做同一个梦是怎么回事。他给茅医生讲了一个梦，让茅医生暗自惊讶。他们居然梦到过同样的人。因为那个梦太奇怪，茅医生从来不好意思跟人说。因为这个梦，吴守之虽然没有成为茅医生的病人，却成了他的朋友。

茅医生听过不少人讲述他们与众不同的梦，但对吴守之那些惊人古怪的梦也感到匪夷所思。吴守之经常梦见跟他没有一点关系的大人物。他抱怨说，那些大人物真他妈的可恶，连他的梦都要来控制，擅自闯进他的梦里去指手画脚。

茅医生说自己的梦低微世俗、单调乏味、杂乱无章，一旦醒来，大多数梦境十秒钟后就记不得了。他认为自己的梦都可以用"日有所思夜有所梦"来解释。吴守之的梦，不仅有声有色、活灵活现，而且有故事、有情绪、有生动的形象和具体的细节。吴守之每次绘声绘色地讲他的梦，茅医生有时觉得他在呓语，有时觉得他在口头创作惊险曲折的小说，有时以为他在讲别人的故事，甚至怀疑他试图通过梦来修改现实。

广都的夏天特别热，完全符合热胀冷缩的物理原理，热得广都的白天晚上都变得异常漫长，连吴守之的话也多了起来。他望着身边茂盛的三角梅跟茅医生说："我只是个生意人，做买卖的，说白了，就为一个字，钱。在生意场上，没有什么道德品质、人格尊严、是非对错之类的说法，只有价值价格，赚钱亏钱，达成什么协议，按没按合同执行。所谓的理想、情怀、道义，都是诗人、梦想家的说辞。当你遇到困难，再多的理想情怀都救不了你，再爱你的人也救不了你。拯救你的可能只有金钱。你是医生，你肯定看到过不少有钱就有命、无钱就没命的事。说实话，我不是特别喜欢钱，而是感谢钱。

　　"从人体构造来说，男女几乎没有多大差别。追根溯源，都是因为任何生物在原始之初都是雌雄同体。西方有个传说，上帝觉得人孤单无趣，打算把人分成男女两人。上帝操起斧头照人头劈下去。一个完整的人便被劈成了两半，一半是男人、一半是女人。他们成熟后，疯狂地寻找自己的另一半。许多人以为找到了，欢天喜地，可过不了多久，才发现对方不是自己的另一半。大多数人一辈子都没找到，只得将就。不瞒你说，我找到了，却又放弃了……我至今不清楚，我当时为什么要跟薛婧离婚……我也不知道我为什么爱她，离婚后更爱她……我是生意人，我无法像投资者一样对爱情进行利弊权衡的量化……"

　　吴守之起身换了一壶普洱茶，望着一盆百合花漫不经心地说，他下海、与薛婧离婚、与欧阳结婚，都算意外。谁也不知道明天和意外哪个先来。他第一次跟薛婧闹别扭，只是因为他不想听到电视机里的声音。他家的空间太小，既容纳不了他的爱情、理想、烦恼，也装不下光辉灿烂的电视世界。可他与欧阳住进别墅后，依然如此。

　　茅医生正要接话，发现吴守之神态大变，咬牙切齿地说："那天肯定有个家伙在我身边，要是被我抓住，非宰了他不可。"

　　茅医生第一次发现吴守之的异常表现。但是，他吸口烟就恢复了。

　　茅医生笑着说："爱情是自己寻找的，婚姻多半来自外力，因为有个热心肠的月老，整天拿着红线，想把两只陌生的脚拴在一起。在我看来，爱情婚姻与物质有关，更与精神、观念、情感、道德、世俗有关。每个人首先是一个生命体。作为医生，我尽可能准确地评判一个人的心理和肉体。因此，我从来不评价别人的爱情婚姻，从来不给他人的爱情婚姻开药方，而许多人却像算命先生一样乐此不疲。我觉得，任何爱情婚姻药方，就像心灵鸡汤，作用不大，甚至会产生毒副作用。每个爱情每个婚姻都是个例，有时坚强，有时脆弱。影响它们的因素太多了，对症下药都难奏效。"

有一段时间，吴守之热衷聚会，几乎天天莺歌燕舞，胡吃海喝，不是他请别人，就是别人请他。在他的别墅里，经常高朋满座，喝酒打牌，唱歌跳舞，像个小型的公共娱乐场。自从参加毕业十五周年的同学会和三十六岁生日派对后，他几乎不再参加任何聚会。

大学毕业后，大多数同学没再见过面，不仔细瞧，几乎不认识。当曹老师慈眉善目地向大家走来时，大家才觉得彼此真的同过学。吴守之发现，毕业后的所有老师都变得慈眉善目了。有的同学带着老婆、老公和孩子，显摆似的要证明自己的拥有。有个女同学，比老公大了差不多八九岁。有个男同学，挽着跟他孙女差不多年龄的夫人。校花李晓敏的女儿出现时，所有的男女同学只顾逗她乖巧的女儿。吃饭时，男男女女都像失去了性别，假模假样地拥抱打闹，好像终于消除了五千年的隔阂。饭后的自由活动，同学们再次青春焕发，引吭高歌，几乎把仔细涂抹在脸上的脂粉唱得满地都是，好像在热烈庆祝世界终于彻底解放。

吴守之的三十六岁生日派对与那次同学聚会可不一样。经过欧阳精挑细选的王春雨、袁小为、刘武、唐伟、赖世存等十位同学，不是已经发迹，就是在发迹途中。喜欢戴墨镜、行KISS大礼的"海归"刘武，一进门就优雅地向大家散发"德光高科技有限公司董事长"名片，垂手侍立的两位服务小姐也荣幸地得到了一张。

该来的客人都到了，酒也摆好了，偌大的饭桌上，除了中间摆的一束鲜花，每个人面前放的一张白纸和一支精美的钢笔，啥都没有。同学们颇感纳闷，不知道吴董事长在耍什么新玩意儿。

服务员给端坐在主位上的吴董事长点上烟，吴董事长深吸一口，终于发话道："各位老同学，今天算是群英荟萃。我知道大家都是美食家，难得有几个菜合你们的胃口。我们今天来个游戏怎么样？每个人点一道菜，但是，这道菜不能是同一家饭店做的。不管是星级宾馆还是苍蝇馆子，凡是你们认可的菜都可以点。让我们来评评广都市到底有多少入眼入口入心的菜品、饭店，也好互相评评各自的口味品位。"

大家禁不住为吴董事长的创意欢呼起来。杨富贵猜测吴董事长可能准备开家饭店，或者打算把古城宾馆买下来。

吴董事长待大家稍微安静后，接着说："今天是我的生日，我先来抛砖引玉。我点古城宾馆的土豆烧龟这道菜。据说这只龟已寿千年，我们就把它当千年虫给干掉吧。大家别客气，接着点，把你们点的菜品饭店写在纸上，签上名，我马上安排人去端过来……这支钢笔，是我为大家量身定制的，送给各位的千年小礼品。"

大家兴奋地在纸上写着，除了周君慧。

那天的广都市区莫名其妙地发生了八十九次车祸，晚上十点过了还在严重拥堵，许多人以为当天有大人物光临广都，还有人相信那天的广都遭到了喵星人的骚扰。

唐伟点了一道红烧娃娃鱼。刘武说："鱼是拿来吃的，娃娃可不是拿来吃的哈。"王春雨想吃"活猴脑"，可忙乎了半天也没找到。袁小为点的生鱼片，鱼肉已进胃，鱼骨还在水里游。唐伟点了一道天鹅蒸熊掌，还说："熊掌最好的是右掌，因为熊是用右掌掏蜂蜜的。"赖世存使大家在臆想中美美地"想受"了一道名叫"驴叫肉"的极品菜："我去年在北方吃过这道菜。厨师绑住驴的四条腿，在驴身上蒙块布，客人看准驴的某个部位，大厨就用特殊刀具挖出驴肉放进油锅，在驴叫声中，驴肉在油锅里配合跳动，活像大二时的霹雳舞。遗憾的是，广都没有驴子，做不了这道菜。"陈斌点了一道红烧鲫鱼。他酷爱吃鱼，刺越多越喜欢。他能够一口气吃完一条两斤重的鲤鱼，连一根刺都不吐。他经常给大家表演如何吃鱼：左边嘴里嚼肉，右边嘴里同时吐刺。杨富贵点的醉虾，把他的舌头吃出了淋漓的鲜血。望着不再蹦跳的虾，杨富贵含着自己的鲜血跟周君慧争辩道："吃醉虾并不残忍，我已经对得起它们了，临死前还给它们喝酒。小时候，我们抓鱼，直接往嘴里送，临刑前连口酒都没得喝。"游虎点的果子狸还没送到，周君慧已闻到异样的气味。"非典"发生后，游虎差点被同学们的唾沫淹死。宓君点了一盘回锅肉，邓斌尝了一下说："没有川菜之魂。"阳光问："啥是川菜之魂。"杨富贵抢过话头说："郫县豆瓣啊。"

只有周君慧没点菜，他望着这帮肥头大耳的同学，想起《巨婴国》里的一句话："中国人的集体心理年龄，没有超过一岁，还停留在口欲期。"他觉得广都人的胃口真他妈的不得了，啥都敢吃。他准备写篇文章，对广都人这种动物进行重新赋能定义。

杨富贵提议喝鸡尾酒，大家都没反对。每种鸡尾酒都有一个动人的名字：英雄本色、蝶恋花、浮想联翩、漫步云端、砒霜、似水流年、闭月羞花、犹抱琵琶……搞得饭店像个酒吧。

几杯酒下肚，大家开始发挥语言触须，以为可以触及彼此，可碰到的都是玻璃。大家没有气馁，不断以同学名义提高音量，加上唾沫，肆无忌惮地向对方飞溅，才华全都成了笑话，时下流行的民间段子，有关色情、政治、腐败、金钱、美女之类的黑色幽默。

袁小为讲了一个笑话，权当送给吴董事长的生日礼物。他眉飞色舞地说："有个喜欢穿金戴银的土豪，被几个胆大包天的贼盯上了。某个月黑风高的晚上，几个贼跟踪他到豪金酒吧，明目张胆地抢他手上戴的珠宝。可戒指始终撸不下来。一个愤怒的小贼操起匕首，当场剁掉他的手指。他痛得闭着嘴不敢出声，害怕暴露牙齿，因为他的牙齿镶满了黄金。"

除了追忆光辉岁月，谈得最多的是两位主角的逸闻趣事。那些添油加醋的故事，讲的人坚信不疑，听的人觉得好像今天点的菜不够，需要端些胡编乱造的故事来凑数。他们相信，爱情像两条河，无论如何迂回曲折，都会在大海里汇合。吴守之与欧阳就是无可辩驳的铁证。

周君慧低头在他的手机记事本上写道："任何饭局都是一个德性。稍有机会，男人就以为爱情出现了。"

吴董事长端起酒杯，一本正经地说："我酒量有限，就一起敬大家了。有个算命先生给我算过命，说我的寿命不长，120岁是个坎，要我119岁时必须做生，否则，翻不过那个坎。到时我做生，请各位务必光临哈……"

"好，我肯定来。"杨富贵大声应道，"我们真他妈的幸运，横跨千年……不像地包天李先毅，英年早逝……"

"你他妈的就喜欢拍马屁?"王春雨脸红筋胀地骂道。

吴守之看了一眼珠光宝气的欧阳，突然想到薛婧。薛婧喜欢朴素的穿着，不喜欢这种热闹场合。他脸上的神情一下子收敛起来，弄得客人们突然安静下来。大家莫名其妙地瞪着吴守之，不知什么事情令吴董事长不快。

"对不起，你们慢用，我有事先走一步。"

吴守之没有做任何解释，离席而去。

第八章

　　吴董事长俯视着窗外蜂飞蚁涌的车水马龙，心里陡然升起一种高高在上的感觉。他相信自己很快就能买下广都，继而买下整个世界。他的恐高症已经烟消云散。只有没到过高处的家伙才会说高处不胜寒。高处的寒气已被中央空调吹到九霄云外。太阳离他越来越近，每天都会擦着广都大厦准时升起降落。白天的吴董事长自信满满，春风得意，可一到夜晚，吴守之就像掉进了黑洞，被肢解、分裂成了无数个人。每天早晨醒来，他都对自己还完好无损的躯体感到惊奇。他开始琢磨怎样才能干掉黑夜，把太阳固定在广都大厦屋顶上。

　　在办公室的沙发上，吴守之午睡时做了一个梦，梦见一尾眼镜蛇昂头望着他，吐着红芯子，散发出难闻的腥臭。他一骨碌挺起身，却摔倒在地板上，他爬起来就跑，那尾蛇在身后紧追不舍。他突然觉得自己不是在逃离蛇，而是在逃向蛇，逃进蛇腹，他停下来，蛇还在追，可一直没有追上。他觉得自己在跑，他觉得自己在追，他觉得自己在等，他在等眼镜蛇把自己一口吞下去……

　　笃笃笃的敲门声，好像电影里的接头暗号。曾秘书报告说，江记者正等着采访吴董事长。曾秘书是欧阳为吴董事长亲自安排的秘书。她是欧阳的远房表亲，从北大经管系毕业后就到吴董事长身边工作。她手脚麻利，精明干练，女强人的影子异常清晰。可吴守之总是怀疑她是特工学校的毕业生，能够干涉他的梦的超级特工。

"不见！"吴守之头也不抬地说。

第一次接受记者采访，吴守之觉得自己蛮像个人物。后来发现，他们真正要采访的不是吴守之，而是吴董事长的财产。他们除了提些格式化的问题，从来不问他打算借机倾吐的心里话。即使他主动提出某些话题，他们压根儿听不懂他的话，仍然按照原先画好的框框要他填空，经常把他的话断章取义，甚至完全与他的本意相左。那些千篇一律的文章只是为了证明"天下文章一大抄"这句话的确没有过时。之后一旦有记者采访，吴董事长干脆让秘书准备好图片资料和红包一起交给他们。

"吴董，江记者说一定要见你。"曾秘书迟疑地说。

"你没把材料给她？"

"已经交给她，可她还是不走。"

"我说了不见。"

曾秘书退后两步，转身离开。

吴董事长望着曾秘书像一朵萎蔫的栀子花的背影，为自己对付记者的这套办法自得起来。他坐在皮椅上转了几个优美的圆圈，感觉那些精美的青花瓷、古董字画、不知名的玩意儿长出了五彩翅膀，在屋内旋转飞舞……突然，一股莫名的气流奔涌过来，四壁、办公桌、沙发不翼而飞，连自己都不见了，整个世界成了云海般的白影。

吴守之从皮椅上滑下来，以为自己的头转晕了，可分明看到一个倩影出现在他面前。他没听到敲门声，也没有接到曾秘书的通报，她是怎么进来的？难道又是自己的幻觉？难道办公室的大门和曾秘书都无法阻止白影的出现？

啪的一声。一个信封砸在吴董事长的办公桌上，随即，一个傲娇的声音传来："吴董，你把我们记者当啥？拿这些东西来打发？"

"你是谁？"吴董事长突然清醒过来。

"记者江冰如。我约了五次，吴董事长都不肯赏脸？"

吴守之终于看清她不是白影，而是一个女人，一个穿着白色低领紧身连衣裙、双腿修长、体态轻盈性感、还有一双摄人心魄的猫眼的女人。可他无法把这位突然冒出来的女人与记者联系在一起。她的母亲肯定是位大作家。她是小说的独特语言、情节和意境诞生的尤物。

该怎么称呼她？吴董事长开始搜肠刮肚。他觉得所有的汉字都无法与之匹配。只能用什么符号来代替。S。好。就叫她S。

"S……"吴守之脱口而出。

"你说什么？吴董，如果你愿意接受采访，我们现在就开始。如果你不愿意，我马上就走。"江冰如转身欲走。

"我接受你的采访。"

当一个漂亮女人出现时，所有的男人都会想入非非，吴守之是男人，当然无法例外。他亢奋起来，甚至出现了脑残迹象。拒绝一个女人，拒绝一个漂亮女人，对一个男人来说，是极不道德的行为。

江记者转过身，莞尔一笑："吴董不像有人说的那样目中无人，财大气粗，还有一个宰相的肚子。"

"哦，他们怎么评价我，我不在乎。我倒想听江记者怎么说。"吴守之起身给S泡了一杯茶。

"你创业以来……"

"我从来不认为自己在创业……"

"在很多人看来，吴董的事业蒸蒸日上，但我觉得，吴先生的内心深处交织着一股暗流，想把你从这个物质世界中剥离出去。内心世界的郁闷与事业的繁荣形成反比……你不是真正的商人。也许是一个诗人……"江冰如漫不经心地道。

"江记者还很自信啊。你不怕这样的评判太过武断?"吴董事长不置可否地道。

江冰如没有接话，而是拿起吴董办公桌上一块小巧玲珑的鹅卵石把玩起来。这块天然鹅卵石，乍一看，跟沙滩上随处可见的鹅卵石并没有什么不同，细看却有一些特别的花纹，像两棵树缠绕在一起，又像一对情侣在拥抱接吻。

"吴董，我们先从这块石头说起吧!"

"没啥说的。一块普通石头而已。"吴董事长突然紧张起来，眼前一阵恍惚，好像被人发现了秘密。站在面前的这个人到底是谁? 她怎么会对这块鹅卵石感兴趣?

凡是看到这块石头的人，从来没有表现出任何兴趣，因为它不是碧玉翡翠、玛瑙钻石，而是一块普通的石头。除了吴守之和薛婧，谁也不知道此石的来历和对他们的意义，那是他们的定情物。

每年冬季，鹿溪河就会干涸。小时候的吴守之，经常跟小朋友们一起在河床上抓螃蟹，在水凼里逮鱼捉虾。他与薛婧确定恋爱关系的那年春节，吴守之回老家，带着薛婧到河床上捡石头。

当薛婧捡起一颗人形花纹石时，爱不释手。

薛婧说，石头代表一种情缘，人生只有一枚石头属于自己，石头隐藏着人生命运。哎，有两枚这样的石头就好了。

他们在长长的河滩上寻找，整整一个下午，几乎翻遍河滩，也没找到一块相似的石头。

那时的吴守之，希望他们的爱情像石头，历经千百万年的河水冲刷，始终保持本色。他捧着石头，面向灿烂的阳光，紧闭眼睛，喃喃呓语。

他相信这样的石头一定有两块，另一块在某个地方等他。有次出差到丽江古镇游玩，他在一个石摊上发现一块相似的石头，毫不犹豫地买了下来。当他把那块石头捧到薛婧面前时，薛婧露出了惊奇的眼神。

"我们的爱情像它们，坚若磐石。"

离婚后，薛婧带走了她在河滩上捡到的石头，吴守之珍藏着他从丽江古镇买的石头。他相信，只要石头还在身边，爱情就不会离开。

"钻石、玛瑙、翡翠跟鹅卵石一样，本质上都是石头。可每块石头的价值并非完全由其质地来决定。也许这块石头确实是普通的石头，但是，摆放在吴董奢华的办公桌上，肯定别有意义。我在我的一位朋友那里见过一块石头，很像这块。"

"谁?"吴守之又紧张起来。

"吴董，今天可是我在采访你啊。"

江冰如冲着吴守之调皮地笑了笑，把石头放回原处。

"我们还是言归正传吧。据我所知，长山公司的董事长李伟，与你和你的夫人都是大学同学，贵公司收购长山公司……"

吴守之的手机骤然响起来。

江冰如刹住话头，朝吴守之嫣然一笑。

吴守之讨厌这铃声打断了江冰如春风拂面的声音，他不耐烦地拿起手机："不见！我正在接受采访！"说完就"啪"的一声合上手机。他冲江冰如笑笑说："对不起，你继续说。"

江冰如正要接着说，曾秘书敲门进来报告，中午十二点，欧阳宴请税务局的领导，要吴董务必参加。

吴守之突然发火道："你没见我在接受采访吗？你就跟她说，我中午有安排，去不了。"

曾秘书第一次听到吴董这么高声地跟她说话。她喏喏应着，一脸困惑地退了出去。

"办公室就这样，没法清静。"吴董事长自嘲地说。

"我算是见识了吴董生活的B面。"

"我们换个地方采访吧。"

当吴董事长说出这句话时，自己都吃了一惊，好像这话不是从他口中说出来的，而是另一个人在替他说话。吴董事长想收回这话时，已经来不及了。

"好的！我们走吧！"江冰如立马站起身。一缕香风肆无忌惮地吹向吴守之，把他吹进了吴董事长的更衣室。吴董事长把吴守之着意修饰了一番，还跟"美之顾问"耳语了一阵子，出来后的吴守之拥有了一身得体的衣着和一张英俊潇洒的面孔。

吴守之没叫司机开车，而是亲自驾驶他的劳斯莱斯幻影。他们一上车，吴守之就感到车内温度陡然升高，比地球变暖的速度还快。他本想开空调，却按了开窗键，一股凉风骤然涌入，江冰如仿佛刚移栽进来的绣球花，在风中颤栗。吴守之赶忙按下关窗键，瞥了一眼江冰如，发现一双水汪汪的眼睛正盯着自己。

吴董事长直接把车开到距市区三十公里的银海山庄。

银海山庄与麓山国际是广都市一东一西两处高档私人别墅区，靠山临水，环境清幽，视野开阔，非常隐秘，进去的路只有一条。从空中俯瞰，这些间距数十米的别墅好像隐约在绿树丛里的一团白影，进入银海山庄的密码。还未建成，广都媒体就异口同声地宣称，银海山庄是严格按照天堂来规划设计、定制建造的。

装修时，欧阳不计成本，把一堆水泥钢筋变成了全智能化的高科技产品，好像一头只认它主人的庞大藏獒。没有主人的允许，任何人都进不去，即使小偷强盗，连那里的空气都呼吸不到。装好别墅两年多，欧阳从来没有跟吴守之在那里住过，好像不是为自己买的，而是为那些宝贝家具和藏品买的，为那些特殊的客人来这里聚会时买的。

进入银海山庄大门后，一路上看不到门和进口，可吴守之的车一旦接近，门就自动开了，路就自动出现了，好像他的车能开道凿洞。

在客厅的沙发上坐下后，吴守之掏出一包烟，从中抽出一支，递给江冰如。他给她点烟时不小心碰到她凝脂般的手指，立即有一种触到火苗般的灼热之感，还发现自己身体的某些部位在反抗衣服的约束。他想再触碰一下她的手。他想象着两人胡搞乱来的情形。他与欧阳生活了多年，没有这种感觉。当初疯狂地爱上薛婧时，也少有这种念头。他禁不住暗思："今天是咋回事？"

江冰如叼着香烟，琢磨着窗外隐隐约约的风景。

"你喜欢吃啥？我叫酒店送餐过来。"吴守之看了看手表，十二点半。他也感到了饥饿。

"我习惯不吃午餐。"江冰如的口吻，好像除了午餐，啥都吃。

"那就吃点水果、点心吧。"吴守之从冰箱里拿出水果、饼干、干果放在茶几上，又泡了一杯速溶咖啡。

"这是哪里？"

"银海山庄。放心吧，没有人会来打扰我们。"

"哦，难怪这么冷。"

"我刚开地暖，过一会儿就温暖了。要不先加件衣服？这里的平均气温比广都城区低五度。我去给你拿衣服。"吴守之起身去了二楼。他在衣柜里翻来找去，拿起一件浴袍搭在手腕上，又拿起一件真丝睡裙，一件黑色晚礼服。

"我来试试。"江冰如大方地从吴董事长手上拿过真丝睡裙，套在身上。她紧紧睡裙，胸罩勾勒出的乳房形状清晰可见。她双手叉在腰间，在穿衣镜前侧转身子，那丰满的玉乳立即凸显出来，像拉满弓的弦，呈现水落石出的景致。

吴董事长感到窒息般地困惑，全身交织着对抗和配合的力量。他觉得自己正面临一股强大的敌人，必须马上逃跑。可江冰如就在旁边，屋子这么狭窄，怎么拔脚逃跑？

吴董事长还没来得及逃跑，江冰如已从裙裾、乳罩、内裤、丝袜里成功地脱逃出来，仿佛一团粉红色的光影。一对丰满的乳房刚才还包裹在严密的胸罩里，此时却向吴董事长完全袒露着，颤巍巍地期待他的双手像乳罩一样给她温暖和力量。江冰如没有再试衣服，而是突然抱住吴董事长，咄咄逼人的胸脯像座结实的城堡。吴董事长触到了江冰如柔滑的腰身，禁不住怦怦心动起来，逃跑的感觉更强烈了。但是，他没有逃跑，而是及时挣脱了西装革履的束缚。他们都自动解除了各自武装，操起另外一种武器，一起倒在宽大的床上。

江冰如闪电般地击倒吴守之，点燃了吴守之多年积蓄的激情，让他心甘情愿像山火一样在燃烧中灰飞烟灭。他的每个细胞都被激活了。他终于拥有了坚挺力量。他只想让世界在他身下痉挛、粉碎。拒绝诱惑是一种卑鄙行为。他高尚的情操被他的肉体可怕地奴役着。神魂颠倒、花艳柳狂。他们把这间屋子当作旷野般的战场。他们劈开了一条通往快活的高速公路。人们会指责野蛮淫荡，但不会拒绝快乐。吴守之在鲜花草丛里忘乎所以地进攻，进攻，进攻……他已离开尘世。他拨开草丛，寻找着自己的墓地。他要钻进去，在那里安睡。他与薛婧的爱情纽带、他与欧阳的金钱关系、他与这个世界的所有联系，统统在与江冰如疯狂的做爱中土崩瓦解。他们不像在偷欢，而是在发泄交流着彼此的压力、痛苦和快乐。

江冰如的皮肤结实光滑，像溜冰场。在云雨交合中，吴董事长不停地说："你是个女人。"江冰如迎合着说："你是个男人。"两句简单的话，经过他们反复唠叨，被赋予了别样的意义。好像他曾经不是个男人、她曾经不是个女人。

吴守之早就梦想一次自由地出逃，把整个世界置之脑后，撕掉虚伪的面具，贴上光明正大的标签，肆无忌惮地干偷鸡摸狗的事，奔赴死亡的战场，体验颤抖和恐惧的感觉。他擅自把一位外国诗人写的"爱情在持续的时候是永恒的"翻译成"爱情在做爱的时候才会现身"。他没有感受到爱情，却体验到了爱情的痴迷、狂热、饥渴、陶醉。他觉得一辈子这样爱一次就够了。

吴守之曾经认为，做爱相当于体育运动，与接吻、握手、拥抱差不多，只是肉体的接触，无非是部位和深入程度不同而已。它不会掺杂爱情、灵魂之类的东西。此时此刻，他做爱的想法跟其他想法一样退避三舍。同样是女人，感觉却有天壤之别。他把这个定义为生命的律动，肉体最幸福的时刻！

自从与欧阳结婚后，吴守之从来没有碰过其他女人。即使遇到心仪的女人，也只有心动而没有行动。他害怕被欧阳发现，害怕影响他的事业。爱情是独立的，拒绝与其他任何东西苟合。世俗的家，养不起爱情。爱情，从来就不想在家里长住。吴守之把薛婧作为妻子来爱，生活的沉重使他感到压抑。他爱欧阳，欧阳是他事业的支点，让他有了世俗意义的成就感。他对薛婧的爱情，是他的梦想。梦想一旦坠落在俗世里，就会粘上无法洗涤的污渍，很难生根发芽茁壮成长。梦想与现实总是错位。如果说他现在对薛婧仍有爱情，那只是他想象力的延伸，为了满足他曾经的承诺，是他的虚荣、同情、怜悯的要求，是他灵魂在孤寂时的耳语，是安抚痛苦的借口。他要通过这种爱情拓展，试图保持内心的一块净地。

在银海山庄，吴守之突然对江冰如产生了爱。这突如其来的爱，让他来不及采取任何措施。他觉得这是人性本能的爱、纯粹的爱、一种无牵无挂的爱、瞬息之间来不及思索的爱、还没有机会粘上尘世的爱。他相信爱薛婧爱欧阳，会有厌倦的一天。他爱江冰如，只有肉体疲惫后才会结束。

吴董事长被江冰如诱人的肉体迷住，丧失了愧疚。他不停地与江冰如做爱。这与其说是他对婚姻的背叛，还不如说他已把性爱与爱情、婚姻进行了严格区分。就像他与薛婧离婚，试图割裂爱情与婚姻。他与薛婧是爱情，与欧阳是婚姻。他与薛婧做爱，是爱情的证明。他与欧阳做爱，是婚姻法定的例行公事。他与江冰如缠绵，是人性本能的驱使。人性没有是非对错。人性大于一切。

当吴董事长从床上起身眺望满天星辰时，突然感到不安，仿佛内心受到了某种打击。当他再次面对江冰如时，又无法自控地把她揽入怀里，充满了对某种打击的渴望。

吴董事长打算把江冰如当情人，真正的情人。在这片大地上，小三、姘妇、奸夫情妇、露水夫妻不少，而真正的情人却是稀罕物。我们无法确定真正的情人。真正的情人之间应该有个约定，就像严厉的法律法规，不能轻易毁约。而许多所谓的情人，一段时间后，往往一方要反悔，用一些冠冕堂皇的理由撕毁合约。在他们看来，情人是婚姻的第一步，是索取的借口，是金钱、权力、梦想的另一种表述。

一位医生说过："女人是人类的神经部分，而男人则是肌肉部分。"吴守之常常把自己置身于隐秘之地，像个窥隐癖患者，自娱自乐地研究女人。他不敢轻易惊动她们。女人是最容易受惊的动物。哪怕是琐屑言行，都会让她们像天使一样无影无踪。他喜欢隔岸观火地欣赏女人。女人是男人的第六感官。女人是男人的陷阱。男人是女人的债务，永远还不清的债务。一旦有了某种关系，男人就开始负债，除非用婚姻来偿还，甚至用一生来偿还都无法令她们满意，还须加上来生、天堂、海枯石烂之类的誓言。

吴守之每做一件事，总要思考一段时间，其过程远远超过他做事的过程，结果是思虑过度，也为他在思想观念和心态上找到平衡的理由和借口，形成左右皆可的观点。他现在就认可了娼妓观。他这几年的所作所为与娼妓有何区别？他在出卖自己，不仅是肉体和灵魂，还有思想观念、尊严人格。

江冰如没想到，采访吴董事长比她预想的要深入。她不清楚究竟是吴守之的哪一部分吸引了她，让她不由自主地假戏真做。她敏感到吴守之一直被某些东西束缚着，一旦解禁，他就还原了。她撩开了吴守之隐秘的一面，捕捉到了吴守之人性里原生态的东西，窥见了吴守之内心深处隐匿的寂寞、极度荣华背后的孤独。她看到了吴守之从不示人的诗文，发现了吴守之在现实生活里的挣扎、痛苦和迷茫。她还意外地看到了吴守之裸露的灵魂，人性中最纯粹的东西。即使吴守之自己，也没有觉察到这些。它们蛰伏在吴守之的内心深处，也隐约在每个人的灵魂里。只是很少人去发掘，也没有什么东西去触动。

在她看来，吴守之是一个被文化浸淫过的功名利禄的追逐者，他表面上已被物质化、世俗化、利益化，但他内心深处仍然充满了理想和情怀。她觉得吴守之更适合在书斋里畅游……在亦梦亦醒中，她打算就此与吴守之一起从所有人的视线中消失。可是，一想到自己的身世、所处的现实环境，她就告诫自己不能那样做，她没有选择。她早已将自己的命运拱手相让。

写好"报道"，江冰如久久地坐在电脑前。只要点一下发送键，吴守之的命运将被发送掉。可她在发送键上迟疑着，始终没有按下去。她清楚自己没有任何能力阻止即将发生的一切。她能做的，顶多在邮件中尽可能地写一些对吴守之更为有利的措辞——选择几个词语，多用几个省略号，或者动用一些虚词、错别字、双关语……

江冰如转过头，望着躺在床上的吴守之。

赤身裸体的吴守之，蜷缩着身体，发出微微鼾声，婴儿般酣然入睡。刚才还兴致勃勃，强劲有力，此时却如此柔软，柔软得让人怜惜。

楚楚衣冠是两个人相知相融的障碍，是人与人隔阂的罪魁祸首。"卧榻之侧，岂容他人酣睡。"那是懦弱的表现，不信任的拒绝。在一个相识不足几个小时的陌生人身边能够宁静入梦，需要勇敢和信赖。吴守之以往干完那事，就感到疲惫、烦躁，莫可名状地悲伤，只想逃跑。此时此刻，袒露着毫无防范的吴守之没有恐惧，不想逃跑。

江冰如被吴守之的信任感动了，点击发送的手战栗起来。

吴守之突然翻转身，咕噜道："冰如……"

江冰如一惊，手指一下子坠落了——发送成功！

吴守之半躺着，懒懒地问道："你坐在那儿干吗？"

"写采访稿……"江冰如语无伦次地搪塞着。

"给我看看。我想知道我在你的妙笔下是个什么东西。"

"绝不是青面獠牙的怪兽。"江冰如惊惶地站起来，扑了过去，用红红的嘴唇阻止了吴守之的下一步行动。

"我才不怕呢，我相信你。"

江冰如的心像被什么东西扎了一下，眼泪差点涌出来。在诚信危机频发的社会里，被人信任是最大的奖赏，相信人是多么地难能可贵。

在江冰如的亲吻中，吴守之再次亢奋起来。两人又缠绕在一起，像两个淘气的孩子。在一波一波的浪涛中，他们的肉体被涤荡得晶莹剔透，他们的灵魂被洗礼得若有若无。

在银海山庄，吴守之突然有了家的感觉。他打算跟江冰如一起上山摘豆角，在泥土里刨红薯，在溪水里洗菜捉鱼，在厨房里听锅碗瓢盆的声音。这栋别墅，最缺的就是烟火气。

吴守之过去认为，大手大脚地挥霍钱财是最大的奢侈，现在却觉得，如何更好地安顿身心才是最大的奢侈。他渴望有一天，一个人，在一个宁静的地方，与绿树花草为伴，面向蓝天白云，脱掉鞋袜，沐浴在温暖的阳光里，一杯香茶在旁，一边抽烟一边看书。如果有佳人在侧，那无疑是人生极乐。他的理想仿佛触手可及。

第九章

"你知道旧城改造的事吗？"欧阳问吴守之。

说到旧城改造，吴守之悬着的心总算归位了。他认为欧阳还不知道他与江冰如之间的事。想起《伪君子》里达尔丢夫勾引欧米尔时大言不惭地说"私下里不声不响的犯罪不叫犯罪，只有张扬出去的坏事才叫坏事"，他马上产生了联想：不知道那是犯罪就不应该叫犯罪，没人知道的坏事就不应该算坏事。他为自己的行为找到了依据，觉得自己可以坦然面对欧阳了。他松了松领带，好像解开了上吊的绳子。

"旧城改造关我啥事？"

吴守之不是讨厌城市，而是觉得广都已经患了严重的城市病。前年启动造城运动。房地产开始腾飞。房价疯了似的涨。有人说过："上帝创造了乡村，人创造了城镇。"可那些人不是在创造城镇，而是在毁灭城镇；不是在改造旧城，而是摧毁过去、斩草除根。古老的城镇走过几百上千年，已长成具有丰富内涵的生命，不仅有自己的姓名，而且拥有刻骨铭心的集体记忆。那些人却粗鲁地把古城叫作旧城，说它破烂、陈旧、衣衫不整，肆无忌惮地向她动刀舞棒，冷酷无情地要抹去历史烙印。幸存的一些古街、古迹、古墓、古建筑，也被那些人按照光鲜标准肆意涂抹改造。一群痴迷风貌改造的家伙，正准备四面出击，打算改造欧洲的城堡、古罗马斗兽场、庞贝古城、巴黎的香榭丽舍大街。广都本来有些历史，可经过这几年的折腾，那些历史都成了传说。难怪老妈饭店门可罗雀，原来要旧城改造。

"这段时间，你到底在干啥？老是魂不守舍的样子。"欧阳毫不理睬吴守之的杞人忧天、悲天悯人，"我听杨市长说，这个旧城改造项目，将配套几百亩房地产土地。现在的土地越来越金贵……"

吴守之忘了握在手里的水杯。他正直身子，抽出一支烟，点上。维系他们的那根金钱纽带突然绷紧了。守之集团成立后，金钱成了他和欧阳之间最重要的润滑剂和兴奋剂。

"香港恒峰公司的董事长是不是叫高举？"

"上次到香港，他找过我。"

"你干吗不早说？"

"我们只是见了一面。"

"我听杨市长说，旧城改造需要大量资金。市政府组建专班跟踪服务。后天，我要到深圳开会，你记住跟恒峰公司联系。这次土地拍卖是关键。你去找赵小明，详细了解旧城改造规划和领导意图……"

与港商合资，吴董事长要的不是钱，而是"中外合资"这个金字招牌。他又尝到了争强好胜的甜头。只有在与人钩心斗角时，他才会暂时忘掉薛婧。商场即战场。人生就是一场旷日持久的战争。他早就不屑零星战斗，找个项目赚点小钱。他在布大局，干大事，他要成为战争的最后胜利者。

他分析了广都市所有的企业，能跟他抗衡的凤毛麟角，唯一担心的是长山建筑公司的董事长李伟。

李伟出生在产煤区江洋县。因为家穷，他从小就边读书边捡狗屎卖钱。其他人都不明白，他捡的狗屎为什么总比别人多。原来，他把老屋后檐沟的污泥混在狗屎里冒充狗屎来卖。有一天，他发现狗屎跟煤炭相比一钱不值，就想了个"石头换煤炭"的妙计。他跟同学魏小平商量分工细节，还纠结一帮同学以壮声威。他们选准地点，站在路中间，拦下拉煤车，要求跟拉煤司机用一百斤石块换一百斤煤炭，不换就不准过去。他振振有词地说，一百斤换一百斤，互不亏欠。他把"挣"来的钱藏在草席下面，被他妈发现后，谎称是帮同学保管的。李伟脑袋灵光，学习对他来说是小菜一碟。在他看来，怎么找钱比三角函数还伤脑筋。他小学毕业后轻松地考上初中，初中毕业后又轻松地考上高中。他能考上北方大学，出乎所有人的预料，包括他本人。

上大学后，李伟金盆洗手，即使在最艰难的时候，也没有动过重出江湖的念头。但他并没有彻底放弃这个找钱门道，而是授权魏小平。魏小平没有考上大学需要糊口，他也需要魏小平为他提供生活费。

每个假期，他回老家为魏小平出谋划策、加油鼓劲。他被勒令退学那年，魏小平因为打伤拉煤司机，被判了八年有期徒刑。警察无论怎么审讯，他咬死说这一切都是他一个人干的，没有出卖任何人。李伟每年都以兄弟的名义去监狱探望，给魏小平送东送西。魏小平服刑第六年，李伟发达起来。他花钱帮魏小平减了两年刑。出狱那天，他开车带着一大帮兄弟去监狱大门口迎接，在蓝湖度假村为魏小平接风洗尘。他安排魏小平在他公司上班，后来又要魏小平全面负责蓝湖度假村。他跟魏小平说："公司是我的，也是你的。"在这个世界上，魏小平眼里只有李伟，即使要他在自己的父母和李伟之间做唯一选择，他会毫不犹豫地选择李伟。

大学那两年，李伟出尽了风头。他穿着时髦，出手阔绰，经常请同学们吃香喝辣。每个周末，他大摇大摆地提着录音机，呐三喝四地到香樟林举办露天舞会。李伟从来不说自己的身世，神秘得好像从大院里出来的，必须隐姓埋名。同学们猜测，李伟的父母不是大官就是大老板。有天晚上，李伟跟几个同学在校外的茶馆里打麻将，说到欧阳时，屈江怂恿李伟去追求，赖世存保证李伟把欧阳追到手后请大家吃火锅，李伟正好和了一个杠上花，豪情万丈地扬言三天内拿下欧阳。欧阳对李伟本来并不讨厌，可听说李伟"三天内拿下她"的豪言壮语，恨不得把他生吞活剥。

一年多来，高傲的欧阳已经让一打不识好歹的追求者折戟沉沙，知难而退。欧阳从来没有想过被追求，她只是还没有选好追求对象。第二天上写作课时，李伟给她递了一张折叠好的字条，欧阳看都没看就把它撕得粉碎。下课后，李伟堵在教室门口请欧阳吃火锅，欧阳白了他一眼就从他身边飘然而去。碰了多次鼻子灰的李伟毫不气馁，三天过后继续穷追不舍，让欧阳焦头烂额，无计可施。

一个周末的下午，欧阳主动站在李伟面前，露出千金难买的微笑，差点让李伟以为喜马拉雅山顶的积雪融化了。欧阳突然收起微笑，撂下"我有男朋友"就转身而去。为了证明自己名花有主，欧阳当天晚上约了吴守之，挽着他来到映月湖边。发现花前月下的他们，李伟恨不得揪住吴守之，丢进湖里喂泥鳅。他发誓要拆散他们。他死缠烂打只想把欧阳这只美丽的天鹅弄到手，想不到天鹅却擅自歇在吴守之怀里。他从一棵香樟树根处抠出一块鹅卵石，不顾一切地要砸毁"天鹅窝"，因为担心殃及天鹅，才心不甘情不愿地把石头揣进裤兜。半夜三更，失恋的李伟吆喝一帮同学到泉月楼喝得酩酊大醉，跟社会上的"超哥"发生口角，群殴起来，他裤兜里的鹅卵石成了被派出所拘留半个月的证据。学校勒令李伟退学。

李伟一直没有告诉父母，自己被学校勒令退学的事，每年假期照常回家一趟，好像他仍然在上大学。他在老家玩几天就走了，说是去学校勤工俭学，其实是到县城做小生意。挨到"毕业"，他在九眼桥附近的地摊上买了一个能够以假乱真的毕业证书。有人嘲笑他是九眼桥大学的毕业生，他也满不在乎。他买假文凭，只是不想让父母伤心。他至今只用过一次假文凭，在父母面前。他要不识字的父母仔细看，还兴奋地说他已在广都市参加工作。他父母至今不知道他只上过两年大学。

被学校开除，李伟并不后悔。离开学校时，他把书、书包和铺盖卷全都无偿地送给了同学，只身来到江洋县城做地摊生意，从广都城里批发小百货，赚差价。他当过"审串"，做过"倒爷"，后来在一家建筑公司当临时工，当工长。有一次，老板叫他一起去谈业务，可老板临时有事走不开，就叫李伟代他先谈。对方以为他是老板。谈完后，他发现这笔业务如果自己干，赚的钱比他在公司里的十年收入还多。他立即决定甩开公司单干，赚到了第一桶金。为了不让自己的墓碑上只能镌刻"包工头""暴发户"这些字眼，他第二年就成了长山建筑公司、蓝湖度假村的董事长。吴守之还在借酒消愁时，他已经冲出县城，扎根广都，成了能跟风雨打招呼的老板。去年，李伟就看中市中区的这块地，想搞房地产开发，可费了九牛二虎之力也没拿到土地。他想借高举之力达到自己的目的，名曰以商招商。

李伟认为吴守之是个小白脸，可供观赏的花瓶，还抢了他的爱情，毁了他的学业前程。吴守之认为，李伟是一个五大三粗、不学无术的江湖中人。第一次见面，他就觉得李伟的鹰钩鼻已经发育成熟，随时可能从胡子拉碴的脸上私奔。可眼前的李伟却红光满面、风度翩翩。他想，金钱的确是个好家伙，毫不计较打扮丑恶，还经常屁颠屁颠地为罪恶涂脂抹粉。在钱眼里，卑鄙变得光鲜高尚，龌龊变得纯洁无比。无数金银躲在黑暗里闪闪发光，亢奋地要照亮整个世界。

吴守之一直想做个真正的商人，而不是商贩。他觉得，商人和商贩的最大区别是信用，而不在于生意大小、钱多钱少。真正的商人是讲信用的。凡是不讲信用的，他一律视为商贩。他从来不想跟商贩打交道。他今天来找李伟，目的就是要确定李伟是商人还是商贩。

在李伟的办公室里，两人心有灵犀地共同免了寒暄礼节。

"什么风把吴董给吹来了？"李伟哈哈大笑道。

"早就想拜访老同学。"吴守之主动握住李伟露在衣袖外面的手掌。

"NO NO NO，我们只能算半个同学。你是无事不登三宝殿的，有什么指教，直说吧。"李伟单刀直入，他还不忍心抛弃陪伴他一路走来的江湖豪爽。

吴守之知道跟李伟这类人拐弯抹角不明智，也直言道："听说市政府要改造旧城?"

"全世界的人都知道的事,你来问我?"李伟觉得吴守之在装腔作势、明知故问,但并没有放在心上。他清楚吴守之的葫芦里还有药。

"听说香港恒峰公司是你引进的。"

"不错。"

"我们一起来做,怎么样?"

"半个同学,你知道我的家底,旧城改造,可不是一件小事。能不能做,我可决定不了。"

"我今天来跟你讨教,就因为旧城改造是个大事。"

"半个同学太谦虚了。谁不知道守之集团的势力?你找人讨教,恐怕找错了对象。"

"我们俩单独竞争,也许没有十成把握。但是,我们合作的话……"

"怎么合作?"

"请你加入守之集团。"

"你想收购我……"

"我说的是合作,不是收购。非洲有句格言:如果你想走得快,那么你就一个人走;如果你想走得远,那么就一起走。"

"本人才疏学浅,不知深意。"

"我们一起来做这件事、一起发财。现在的人不愿雪中送炭,却喜欢锦上添花。"

李伟摸清吴守之的意图后,暗自高兴。他本来就想找人组成联合体拿下这块肥肉。既然吴守之主动送上门来,何乐而不为?与吴守之合作,凭欧阳和杨洋的关系,他至少可以分到一杯羹。

即使合作不成功，对长山公司来说也没有什么坏影响。

"既然我们是半个同学，我也不想假打。容我想想再说。"

"没关系。我们只是在探讨。"

仅过两天，李伟就给吴守之打电话，同意跟他继续探讨。

欧阳断然反对与李伟合作。她至今无法忘记大学时追得她无计可施的李伟。她认为，公司满世界都是，这件事根本用不着长山公司。更让欧阳气愤的是，吴守之居然擅作主张，没跟她商量就去找李伟。

吴守之没理会欧阳的气愤："我清楚与李伟合作弊多利少。但李伟是引资牵线人。你清楚李伟这个人，一旦跟我们作对……"

"我自有办法。"欧阳打断了吴守之的话。

吴守之把打断了的话接了起来："你听我把话说完。我认为，能不能拿到旧城改造项目，是小事情……"

欧阳再次打断吴守之的话："那可是大事。你知道有多少人虎视眈眈吗？马克·吐温早就说过：赶快抓住土地，上帝已经不制造了。"

吴守之又把打断了的话接了起来："我说的大事是公司上市。公司不上市就像汽车没有翅膀，只能在地上跑。我们要上市，从目前的财务状况来看难度大。与李伟合作，是为了拿下旧城改造项目，更是为了我们公司上市的财务报表。实体已经赚不了几个钱，资本、金融才是未来。现在不是大鱼吃小鱼，而是快鱼吃慢鱼……"

"你今天怎么啦？硬要跟我作对？"

"我不是跟你作对。我是在跟你讲道理。"

"别说了……我绝不与啥为伍……"欧阳摔门而去。

凡是经过的人事，都在吴守之的头脑里鲜明地陈列着。随着岁月的流逝，他几乎成了一座沉重而压抑的博物馆。

经过老妈饭店门口时，吴守之突然叫司机停车。奔驰车尖叫着停在老妈饭店门口不远处的槐树下。吴守之打开车门，箭步冲了过去，仿佛突然发现猎物的豹子。他在车里看见薛婧进了老妈饭店。

老妈饭店是他与薛婧第一次晚餐的地方。这家百年老店坐落在老城区，店面不大，却温馨雅致，价格便宜公道。他们喜欢这里弥漫的古老而静逸的诗意氛围，这是现代物质和科技都难以模仿和营造的。

薛婧是到老妈饭店去晚餐的？薛婧是老妈饭店端盘子洗碗服务员……吴守之不敢往下想，他的头开始隐隐作痛。饭店里突然响起歌曲《我不想说》……薛婧辞职后，吴守之再也没有见过她，他暗地里打听寻找，始终音讯了无。每次想到薛婧，就有一片雪花飘过来，薛婧慢慢地成了一座雪峰，在他心里寒冷地矗立着。他觉得自己亏欠薛婧太多，可始终找不到弥补的办法和出路。如果薛婧现在在他身边，那就什么都不缺了。他的贪得无厌，在爱情上也表现不凡。他梦想有一天，薛婧会出其不意地出现在他面前。这种梦想使他在自己的臆想中得到了短暂的满足。他抱着见到薛婧的渺茫希望，想用某种方式来驱逐对薛婧的歉疚，甚至想通过薛婧使自己成为一个慈善家。

一个人最大的痛苦并不在于不能做什么，而在于他能做什么的时候却无法去做。他不清楚，这是爱情，还是欲望。他毫无愧疚地渴望回到家时，看到的不是欧阳，而是薛婧。这使他忍受着双重的痛苦。

冷冷清清的大堂，没有了昔日的热闹和安静。

吴守之点了一碟油酥花生米，一盘回锅肉，两样素菜，一碗西红柿煎蛋汤，他与薛婧从来不变的菜肴。

"先生，几位?"服务员问。

"两位。来瓶红酒。"吴守之说。

服务员整理好两套餐具，拿来两个红酒杯。

服务员斟酒时，吴守之轻声道："那杯少点。"薛婧不善饮酒，每次都是陪酒的角色，吴守之也乐得多喝。

"先生，放冰块吗?"

"谢谢，不用。"

吴守之身上还残留着寒冷肆虐的痕迹。小时候，每年冬天，他的手脚都会生冻疮，红肿、溃烂，一天到晚痒得他只想把手脚砍掉，连上学都得堂哥背到教室里。整个冬天，除了在床上，他几乎都与温暖的"笼儿"做伴。他几乎无法出门，无法做事，无法玩乐，除了天马行空地胡思乱想。即使现在，寒冷已无法再使他受伤，他仍然讨厌冰块。再热的天气，他都拒绝吃任何与冰有关的食品。他喝红酒，从来不放冰块。他发现自己就是一块还没有融化的冰，坚硬、滑溜、冷漠。即使倒进红酒杯里，也只有铿锵之声，冲淡酒的香，酒的甜，酒的醇厚。

吴守之盯着两杯红酒，呆了好一会儿，仿佛在等待什么。

菜上齐了，吴守之右手端起一杯酒，左手端起另一杯酒，轻轻地碰了一下，把自己的酒一饮而尽，又把另一杯酒一口吞下。他就这样两杯两杯地喝，直至喝出了赭色的夜晚。桌上的菜几乎没动，而瓶里的酒已经见底，无法喂养什么了。

服务员怪怪地盯着吴守之。她见识过千奇百怪的喝酒方式，也见过不少独自一人来吃饭喝酒的。像他这样的客人，还是第一次见到。

一瓶红酒下肚，吴守之浑身燥热，满面通红，仿佛在给广都之夜免费涂抹色彩。在华灯闪烁的晕眩里，他的脸显出了暗淡的猩红色。他招呼服务员再来一瓶，却突然想起他们从来只喝一瓶，薛婧不许他多喝。

他抬起头，看了看对面，惊讶地发现只有一张空空如也的凳子。他瞅了瞅周围，客人都走了，空荡荡的大堂里，除了吴守之，就是服务员。空酒瓶还伫立在桌上。他觉得薛婧上洗手间去了。他开始等，等薛婧从洗手间里出来，他们一起回家。

"先生，还需要什么吗？"

听到服务员的声音，吴守之蓦然清醒过来。服务员在下逐客令？

对面的椅子仍然空着。薛婧不会回来了。她不在那里。她今天没有跟他一起来。她永远不会来了。可刚才跟他喝酒的是谁？他一直觉得不是独自一个人来的，也不是一个人在喝酒。薛婧不打招呼就离开了。她什么时候来的，什么时候走的？

吴守之瞪着血红的眼睛，突然看到了孤独，端坐在对面凳子上，影影绰绰，仿佛也喝醉了酒。孤独一直坐在他对面，陪他喝酒，静静地打量着他。孤独是自己创造的，他不能抛弃它，他必须带它离开……

大堂突然暗下来，仿佛套了黑纱的灵堂。寂静、忧郁、充满了期待的凳子，空空如也的酒瓶，饥渴的酒杯……

一只老态龙钟的土黄狗，披着一身肮脏的毛发，忧郁的眼珠子镶在眶外，一声不吭地曲着后腿，像要向他扑过去，又像要后退逃跑。他恍惚觉得它是青山村的那只土黄狗，跟着他进城了，在城里老了。他走上前去，想仔细看看它，安慰它。可这只土黄狗身份不明，不像有主人有项圈、穿着漂亮衣服的宠物狗。它不识字，读不懂报纸，不会打电话玩手机，不会看电视电影，更玩不来电子游戏，否则，它是不会独自进城的。他上前打算把它带回家，给它一个明确的身份。但这只曾经从容不迫、躲过无数叱骂口水的老狗望着不知要干啥的吴守之，显得惊慌失措。他犹豫起来，不知道把它搂在怀里，还是给它一记窝心脚。土黄狗好像突然认出了吴守之，嗅了嗅他的裤脚，一声不吭、摇摇晃晃地离他而去。它瞧不起他？它失去了野性的呼唤？

　　一个头发蓬松的年轻人靠在梧桐树上，懒懒的样子，好像期待着谁的拥抱。一个衣衫褴褛的小女孩依偎在没有了双腿的男人身边，跪在地上向路人乞讨。旁边端坐着一位拉二胡的盲人，如泣如诉的琴声把片片黄叶感动得四处飘零。他们都是从山清水秀的地方来的，却惹满了尘俗污垢，好像被宾馆饭店吐出来的垃圾，粘在大地上的伤疤，社会舞台上的道具……吴守之从口袋里摸出几张零钞，放在小女孩的瓷碗里。

第十章

在深圳环球经济论坛上，欧阳看到一帮大热天里打领带穿西服，只有几撮头发仍然理得一丝不苟的专家、教授、官员、企业家，就感到不舒服。她怀疑装模作样的吴教授只是为了诠释皓首穷经，故意把头发染白的。满脸沧桑的张专家是渴望司仪小姐的搀扶，才步履蹒跚地硬撑上讲台的。在听了几位被圈养得膘肥体壮的经济学家嘟噜般的高论后，她开始失望。那些概念性的经济术语，抽象的、模棱两可的分析，毫无实质内容，经不起逻辑推敲和事实证明。他们只有那么一点自己都无法把握，夹杂一些外来语的新词怪语充当自己的观点。她怀疑这些饱读诗书，喝多了洋墨水撑大了肚腩的家伙，除了卖弄一些知识词汇、搬弄大堆时髦观点、不能再为自己维权的死人名言唬人外，还剩下多少自己的东西。

欧阳开始还按捺着性子，勉强听下去，可越听越觉得索然寡味，晕晕乎乎。大会中途，她几乎看到垂死挣扎的绝望，仿佛悬挂在会场四周的标语，飘来荡去。她不想再委屈自己。她要到外面呼吸新鲜空气。她正要起身离开，突然听到主持人激动的声音："下面，有请西部经济专家、长山建筑公司董事长李伟先生演讲。"

李伟是不是跟她同学过两年、野蛮追求过她、吴守之准备跟他合作的李伟？在她心里，李伟是个沐猴而冠的家伙。她始终抹不去他那匪气十足、目空一切、吊儿郎当、神气活现的模样。如果真是那个李伟，她倒想看看现在的李伟在这庄重的盛会上会说些啥。

"尊敬的各位领导、嘉宾、女士们、先生们，下午好！

"从台下到台上，短短的几级台阶，我却用了四十多年。我不是经济学专家，也不是成功的企业家。我的知识经验大多来自生活体验。我在生活中关注经济，在经济中体验人生。我来自广都市。在诸位的眼里，也许那是一个贫穷落后的地方。但是，当中国长三角、珠三角、环渤海经济区高速发展时，谁把眼光投放到这个占了中国近三分之一国土面积的大西南，无异于发现了一座金矿。广都是大西南的核心区，西部最大的门户枢纽……现在的世界变大了，英雄的定义也变了。在这个变革时代，我仍然相信英雄，相信英雄的存在。当我们抱怨没有英雄时，为什么不看看在座诸位，这个时代最耀眼的英雄，创造财富的企业家。他们让社会充满了勃勃生机，不断创造着这个时代的奇迹……企业，是社会发展到一定阶段的产物，是社会进步繁荣的动力、活力。企业的企字，上面是人字，下面是止。企业始于人、止于人。没有人，就没有企业没有企业家。企业在下，人在上。人大于企业，大于企业家。有些企业之所以难以做强做大，难以成为企业英雄，根本原因在于忽略了头顶上的人……经济不是那些高深莫测的书本解读。经济是实实在在的生活。经济与生活没有距离，也不应该有距离。我们懂经济，但不一定了解生活。我们懂生活，但不一定了解经济。我们的主要问题是把生活与经济残酷无情地剥离开来。经济被一些人糟蹋成了一门沉闷的学术。大多数经济学家只关注企业生下来的钱，而忘记了使用钱的人；只研究如何帮助政府、银行、企业家赚更多的钱，而忘记了如何使平民百姓拥有更多财富。在他们眼里，经济只是毫无感情的数据，他们的目标、设计、预期、虚拟和未来……我认为，经济的本质是经世济道，也就是就业、收入、民众的吃喝拉撒……许多民企盛极而衰，因为外部环境，也因为内部机制的不健全。如果不遵循市场经济规律，短寿夭折就会成为普遍现象，必然结局；我们要真正做强做大，持续恒久，就只能是梦想……在这千年未有之大变革时代，我们是幸运的……"

西装革履的李伟在台上指手画脚，说东打西，仿佛武侠剧里那些神鬼莫测的剑客。可一说到具体事务，他眼睛一闭就不见了，好像故意给听众留下悬念。欧阳一会儿觉得在听诗人的朗诵，政治家的语言秀，道德哲学家的讲经论道，一会儿觉得那是慈善家悲天悯人地在为天空大地募捐……西部经济专家李伟居然谈经济谈得台下掌声不断。这个世界确实变了。狼吃羊不鲜见，羊吃狼也不奇怪，因为有了人。有了人，什么事都可能发生。

在良木缘咖啡馆，欧阳用小勺漫不经心地搅拌着咖啡，静静地盯着流水潺潺的幕墙。李伟的身影从幕墙里钻出来，无所顾忌地在她头脑里胡搅蛮缠。李伟被勒令退学后，欧阳第一次见他本人。在吴守之提出与李伟合作后，她通过各种渠道调查李伟，发现李伟好像脱胎换骨，变成了另外一个人。

"欧阳同学，对我们来说，咖啡加点糖喝起来更合口味。"

欧阳再次感到惊奇：居然又是李伟！

李伟笑吟吟地坐在对面，还擅自夹起一块方糖放进她杯中。

欧阳极力压制自己的杂乱情绪，故作平静地问："你是……"

"欧阳同学，一点没变，还是那么美丽。"李伟盯着欧阳，"不过，能在这里遇见你真是太巧了。"

"你真的是李伟？"

"难道你还认识第二个李伟？李伟这个名字确实太普通。看来，我得重新给自己命名了。"

"还是那样油腔滑调！"

"怎么还是……我们有好几个世纪没见面了吧？"

"奇迹……"欧阳突然缄口不语了。

欧阳直视着李伟直视自己的眼睛。在李伟的演讲途中，她闪过一丝约见李伟的念头，但不知道李伟的电话号码。

"你来干吗？"欧阳没头没脑地问。

"我来闻香，闻香而来。我喜欢喝咖啡，更愿意闻咖啡。咖啡闻着香，喝进嘴里却有苦涩的味道，哪怕是猫屎咖啡。我觉得，真正喜欢咖啡的是鼻子，而不是嘴。咖啡馆不错，不像有些茶馆，没有香味，只有恶臭，丢了咱们茶故乡的脸……"李伟端起欧阳的咖啡闻了闻，对服务员说："换一杯。你怎么能拿这种劣质的牙买加蓝山糊弄客人？欧阳同学，喝这个品种的咖啡，必须是最好的，否则，还不如一般的印度米索。老同学，你是想闻咖啡还是喝咖啡？"

"喝咖啡有这么多讲究？"欧阳好奇地问。

"不是讲究，只是本人的陋习。我到咖啡馆，要么只喝咖啡，要么只闻咖啡。如果闻咖啡的话，就来肯尼亚，浓郁之中有酒味，最耐闻；如果喝咖啡的话，就来巴西山度士，它的色、香、味都不错，而且酸度适中，女士比较喜欢。我觉得，最好的咖啡味道，是追着你的味道……"

"我可没有那些讲究。"欧阳忽然觉得李伟可能是咖啡推销员，贩卖咖啡的商人，说不定是这家咖啡馆的老板。

"怎么能随便呢？老同学，今天我做主，怎样？"

欧阳盯着自信满满的李伟，不置可否。

"小姐，来一杯巴西山度士，一杯肯尼亚ＡＡ，要正宗的。"

服务员屈膝放好杯垫，把一杯巴西山度士放在欧阳面前。欧阳夹起一块方糖，放进咖啡里，白色的气泡立即黏附在杯子周围。

"要下雨了。"李伟说。

"真的吗？"欧阳侧过头，诧异地望了望窗外。

"咖啡有泡沫，说明气压低；气压低，是下雨的前兆。"

欧阳拿着小匙，在咖啡里搅了一圈，一股温暖的香味蓬勃而来。欧阳抬起头，盯着皮笑肉不笑的李伟。她不得不承认，喝了多年咖啡，现在才尝到咖啡的滋味。

确认此李伟就是彼李伟后，欧阳的脸上恢复了不冷不热的表情。李伟为她创造了奇迹，仿佛高超的幻术大师。她开始正视这位奇迹的创造者。刚进咖啡馆，她觉得咖啡的香味浓郁，待久了，咖啡的香味却越来越淡，李伟出现后，她几乎闻不到咖啡香了。她不停地用小勺在杯里搅拌，搅拌出了一幅幅颇有立体感的表现主义沙画。

欧阳过去不相信世上有奇迹，觉得那些奇迹都是无知与偶然的混合物，奇迹只在童年的尖叫声里，在小说电影和作家诗人的想象中。假如能够随时间倒流，人为的奇迹就会越多。在当时人看来，什么都可能成为奇迹。奇迹使人惊奇、着迷、恍惚、癫狂、迷失……现在，所谓的奇迹几乎绝迹。人类已有能力、也有责任抹去奇迹身上的光环。现代人谈论奇迹，不是无知的表现，就是在使用一种修辞，配合表情的需要。奇迹越少，说明人类越文明进步。可仍有不少人还在相信奇迹，疯狂地追逐奇迹，创造奇迹。那不是奇迹，只是奇怪。剥去奇迹的外衣和面罩，都是再简单不过的东西，就像魔术。但在现实生活中，越简单的东西越难以解释。如果与李伟在这里相遇也算奇迹，那就是欧阳平生看到的第一个奇迹，这个奇迹带给她的是：有必要重新认识李伟，考虑与长山建筑公司的合作问题。

两人在咖啡馆里搅拌着咖啡，直到搅拌出了愈来愈浓郁的夜色，连花草树木都打算睡觉了，他们才分手。

欧阳打开家里所有的灯，她要用灯光把屋里的每个角落照亮，让花园里的花草树木都无法躲避耀眼的灯光。她认为世界上最重的东西是黑暗，即使一小块黑暗她也无法忍受，哪怕是一缕像黑暗的阴影，她都要想方设法予以驱除。睡觉时，她不允许床头灯熄灭，她要让她的梦里没有黑暗。做爱时，她要打开灯带，她从来就睁着眼睛做任何事情。在装饰布置房屋时，她全部使用白、黄、红亮色，不让任何摆放的物什产生阴影。她在屋顶、墙壁、地面、每个角落，以及一些大型家具上安装了各式各样的灯。

世界明亮了。可她有时觉得无物似的空洞，无法把握地轻飘。空间无处不在，我们的思想、内心以及我们肉体之外都存在着空间。只要有空间，就会有黑暗。黑暗是一个空间概念。宇宙最可怕的是它拥有无限的空间，它让人感到茫然无助，它激发着人类征服占领的欲望。她认为只要占据了空间，黑暗的范围就会缩小，甚至消失。人，也是一种空间动物。人人都活在一定的空间里，死人也不例外。她喜欢空间，又害怕空间。她除了用灯光驱逐黑暗，就用各种各样实实在在的物体。她喜欢购物，从衣服鞋袜到珠宝玉石，从古董字画到电器家具，从汽车房产到股票基金，凡是能买到的，她几乎不做选择。这些东西，对她来说，实用是其次，最重要的是它们能填充她的空间，帮她铲除黑暗。她拥有越多，越感到不满足。她不停地奔波，就是为了拥有。她经常说："不怕你拥有更多，就怕你什么也没有。"她喜欢沉重的拥有，喜欢拥有的压迫。压迫越有力，越能贴近大地，融入生活。即使被那些拥有压得崩溃沉没，她也心甘情愿。一旦丧失沉重的拥有，就会坠入虚无。她害怕虚无，虚无让人无法触及实在的东西。而吴守之却认为，空虚最强大，它能容纳日月星辰。

欧阳坐在沙发上，坐在明亮的屋里，继续思考与李伟在咖啡馆里的谈天说地。她认为，思索也是一种黑暗，只有想明白了，黑暗才会消失。

就在她即将把黑暗想明白的时候，突然看到吴守之，在人造灯光与天光交接的地方，好像被光明和黑暗剖成了两半。

吴守之穿着黑色西服，系着深紫色领带。他不清楚欧阳为什么今天回家这么早？平常都是他先回家，或者两人一起回家。吴守之觉得应该上前跟欧阳举行亲吻拥抱仪式，可一触及欧阳的目光，立马打消了这个念头，仿佛还没有适应这么明亮的环境。

欧阳望着吴守之，突然感到一种陌生。她觉得吴守之是自己刚才思索黑暗的派生物。吴守之在屋里晃来晃去，仿佛一个移动的黑暗，连明亮的灯光都无法穿透。人怎么会有影子？人怎么会成为一种黑暗？

　　吴守之却认为，绝对的黑暗和绝对的光明都是一回事。黑暗、光明和阴影共同构成了世界，共同诠释了世界的意义。没有阴影的世界就是黑洞。阴影是光明和黑暗孕育的花朵。他要站在阴影里，联结光明和黑暗，让光明和黑暗互相对峙。

　　此时的欧阳还不想把黑暗一样的吴守之和他的思想驱除出去。

　　"守之，你跟李伟谈得怎么样？"

　　欧阳没头没尾地说到李伟，让吴守之突然紧张起来。他与欧阳在一起时总是感到紧张，甚至害怕。有一次，他们为李伟的事争吵，吴守之质问道："你到底是要我爱你，还是怕你？"欧阳不屑地说："随你便。"吴守之不仅跟欧阳的关系紧张，跟所有的人的关系都紧张。他工作时紧张，追求薛婧时紧张，与薛婧结婚时紧张。每次参加考试，最大的感觉就是紧张，特别是高考，看到教室门口执勤的武警战士，他就如临大敌般地只想逃跑。因为紧张，他怕老师、怕同学、怕人，几乎从来不主动跟同事、朋友、他人交往。几十年来，他所有的努力好像都是为了消除紧张感。他认为，轻松是暂时的，紧张感是不会消失的。他自我诊断是一只神经质的猫，被人虐待过的暹罗猫。

　　自从与李伟见面之后，吴守之一直不敢在欧阳面前提李伟。他不明白欧阳为什么现在要主动说起李伟。

　　"谈什么？"

"合作。"

"你不是坚决反对吗?"

"我觉得你上次说的也有道理。"

吴守之不知道欧阳在深圳巧遇过李伟。那天在咖啡馆,他们谈了很多,不仅是陈芝麻烂谷子的往事。

欧阳着急,吴守之反而怠慢下来。他在琢磨欧阳的心思,他在掂量与李伟合作的得失利弊。他看重的不是李伟,而是他的朋友高举。他在香港跟高举交流时,问高举能不能帮守之集团在香港上市。高举说问题不大,还答应马上安排团队去广都考察。

李伟回到广都后,以为吴守之会马上见他。可等了好几天,都没有任何动静。他怀疑欧阳和吴守之在秘密调配诱饵。他一边准备土地拍卖和合资事宜,一边主动催促吴守之明确表态。吴守之不甚明了李伟的态度为什么会如此大变。他怀疑李伟别有企图。最初是他主动找李伟,而现在急于合作的反而成了李伟。

李伟拥有很多梦想,其中之一就是想通过守之集团升级自己的公司资质。资质就像文凭,是一个坎。多年来,他从一个没有任何资质的建筑企业到三级、二级,好像已经到顶。无论如何折腾,始终停留在"有两个钱"的阶段,在他人眼里只是个跑单帮的,拿不到大工程,只能"挂靠",像个寄生物,更无法正儿八经地搞点像样的房地产项目。他频繁地参加这个会那个坛,就是想在社会上真正地"浮上来"。

李伟是真想干大事的人。他还拽着多年未遂的夙愿——欧阳。他正在擦拭蒙在夙愿上二十年的旧尘怨土,他要把与守之集团的合作当作第一步。

在欧阳的催促下，吴守之与李伟正式签订了合同，拟定了股份公司章程：守之集团出资收购广都市长山建筑公司51%的股权，原长山建筑公司作为守之集团控股的具有独立法人资格的子公司，李伟担任守之集团副董事长兼长山建筑公司董事长……厚厚一本章程和合同，使他们基本上达到了各取所需的目的，实现了双赢。吴守之和李伟私下约定，一旦拍到那宗地，由长山公司负责基建工程。

欧阳、吴守之、李伟三人进行了分工，明确了各自职责，欧阳主要负责建筑公司升级事宜，李伟主要负责与港商的沟通与洽谈，吴守之主要负责与市委、市政府的联系和公司上市事宜。

收购长山公司，是欧阳精心运作的又一个项目。多年来，她像猎犬一样四处寻找猎物。凡是出现在她眼里的，都要千方百计地去捕获。捕获的结果是神速膨胀的守之集团。

吴守之董事长和赵小明秘书长一见面，几乎同时伸出了手，但吴守之觉得赵秘书长伸过来的好像不是手，而是整蛊专家周星星的脚。如果不是在庄重严肃的秘书长办公室，他们说不定就拥抱在了一起。

赵秘书长的办公室气势非凡。一排排标准大书架，摆满了一部部厚重的大书，五光十色地昭示着主人的品位。广都知名画家精心绘制的油画、差不多有九百六十万平方公里的《祖国山河》高悬在正面墙上。侧面墙上挂的《世界地图》《中国地图》《广都地图》，虽然与之不太相衬，也体现着赵秘书长博大的胸怀。

第一次看到这么多地图，吴守之不得不怀疑赵秘书长在研究如何振兴地图。从城市规划图来看，广都城区像初月，只看得清与省城的接壤部分，其他大部分区域都是墨绿色的山区。之间横亘着的广都河，像蜿蜒嵯峨的镰刀。

吴守之曾经进出过几任秘书长的办公室，但与赵秘书长的办公室相比，不得不使人相信跨越式的发展变化。市政府去年整体搬迁到了广都行政办公新区。吴守之曾经工作过的地方只能留在他模糊的记忆里了。

服务员端来一壶普洱茶，一盘时鲜水果。赵秘书长吩咐秘书小李把门关上。"吴董……"赵秘书长刚要跟吴董事长说话就被手机铃声打断了。"有什么事等一下再说，我正忙。把张主任叫来。"赵秘书长对着苹果手机大声道，"你看，事情真多。"

张主任敲门进来，赵秘书长吩咐道："小张，把我的手机拿走，有电话就说我在开会。"

吴守之轻啜一口浓香四溢的普洱茶，真诚地说："赵秘书长，实在不好意思，打扰你了。"

"我们好久没见面了吧?"

"赵秘书长，此言差矣，我可在电视、报纸上天天见你呢!"

"嗨，那是瞎忙乎，不值一提。吴董事长在生意场上真是了得，赵某打心眼里佩服。不像我，穷事太多。"

"我就是个做买卖的，哪敢跟赵秘书长相比? 今天能见到你，我可是过五关斩六将啊，经过了层层审查……"

赵小明哈哈大笑起来。他的声音比以前洪亮多了，口吃好像也消失了。可他的嘴唇却越来越乌青，牙齿越来越黝黑。当他张口大笑时，吴守之恍惚觉得自己正面对一座矿山，乌青的嘴唇是铁门，满口牙齿是乌金，如果继续探测，说不定里面还藏着金子、玉石、价值连城的……

"吴董光临，有何指教啊？"赵秘书长的话及时阻止了吴守之继续挖掘的企图。

"岂敢，岂敢指教？我想，我想了解一下市政府、的旧城改造、规划……"吴守之差点认为自己患了口吃。他的话还没说完，桌上的电话再次刺耳地尖叫起来。

赵小明极不耐烦地拿起话筒，刹那间，神情大变，诺诺道："好，好，好，行行，行，李书记，我马上过来，马上。"

吴守之曾经以为赵小明的口吃是天生的，后来经过刻苦锻炼和美满生活的营养，才干掉了口吃这毛病。此时的吴守之恍然大悟，赵秘书长的口吃并非天生，而是后天培养的结果，或者一种间歇性的疾病。在办公室同事时，赵小明的口吃比较严重，可一到基层，口吃就消失了。但凡有领导在场，他又口吃起来。他的口吃仿佛上天的恩赐，他自己都无法控制。吴守之认为口吃是怯懦的表现。领导都喜欢在自己面前表达胆怯的人。他不喜欢赵小明，口吃是原因之一。他终于意识到自己错怪了赵小明，赵小明喜欢把话含在嘴里嚼碎后一个字一个字地吐出来，他是在通过口吃来表达自己。

"老吴，实在对不起。我必须马上到李书记那里去。"赵秘书长放下电话，无奈地说。

"没关系，你去吧。本来嘛，欧阳准备一起来拜访你，可她到北京办事去了。她要我代她向你问好。请你抽空吃个便餐。"现在的吴守之，说谎的本领就像他保证自己喝酒不会脸红一样。

"谢谢！也请你代我向她问好。吴董，你看这样吧，我叫张主任过来。你有什么事，尽管吩咐他。老吴，其他的，下来再说。"

"别客气。你去吧。"吴守之不明白，为什么赵秘书长一会儿称他吴董，一会儿叫他老吴，好像办公室里不止他们两个人。

"唉，真是抱歉。老吴，你就在这里委屈一下。如果李书记那边没啥事，我立即赶过来。对不起，吴董。"

"呵，不，不。你请便，请便。我了解一些情况、情况，就走。改天再、再登门拜访，拜访你。"吴守之仿佛领受了赵秘书长的教诲，也口吃起来。

赵秘书长急匆匆地走了。经过吴董事长身边时，吴守之觉得赵秘书长丢了一个神秘的眼神给他，他立即站起来，手忙脚乱地寻找。他觉得找到了，又觉得没有找到。

吴守之再次打量秘书长办公室，发现第三面粉墙上，悬挂着赵秘书长与李书记的合影，两人同时在笑，几乎笑破了相框。即使熟悉赵小明的人，猛然见到这张放大了几倍的彩照，也不大认得出来。吴守之不禁感慨地想：赵小明确实有本事，敢把自己糟蹋得明星似的。赵秘书长真是命好，走时运。需要文凭时，能够捧出一大堆；需要关系时，遇到了宋艳、宋部长、李书记等贵人。吴守之曾以为当官太难，现在才觉得杨富贵说得不错，要当官真他妈的简单。

吴守之第一次发现官权魔力，是在厕所里。

政府办的领导走马灯似的换。他在政府办工作三年多，经历了五位主任。这栋阴暗狭窄的老楼，每层只能设一个厕所。三楼靠洗手间的办公室最为宽敞，每位新主任都不想换办公室。吃喝拉撒都是大事，为了方便，第一把火是变性三楼厕所。男主任上任把女厕所变成男厕所，女主任上任把男厕所变成女厕所。办公室的人每次上厕所，都要犹豫半天，看清楚了才敢进去。厕所刚变性的头几天，吴守之在厕所里逼半天也尿不出来，他不得不忍受膀胱胀痛，怀疑自己的前列腺出了问题。有天早晨上班，他记不得是拉肚子还是没有睡醒，一下子冲了进去，进去后才发现是女厕所，吓得他成年后第一次尿裤子。幸好那天刘主任在市委开会。之后，无论在哪里上厕所，他都要仔细观察一阵子，好像在疑惑自己的性别。他瞪着烟头感叹，权力真他妈的厉害，一个小主任就能决定厕所的性别。惊吓平息之后，他满怀信心地瞎想了好几天：如果有一天自己掌了权，一定能够干出一番改天换地的大事业。

赵小明高中毕业没考上大学，被招聘到偏远的晓堂县工作。小职员的身份、工作生活的不如意，都被掩饰在他的口吃和刻苦学习中了。他知道仅凭高中毕业证书，无法有所作为。他先后到广都广播电视大学自学、党校进修，轻而易举地获得了大专、本科、研究生文凭，如果不是因为公务繁忙、应酬多、文凭对他的仕途已起不了多大作用，他可能还会攻读博士、博士后。上班第二年，他就冲进了组织内部。不知道是因为口吃的原因，还是寡言少语，他给人的印象是深沉稳重。加上不苟言笑的脸，让人觉得他单纯踏实。赵小明写材料虽然少了点灵气，但对上司的指示从来一丝不苟，揣摩得恰到好处。

这次见面，吴守之对赵小明的看法大为改观，其中最大的原因是他闻不到赵小明的气味。不管赵小明的气味变没变，他早已闻不到任何气味。他过去不明白宋艳为什么能忍受赵小明的气味，现在终于明白了个中缘由。据说，宋艳小时候生过一场怪病，病好后嗅觉就没了。在她嗅来，整个世界没有任何味道。

吴董事长正在胡思乱想东瞅西瞧，张主任敲门进来："吴董好，这是你要的城市规划图，有关资料、文件。"

吴守之翻了翻这一大摞东西，有的是正式文件，有的右上角还盖有秘级的印章。他说："这些我可以带走吗？"

"行。"

吴守之突然被感动了。

这些秘级文件，传阅对象是有严格规定的，阅读之后必须清退。吴守之没有资格阅读，更别说带走了。吴守之享此特权，虽被感动，却想到，规矩原则的制定者往往最先破坏规矩原则。区别在于，他们破坏规矩原则，往往都有美妙的借口。不是谁都有能力破坏规矩原则，那是一种能力和权力的体现。

吴守之有些得意地把文件装进包里。这次破坏规矩原则的，也有他的一份功劳。他临走时忏悔般地连声说了三个"谢谢"。

"吴董，还有什么需要吗？"

吴守之突然发现张主任身上熠熠生辉的大方品德。如果吴董事长有这种要求，如果张主任有那种权力，他会毫不犹豫地把这栋政府办公楼和里面的所有东西拱手送给吴董事长。

"啊，没有了。谢谢。我就不打扰你了。"

"吴董，赵秘书长安排我陪你。"

"呵，不用，不用了。我也有事，有事。再见！再见！谢谢！"他怕在这里待久了，患上结巴。

"再见。"

张主任把吴董事长送到车上，并替他关好车门。

第十一章

飞机拔地而起，奋力挣脱广都，昂首直向天空。

吴守之俯视着愈来愈模糊的广都，这个带给他辛酸与激动、让他享受荣耀和隐痛的地方，直到云朵覆盖舷窗，什么都看不见。

与欧阳结婚后，吴守之乘飞机再也没有坐过经济舱。第一次与欧阳坐头等舱，他就觉得，世上最短距离、最大差别的东西就是头等舱和经济舱。可飞机一旦失事，几乎无人能够幸免。他选择头等舱，与经济有关，也与他的恐高症有关。他不知道自己何时患的恐高症，看到高跟鞋都害怕。他不喜欢高层住宅，因为恐高，也因为有一天，他伫立在办公室的窗口瞭望时，突然发现蜂巢般的天越小区里的人都这样奇怪地生活着：你踩着他人的头，他人坐在你身上。你压着他人的老婆，他人冲着你撒尿拉屎。你被一个胖大嫂无数次地千刀万剐，他向你差点把黄疸吐出来。没有地板，他就会无数次掉进楼下的油锅里。没有天花板，人人都成了天使……可他们互相都不知道。

在赤腊角机场，高举派来接机的人已恭候多时。吴守之与杨富贵一行一下飞机，就直奔高举为他们订好的香江大酒店。

出乎吴守之的意料，他与高举在接风晚宴上就达成了合作意向，翌日上午，在香江大酒店的会议室签订了守之集团在香港上市的备忘录。在签字之前，吴守之把情况向欧阳做了汇报。欧阳表示满意，并叮嘱他跟高举多交流，尽快签署成立联合体竞拍土地的合同。

接下来发生的事，再次出乎吴守之的意料。高举陪着吴守之，共进早餐午餐晚餐，一起喝茶聊天，按摩桑拿，还请吴守之到他的私人游艇上欣赏维多利亚海港夜景。

在浅水湾一幢别墅的二楼阳台上，吴守之与高举一边用早餐，一边闲望天后庙，蔚蓝的大海，沙滩上熙来攘往的人群。面朝大海，吴守之不由感慨："这里的风光，果然名不虚传！"

"从远处看大海，更加美丽动人。沙滩上人气太旺，反而闻不到大海的气息。"高举呷了口咖啡，微闭双眼。

早晨的阳光淡淡地黄，一种温馨的暖色。凉凉的海风，让人感觉到大海在呼吸吐纳。一片遥远的风景缓缓而来，金光闪耀。蓝色海浪上飘荡着无数白色小花。吴守之不由自主地起身向前，好像要去采摘……

"吴董，你要干吗？"

听到高举的声音，吴守之突然止步。

"太美了！"

"吴董喜欢，就在这里多住几天吧。"高举好像为了配合海潮，笑着说。

这里的阳光确实厉害，把人的衣服裤子都晒没了，男人们只剩下裤衩，女人们只剩下了三点。难怪广都很少见到阳光，阳光都拥挤到海边来了。吴守之出生在内地，家乡的水域都在视线之内。第一次见到大海，除了震撼，还是震撼。他喜欢到海边，可始终想象不出大海的大。大海消失了边界，把生命全都隐藏在自己心里，不像到处都是边界和裸露生命的陆地。地球的美丽全靠大海。如果地球失去了大海，就像人没有了无限的胸怀。

吴守之望着大海，忘了身边的高举。他没看到海鸥、鲨鱼，没看到帆船、游艇和高楼大厦，却看到了澳大利亚大堡礁雪白的珊瑚，看到了无数浪花的闪烁，集聚，慢慢形成的一团白影，白影在变大，大海、天空、陆地和自己都成了白影的一部分……

过后几天，吴守之跟高举没再谈生意，而是谈大海，谈风景，谈女人家庭，历史文化，社会人生，仿佛一对久别重逢的老友。

他们闲聊时，一双眼睛在不远处静静地打量着吴守之。

而在广都的欧阳却非常着急。

如果守之集团与恒峰公司不能在明天签订正式合同，就无法组成联合体竞拍那宗地块。可她既打不通吴守之的电话，也打不通杨洋的电话。她问杨富贵，杨富贵也不知道吴董事长与高董事长在干什么。欧阳忽然觉得，叫吴守之去跟高举谈判是个错误。她后悔没叫李伟去。为了确保万无一失，欧阳决定叫曾秘书马上准备以守之集团的名义独立申报土地竞拍的资料文件。

吴守之最初办公司，只想挣钱，实现财务自由。有了钱之后，他不再想挣快钱，也不再把挣钱当唯一目的，而是满怀激情地要把挣钱当作事业。他不仅要做有钱人，更想成为真正的企业家。他认为如何挣钱体现一个人的能力水平，如何用钱体现一个人的品位品质。他潜心研究企业管理，关注经济大势，精心策划项目。可就是因为那些体现吴守之品质品位的项目，与欧阳产生了不可调和的矛盾。他想投资的项目，欧阳不同意。这时，吴守之才明白谁是真正的董事长。他从不习惯到习惯，从挫伤到康复，非常理性地确认了欧阳董事长的实际权力，还大胆发挥老子的"太上，下知有之，其次亲而誉之，其次畏之，其次侮之"思想，乐得逍遥自在。他经常无须借口外出开会，陪人旅游，接受采访，考察学习。久而久之，欧阳、吴守之以及与他们打交道的人，都认可了他们心照不宣的角色界定。

在公司内外，欧阳经常被误认为董事长，这不仅因为人们在称呼时喜欢歧视副字的缘故。可是，欧阳这几天却想把"副"字加上去，不想让大家叫她董事长。一字之差，却有天壤之别。事无巨细，都要董事长亲自处理。董事长太沉重，压得她喘不过气来。她成了严格按日历生活的人，人生几乎干瘪成了一张时间作息表。曾秘书每天把开会、签字、会客、饭局、谈判等事情，密密麻麻地打印出来，交给她，好像她是一部电脑。她想把那些东西直接输进大脑，却感到自己的大脑容量不足。

吴守之悄无声息地回到家，看到躺在沙发上的欧阳，立即携着复杂的心情凑上去，吻了吻欧阳。

欧阳居然被吻醒了。

醒来的欧阳仍然躺在沙发上，一动不动。色彩绚丽的布艺沙发精确地勾勒出欧阳美丽的曲线，谁都不忍心打扰她。

吴守之突然发现了欧阳的柔弱，好像一缕风都会伤害她。当一向强悍的人忽然出现懦弱无助的样子时，最应该得到呵护和爱怜。吴守之真心实意地给欧阳倒了杯温开水，挨着她坐在沙发上。

欧阳抽出一支烟,含在嘴里,猛吸一口后便怔怔地望着袅袅青烟。

吴守之静静地等了大半天才听到欧阳说话。

在吴守之去香港的那天晚上,一位广都大学的在校女学生猝死在守之夜总会。经公安机关鉴定,死因是酗酒过度。死者的叔父是广都市副市长。据知情人士透露,此事牵涉到几股黑恶势力。广都市公安局以涉嫌色情活动,查封了守之夜总会。新闻媒体大肆渲染,街头巷尾议论纷纷。欧阳去找杨洋,杨洋正在美国。打电话给杨昌明,他说正在北京开会。欧阳又去找广都市工商局局长袁小为,广都电视台台长何林,城建局局长吴家方⋯⋯他们都拿腔拿调地说无能为力。欧阳终于理解了李伟的口头禅:世上只有两类人,猎人,或者猎物。

第二天晚上八点,广都电视台八零零栏目播报了一条新闻调查:"广都商场惊现假冒伪劣产品。"配音画面上,混乱的人群义愤填膺地拥挤在商场大门口,高举康华保健品要求退货⋯⋯康华保健品只有香味,没有任何保健功效⋯⋯一位疯狂的顾客叫嚷着要见李经理⋯⋯

李经理没有出现在顾客面前,却出现在了欧阳的办公室。

"你是咋搞的?在自己的商场出售自己的假冒伪劣产品?顾客要见经理,经理却躲了起来。"欧阳喝了一大口茶水,好像她的恼怒需要水分。

"欧董,吴董叫我去组织秋季货源,我今天下午才赶回来。我有责任,但我觉得有人在故意捣鬼、搞阴谋。"

"谁在捣鬼?"

"欧董，货物都是从康华保健品厂直接发过来的，怎么会假冒伪劣？你看那电视画面，模模糊糊，关键时一晃而过。我觉得有人在暗中操纵那些闹事的顾客。上个月，子虚保健厂的张总找我。按您的指示，我没让子虚产品上货架……"

"你马上找到那几个顾客，按他们的要求退货赔偿，但必须要他们保证不再跟媒体接触。你把供货科长给我叫来。"

欧阳知道，这件事不仅会直接影响守之集团的声誉和经营，也会影响与香港恒峰公司的合作谈判，甚至可能动摇守之集团。她在建造"守之大厦"时急功近利，难免偷工减料，考虑不周，加之风云诡谲，稍有风吹草动，很可能土崩瓦解。康华保健品厂是守之集团最大的实体，又是根基支柱，更是精美的借口和华丽的掩饰，一旦出现问题，后果不堪设想。她气愤的是，人走茶凉，广都新闻媒体居然在她头上动土。她给父亲说了这些事，她父亲哼了一句"知道了"就没有了下文。她最后找到李伟。李伟马上动员各种力量，暂时帮她灭了大部分的火，可仍有几处火星。她担心这些火星再有人撩拨，变成熊熊火焰。如果假货事件是李经理所说的"阴谋"，那幕后主使是谁呢？其目的又是什么？她隐约感到了某种危机。

第三天，欧阳在《广都日报》上看到关于市政府的换届新闻。她在大堆名单中寻找杨昌明的名字，可怎么都找不到，连东拼西凑都没有结果。她最后才在第二版的一个角落里发现关于杨昌明辞去广都市市长职务的报道。这消息犹如晴天霹雳。她父亲去年退居二线的消息都没让她感到如此震惊。杨昌明今年五十七岁，当市长两届，虽然没有显著政绩，但也没犯什么大错。杨市长要升上去的声音几年来一直不断，可他为什么突然辞职？她立即打电话问杨洋，杨洋也颇感意外。她又打电话给杨昌明，杨昌明已不在服务区。欧阳自然而然地把此事与前两件事联系起来，觉得它们之间可能有什么内在联系。难道那些露出狰狞牙齿的人嗅到了什么气味？

杨富贵摸不准吴守之为什么突然召见他。他虽然身为副董事长兼总经理，但心里清楚，自己是个什么角色。即使他与欧阳、吴守之、杨洋有说不清道不明的关系，关键时候，他也清楚欧阳会怎么做，吴守之会怎么想，自己该怎么做，以什么样的姿态出现。

"杨富贵，你马上到我办公室来。"

这肯定与"假货事件"有关，杨富贵额头上冒出了几颗汗珠。他不清楚为什么会发生这种事，后悔自己无原则地信任方菲。他以为自己完全有能力把女人玩弄于股掌之中，没想到这次却被女人耍了一把。方菲为他堕过三次胎。作为回报，在他任康华保健品厂总经理后，任命她为总经理助理。他老觉得方菲不是他的恋人，而是纪委书记。方菲曾多次提出跟他结婚，他都毫不犹豫地拒绝了。

杨富贵并非不想结婚，而是觉得女人在结婚前温顺可爱，一旦成为太太，就会得寸进尺，想方设法控制男人，把男人当作私有财产。他从来不想成为别人的私有财产。结婚、离婚的代价太大，除非像吴守之那样找到"支点"，才不惜冒险结婚。他经常说，金钱、爱情、美女、权力、名誉这些东西，得不到会痛苦，得到了更痛苦。他宁愿买房子也不愿娶女人。但是，他却非常感谢女人。他过去追女人，杀手锏就是以准备结婚的名义买房子。

有一天，他惊讶地发现，那些女人都在跌价，而房价却在暴涨。

杨富贵大学时就明白，女人通过征服男人来征服世界，男人通过征服世界来征服女人。在他心里，世界当然比女人重要。在他征服世界的这么多年里，他虽然付出了"三高"代价，也没觉得有啥损失。他现在是钻石王老五，投怀送抱的，什么样的女人没有，何必给自己套上沉重的枷锁。方菲最后一次提出结婚被拒后，要求去当营销经理。方菲跟他这么多年，锻炼出了一定能耐，杨富贵便同意了她的要求。杨富贵自恃待她不薄，谅她不敢做不利于自己的事。可"假货事件"发生后，方菲居然不辞而别。杨富贵虽然不敢肯定谁在捣鬼，却无法不把这件事与方菲联系起来。他不敢追究方菲，也怕欧阳深究起来，自己脱不了干系。

"吴董，假货事件……"杨富贵小心翼翼地开始反思检讨。事已至此，不如自己先交代，也许能落得个诚勉谈话、以观后效的处分。

"小事一桩，何必把它放在心上。损失几个钱，无非是调整了几个数字而已……欧阳要你准备土地拍卖的事……你跟茅医生联系一下，问他今晚有没有空，一起喝酒。"吴守之说这些话时，脸上的表情变幻了N次，仿佛在试穿一大堆五颜六色的衣服。

吴守之今天的心情不错，多亏了那些数字。他过去不喜欢数学，一看到数字就头疼。自从吴守之变成吴董事长后，却喜欢上了数字。但他认为，数字应该是激昂优美的旋律，而不是冷漠的符号工具。

"好，好。我马上去准备。"杨富贵没想到吴守之根本不计较

"假货事件"，他边说边溜。

"等一下。你着什么急？"

"吴董，我也不知那件事……"杨富贵小媳妇似的嗫嚅道。

"我叫你别叫我吴董，那是场面上的称呼。现在就你我两个，随便点。我们喝酒去。"

"好吧。"杨富贵瞟了吴董一眼。他清楚人与人之间怎么称呼，颇有讲究，稍不留神，一句无关紧要的称呼，就可能坏大事。他们是老同学，也有许多共同经历，可现在是上下级关系。他是吴守之的高级打工仔，吴守之是他的衣食父母。借他几个张狂的胆，也不敢随便放肆。同学、朋友、亲戚、同事，在特殊情况下，什么都不是。越亲密的人越容易受伤。最亲密的人最先被干掉。

杨富贵懵懵懂懂地被吴守之拽出办公室，径直来到四季会所。

在包间坐定，杨富贵还处在迷糊之中。他不知道吴守之葫芦里卖的是中药还是西药。吴董事长要拿他怎么法办。他沮丧的样子，好像网络突然断了线。

"老杨，你是怎么啦？我叫你别把那件事放在心上。那算什么，在财务报表上调整了几个数字而已。喝酒。我今天请你喝摘要，金沙酒业最近推出的一款新品老酒……你他妈的越来越胆小。把你当年的风采拿出来。"吴守之端起酒杯，一仰脖子就底朝天了。

杨富贵看到吴董干了，也不敢懈怠，一仰脖子把酒杯喝了个百年不遇的干旱。可刚喝下去的酒也没能帮上忙，他仍然惴惴不安地说："吴董，呵，老，老吴，说实在的，我想……"

"别吞吞吐吐的，有屁就放。"

"欧阳说，那块土地对我们非常重要。我们得想办法……"

杨富贵的舌尖拐了个弯，绕上了更重要的事情。

"你他妈的就喜欢管月亮土星上的事……我叫你来喝酒，干吗说土地？那是欧阳的土地，不是我的。我要那么多土地干吗？我有土地，我们都有土地。人人最终都会有一块土地……杨富贵，今天咱们谁都不准谈土地、谈工作、谈合作……"

"好吧。"杨富贵抬起头，第一次正面瞧了瞧吴守之。他发现吴守之的轻松确实不是装出来的。他不理解吴守之为什么在这种情况下还能若无其事。他对吴守之越来越摸不着头脑了。

"过去，我们想有事业，有钱，有地位，以为有了这些，就会快乐幸福，就不会有烦恼痛苦，现在看来，根本不是那么回事。过去为它们烦恼痛苦，现在还在为它们痛苦烦恼。你说这是为什么？"

"你就喜欢追问。世上哪有十万个为什么。一个都没有。那些为什么都是像你这样的家伙弄出来的。你过去烦恼实在的东西，你现在烦恼虚无缥缈的东西。烦恼与金钱无关，与很多事情无关。可你硬要把它们联系在一起，强加给它们因果关系。"几杯酒下肚，杨富贵也开始口无遮拦，"老吴，有个问题我一直想不通，你现在要风得风要雨得雨，多少人羡慕你的好运，可你不但跟钱过不去，还跟自己过不去。"

"我讨厌钱。"

"老吴啊，只有有钱的人才有资格讨厌钱。没有钱，可是寸步难行啊。你找钱当然容易，可一般人找钱，可是针尖上削铁啊。如果用一个字来描述这个时代，那就是钱；两个字，就是买卖。只有卖出去了，才有钱。只要能卖，管他是人是物。梦想、意义、价值、尊严，归根结底一个字：钱。没有钱，什么都不是。"

"我爱钱，也恨钱。活了几十年，你算算，有几件事真正在为自己做？我们的所作所为，难道就为了他人一句话的认可？你说我们挣钱的目的是什么？无非是想过上更美好的生活。你看我，虽然有钱，可这里痛啊！"吴守之指着自己的胸口，一副痛不欲生的样子，"只有当你露出凶残的牙齿时，才会发现猎物；只有当你成为猎物时，才会看见狰狞的面孔。老杨，你知道我为了这一切付出了什么样的代价？有钱就能真正买到自己想要的东西吗？有钱能买到爱情吗？"

杨富贵看着吴守之捶胸顿足的样子，不禁在心里嘀咕："人心不足才是最大的痛苦根源。吴守之想追求完美理想的生活，事事圆满，这世上哪有这样的好事！"但他说出口的却是："人生嘛有失有得，珍惜拥有才好。"

"珍惜拥有？"吴守之瞪着被酒浸染得血红的眼睛，"你认为像我这样算来算去的生活值得珍惜吗？我的世界只剩下了钱，塞满了钱，可我想要的是爱，哪怕一点点让我感到温暖的爱。"

"老吴，有些问题在于你怎么看。换个角度，结果迥然不同。"杨富贵想努力让吴守之打开心结，却发现自己也开始迷糊了。

"换个角度看问题？屁话。"吴守之怔怔地瞪着杨富贵，"你龟儿子以为我浑身是毒，你要做杀毒软件？但是，我真他妈的羡慕你这个王八蛋。你他妈的从来就那么快活。想说就说，想喝就喝，想干啥就干啥。我发现你娃是一个洞，痛苦烦恼像风一样穿过你的身体，根本没法停留。而我，就他妈的一个傻B、混账工具、机器零部件、提线木偶……难道你没觉得我是个失败者？一具一无所有的躯壳？"

吴守之一爆粗口，杨富贵也像被解禁了一样，完全放松了。他发现说粗话比喝酒过瘾。说粗话要有底气。没底气的人不敢说粗话。有底气的人说的话，全他妈的是粗话。从语言学的角度来讲，粗话生动形象，最有表现力。

"哈哈，你说粗话越来越顺溜了。你他妈的就是行。干什么都行。敢说粗话，能说粗话。你娃有前途，有希望……不像现代人，刚生下来就已老态龙钟，不到十岁就不会做梦了……"

"你娃不知道，我不过是热爱完美而已，我跟江……"吴守之几次想把跟江冰如的事抖出来。江冰如一直在他心里憋得他难受。一个人最沉重的负担莫过于心里的秘密没人知道。他想通过粗话，让它们哗啦啦流出来……可他一仰脖子，把江冰如当酒，又灌回肚子里去了。

"你不是傻B，因为你没有B。你是个瓜娃子，瘸子打电筒，天上地下的。如果你不是瓜娃子，就是在给老子装孙子。你说我喜欢管月亮上的事，我觉得你娃总是在担心宇宙的命运……我要是你，做梦都要笑醒。工具又咋啦？机器零部件又咋样？我不像你，从来不想生啊死啊完美啊理想啊这些鸟事，想了也没用。不管怎么样，死亡迟早会来，纠结它干吗？我就是鼠目寸光的家伙，没有千里眼，只能看到眼前的东西。我一抬起头就感到茫然，所以干脆不抬头。人是物质的，本来就是一具躯壳，你非要给它塞进去灵魂。你不是瓜娃子是啥？"

"我还有灵魂吗？哈哈，你虾子真他妈好笑。你算算，我们有几件事是真正为自己做的？为了父母做乖孩子。为了老师做好学生。为了妻子做好丈夫。为了单位做好职员。为了社会做好公民。还要为无数的亲戚朋友、左邻右舍，为那些从来没有见过的、死了八辈子的老祖宗，为天空，为地球，为人类，为畜牲，为上帝……做规规矩矩的人……我们的所作所为，难道就是为了他人一句话的认可？你本来是你自己，却硬要把自己活成他人。我本来是唯一，却硬要把我活成了我们……我要开始为自己活了……

"我们只有这一辈子，没有下一辈子。我可不愿像印度人那样躺在恒河边等下辈子。世上的人太他妈的可怜，活了一辈子都没有活出个人样，连什么是真正的人都不知道……

"不瞒你说，这么多年来，我走上了一条不归路。我想停下来，可始终停不下来。我周围的人不答应，我所处的社会不允许，我还经常感到体内有无数人在拼命反对。我被孤立了，但又无法孤独……我原以为我征服了人、征服了金钱、征服了权力、征服了整个世界……其实，我他妈的一直在讨好这个世界，讨好每个人，讨好金钱，讨好权力，讨好青山村的那只土黄狗……"

"你又不是美国总统，干吗要讨好大众？"杨富贵认真地说，"老同学，我觉得你生病了。我帮你请个医生吧！"

"我没病。"

"可你不快乐啊。不快乐就是最严重的病。"

"我不是病了，是累了。老杨，我真不想当什么狗屁董事长了。我早就想歇一歇，休息一下，永远停下来……"

"老吴，你必须明白，你已经是海洋生物。海洋生物是不能停下来的，除非死了。我早就说过，在大海里，你必须不断移动，哪怕是瞎折腾，一旦停止不动，就会沉没……不像在陆地上，可以坐下、躺下、不动……现在不是该你停下来的时候……"

"老杨，你娃又在逼我，你他妈的也不理解我啊……"

第十二章

茅医生到酒店时，吴守之和杨富贵又喝高了。吴守之满脸通红，像剃了胡须的关公。杨富贵脸色铁青，像从电视机里跑出来的青面兽杨志。屋内烟雾缭绕，像个毒气室。

茅医生劝他们少喝酒不抽烟，可怎么也劝不住。

吴守之问茅医生想吃什么，随便点。

杨富贵要给茅医生点西餐，担保这里的西餐厂都第一。

茅医生说他吃过了，没点菜。他不喜欢西餐。每次看到亮闪闪的刀叉，他就想到手术刀。

杨富贵趁着酒兴，又要茅医生给他把脉。

茅医生说："不用给你把脉，就知道你有病。"

杨富贵说："那你给吴守之把脉，看他有没有病？"

"在医生眼里，哪个人是正常的？来来来，我们喝两杯。遇酒且呵呵，人生能几何……"吴守之抢过话头。他今天的话特别多，好像要证明一个事实：兔子是狗撵出来的，话是酒撵出来的，"茅医生，你干吗不抽烟……烟生产出来就是为了抽的啊……"吴守之挥手大叫："今天晚上……我们，都到古城宾馆，同室而居，抵足而眠……我们去爬结云山，躺在枯枝败叶上，天为盖，地为床，星星作证……"

茅医生发现吴守之又开始语无伦次，颠三倒四。

杨富贵瞪着布满血丝的眼睛，拨浪鼓似的问茅医生："你说，我们的保健品有没有问题？你是医药顾问……"

"他妈的，谁说我的保健品是假的？你闻闻，多么清香，多么迷人……我虽然闻不到，但我知道那是百合花香……你们都是我的生前好友，我也不怕告诉你们……"吴守之打断杨富贵的话。

当初研究康华保健品配方时，吴守之突发奇想，给保健品添加一样东西，改变保健品的味道。过去的永福保健品，药味太浓。这个念头刚闪过脑海，他就激动不已，好像整个世界已被他的芳香创意所征服。在他看来，人们喜不喜欢吃东西，关键是东西的味道。味道是由鼻子和舌头来鉴定的。我们吃的东西都是由鼻子和舌头选择的结果。他没有考虑保健品的营养构成、药用价值，不想在保健品里添加药物、营养素，他不是医生、药剂师、营养师，但他认为自己是气味专家。气味能左右食欲。气味具有传染性。消费者一旦打开保健品，首先被花香吸引，食欲大增。他觉得，征服消费者的不是康华保健品的保健效果，而是迷人的百合花香。

他想到了薛婧，想到了百合花。百合是一味中药，既能治病，花香又能沁人心脾。他专门请来几位香水专家，打算萃取百合花香注入保健品。香水专家使尽浑身解数，经过反复研究、实验，采用离析法、蒸馏法、萃取法、合成法、冷榨冷磨法、吸附法、浸渍法，始终调不出让吴守之满意的香味。他们不知道，吴守之不是不满意，而是根本闻不到他们调制的美妙香味。吴守之既不想跟香水专家明说自己没有嗅觉，又始终无法做出满意的选择。那段时间，他焦躁不安，深感绝望。他请欧阳、杨富贵和一帮朋友帮他决策，可他们给他描述的气味和感受总是无法打动他。后来，他每次拿到香水专家调制的香味，就悄悄地请大厨品鉴，直到大厨说出"这种香味是清晨含着露珠的百合花香"时，他才最终拍板。那是薛婧的气味。

吴守之并不打算把康华保健品卖到世界各地，只是想让百合花的芳香飘满整个世界。他梦想用他创造的芳香征服世界，把所有的臭气驱逐到地球之外。他长期把康华保健品放在家里，打开瓶塞，让百合花香自然散发出来。他请人为他特制了一款百合香水带在身上。他异想天开地想通过百合花香恢复他的嗅觉。

当你知道了一个人心底的秘密，你就会觉得他不再那么真实。望着眼前的吴守之，茅医生好一阵恍惚。他认为吴守之的嗅觉没有失去，他不是闻不到其他气味，而是拒绝闻百合花香之外的气味。眼前的这个人不是吴守之，而是另外一个人。酒冲开了他的胸膛，把戴着面具的家伙给放了出来。他像很多人一样，随时随地揣着几副面具，面对不同的人，处在不同环境，他们就会变戏法似的拿出不同的面具。茅医生不喜欢面具，面具没有温度没有脉搏。无论是用啥做的面具，都是为了遮掩。

从吴守之血红的眼里，茅医生发现他心里藏着吴董事长、藏着欧阳的先生、藏着许多陌生人……可他不明白，吴守之为什么不勇敢地承认自己有病？生病不是耻辱，讳疾忌医才是耻辱。承认自己有病，真有那么难吗？

不少人是看病之后才生病的，但是，茅医生肯定杨富贵请他给吴守之看病之前，吴守之已经是个病人了。吴守之至今不让把脉，让茅医生觉得自己是个局外人、旁观者。他希望有一天能走进吴守之，成为他生活中的人物。

医生有种神性，既是天使也像魔鬼。他们拯救生命，又无可奈何地让生命消逝。医生从给病人看病那一刻起，已经进入病人的生活，像上帝一样掌握着生死大权，影响病人和家属的喜怒哀乐。这就是钟老师为什么要经常说医德的原因。

人对肉体的疼痛非常敏感，而对心理的不适非常迟钝。人体是一部异常灵敏的机器，能充分感知外部的丝毫变化和刺激，因为有意识，有神经，有经络。意识不是人体器官，但是，没有意识，就无法与外界产生联系。意识和肉体是同一的东西，它可以暂时游离肉体，可一旦离开肉体太久，就会永远消失。

据茅医生观察，吴守之的疾症病因，多半因为他的意识和肉体长期处于游离状态。他有心疾。心疾是猛虎。猛虎久困于心，不是被猛虎吃掉，就是与猛虎同归于尽。人有心魔。祛除心魔当然好，可太难。我们必须自觉控制它，别让它肆意成长，否则，长大了就会吞噬我们。钟老师说，治病易，治心难。本心不正，谁都治不了。

茅医生至今没有真正给吴守之瞧过病，也没有真正弄清楚吴守之为什么对他畅所欲言。也许，他觉得医生是值得信赖的听众、秘密的守护者。许多病人不肯跟亲人说的隐私、痛苦和难以启齿的事，却无所顾忌地吐露给医生。也许，因为茅医生与他毫无关系的缘故。他们没有过去的纠缠，没有现在的人情生意往来。吴守之多次提出要付茅医生的顾问费，茅医生坚决不收。与其说吴守之信任茅医生，还不如说他找不到可以信赖的人。像他这样的人，朋友不是越来越多，而是越来越少。每次跟他在一起，茅医生都能感觉到他的孤独。吴守之说，我们可以跟几百光年外的地方沟通，却无法与身边的人交流。茅医生擅自给吴守之贴了个标签：孤独病。

但是，他觉得不能简单地以没有主见、随波逐流来定义吴守之。他能主见的即使是小事，也常常感到有神秘东西在干扰他、左右他、控制他。他不清楚那些决定是自己做的，还是那个神秘东西替他做的。他总觉得他的生活不是自己在做主，而是有人在为他安排。现在，虽然科技进步了，但谁能说清楚，人活着与死了有啥区别？人到底是以什么样的形态存在于世的？

吴守之看起来懦弱，勇敢起来又无法收拾。茅医生没有发现吴守之有啥癖好，有什么特别酷爱的东西，除了百合花。如果不是欧阳，他会把他的别墅、办公室种满百合花。如果拥有独裁地球的权力，他会毫不犹豫地让地球上只有一种花存在——百合花，只有一种味道——百合花香。突然失去嗅觉后，他觉得自己的气味难闻，只有百合花香能帮他掩饰。他每天给头发、腋窝、脖子、耳朵、胸脯、下体、脚趾洒百合花香水，饭后还不忘向嘴里喷洒。每次洗澡，他都会长时间浸泡在洒了百合花香水的浴盆里。

吴守之穷困潦倒时喜欢钱，有了钱却视如粪土。他常说："有了钱才有资格视金钱如粪土。你连钱是什么味道都没嗅出来，还敢视金钱如粪土？"他喜欢打麻将，可打不了多久就感到厌烦。他发现某款车不错，开不了几次就没感觉了。他对欧阳收藏的古玩字画，从来不屑一顾。他说他还没发现值得他主动拥有的东西。可他不清楚自己到底喜欢什么、需要什么。他一直不停地否定自己又肯定自己，肯定自己又否定自己，在极度自信和极度自卑之间来回切换。他爱薛婧，他与欧阳结婚，他出轨江冰如，与其说他在背叛，还不如说他在抗争，故意跟自己过不去。

吴守之长期失眠，睡不踏实。他要茅医生给他开助眠药，可他吃了两个月都没啥效果。茅医生劝他少熬夜，多锻炼，培养良好的生活习惯，也不知道他听进去没有。习惯就像制度，是一种约束。没有约束，什么事都可能发生。他烟瘾特大，差不多一天只用一根火柴。茅医生多次提醒他，烟抽多了有害无益。中医认为，喜伤心，怒伤肝，思伤脾，忧伤肺，恐伤肾，久坐伤骨，久卧伤气。商场如战场。像他这样遨游商海的人，反复无常地经受喜怒忧思恐，五脏六腑最容易受损。

吴守之对茅医生的话好像没听进去，茅医生的许多良言他都听而不闻。大多数时候，茅医生都是他的忠实听众。在他喝酒后，茅医生根本插不上话，也不忍心打断他的话。茅医生把他当成需要治疗的病人。病人陈述病情，也在倾诉情感。钟杰老师反复说，好中医一定是好的心理医生。

一年多来，吴守之拒绝成为茅医生的病人，不让茅医生把脉，不跟茅医生正面谈他的病，茅医生为此感到悲哀。吴守之把他当朋友，却没把他当医生。他认为，医生应该是病人的诤友，直言不讳地找病人的毛病，提醒病人，挑剔病人，批评病人，甚至强制病人。

茅医生沮丧地想，对一个讳疾忌医的人来说，对一个外表光鲜但经络阻塞、五脏六腑日趋衰退腐朽的人来说，把准了脉，又有何用？即使自己有经天纬地之才、悬壶济世之心，面对吴守之这样的病人，又能怎样？

第二天，吴守之正要起身去机场，可怎么也直不起腰，站不起来，好像跟椅子连成了一体。稍有动作，全身就咔嚓作痛，好像骨折了。那种痛飘忽不定，难以捉摸，一会儿在头顶，一会儿在腰椎，一会儿在胸腔，一会儿在肋骨……

　　吴守之叫人给茅医生打电话，茅医生连忙带着护士赶到广都大厦。

　　茅医生摸了吴守之的颈、肩、腰，发现他脖颈僵硬、经络不通，可始终确定不了痛源。茅医生说给他把脉，吴守之居然没有拒绝。茅医生非常高兴，吴守之终于喊痛了，终于承认自己生病了，终于要他把脉了。

　　茅医生按钟老师教的把脉方法，用三根手指搭在他的左手腕上，就像接通了电源，他们瞬间联通了。茅医生闭上眼睛，感觉自己整个儿地进入了他的体内，随着他的经脉游走，他的脉动清晰地传递给了他。指下寸部心脉如雷鸣、关部肝脉如箭弦，尺部肾脉如磐石。气血不畅，经脉紊乱，五脏六腑严重失衡。他的病主要在五脏六腑和肉体肌能。让茅医生不可思议的是，当他把吴守之右手腕脉时，感觉完全不同，简直判若两人。他的心脏强劲，本心优良，没有发现明显功能性衰退迹象。茅医生觉得那是因为他敏感多疑，忧思过度，情绪不稳定，长期生活没有规律导致的病象。他的病主要在大脑和心理，属于中医范围内的七情之症。难怪他经常说自己没病。茅医生再次交换把他左手脉、右手脉，感觉像在给两个人把脉，吴守之体内好像真的存在另外一拨人。

　　"好了吗？茅医生。"吴守之着急地问。

"你应该马上去医院。"

"不。我要去机场接人。"

"你现在可是病人啊。"

"我不是病人。"吴守之好像不习惯"病人"这个称呼。

茅医生突然生气了："你不是病人，那就是罪人。有病不是罪，但有病拒绝治疗就是犯罪，自己对自己犯罪。你都这样了，还不上医院？你对自己不负责任，你不爱自己，你在藐视医生……"

吴守之惊愕地瞪着茅医生好一会儿没说话，他从来没看过茅医生生气，也没想到茅医生会对他发火。其实，茅医生早就想发火了，他不把他当医生，也应该把他当朋友啊。

看到吴守之无辜的样子，茅医生缓了口气，趁机给他上课："你病了，早该看医生了。你以为你只是腰酸背痛，打针吃药就没事了。人要爱惜自己，爱惜自身所有的器官，哪怕听不入耳、看不入眼的阑尾、扁桃，都不能因其无足轻重而忽视它们。小不爱就会烂大。阑尾穿孔可能引起腹膜炎，扁桃化脓可能引起败血症。管理不好自己的舌头，就可能成为大舌头。我们对器官不能偏爱，更不能虐待，必须一视同仁，公平公正。我们要善于跟自己的器官打交道，学会与它们和睦相处，别老跟自己过不去。哲学家芝诺说过，你的朋友是另一个自我……人体器官既是个体，又是整体的一部分。它们互相联系，不可分割地合成一个生命。任何器官一旦闹独立，就会成为福尔马林浸泡的东西。失去某个器官就是残废，某个器官发生病变就是疾病，整个生命都会受到威胁。不要以为癌症才是病，病入膏肓才去治疗。俗话说，手心手背都是肉。人体器官没有高低贵贱之分，没有重要次要、有用无用之别，它们都有自己的尊严和名誉。我们不能厚此薄彼，必须公平公正对待它们。某个器官出了问题，多半受到了不公平待遇。它们各司其职各负其责，缺一不可。如果对某个器官偏爱过度，或者长期得不到滋养，受到不公正待遇，哪怕不起眼的器官，都可能影响整个身体，使身体失去平衡，导致生病。人体的奇经八脉通畅，人才会健康，体魄才会强壮……"

"你说得对，骂得好。可我必须马上去机场接人啊。"

茅医生边给吴守之推拿按摩边教训他："你怎么还执迷不悟。你以为你是谁，百毒不侵？疾病可不会放过任何一个人。兄弟，你必须醒醒了。我们最大的毛病就是弄不清楚自己是谁。许多人啥都知道，就是不知道自己。医生是在帮助我们知道自己。许多疾病是对人的一种惩罚。生病是疾病冒犯身体权利和尊严的结果。你不醒悟，疾病就会乘虚而入。身体必须觉醒，自我必须觉醒，这样才有利于治疗。身体觉醒，就是吸收药物。自我觉醒，就是不再讳疾忌医。医生不能简单地诊断、手术、用药，必须想法唤醒病人。药物必须作用于具体病症，作用于整个身心，才是良药。医生治病，就是在帮助病人重建身体。每次病愈，都是身心的一次重建。体检、把脉、会诊、治疗，都是在帮助病人认识自我。病症只是果，不是因。只是现象，不是本质。治病就是治人。治不好人，也就治不好病。没有治好人，治好了病也是白费。把人搞清楚了，问题才会迎刃而解……"

"求你了，兄弟，你改天再给我讲道理吧。你帮我想想办法，只要能让我站起来就行。我保证，去机场接到人后就去找你，随你怎么处置都行。"吴守之嬉皮笑脸地说。

茅医生的苦口婆心仍然没起作用，他无可奈何地给吴守之打了封闭针。吴守之挣扎着离开办公室，直奔机场。

吴守之刚到贵宾室门口，突然感到胸口窒息，脸色煞白，额头沁出了汗珠，差点昏厥过去。他患有轻微低血糖，加之昨晚失眠，早餐又没来得及吃，空调风让他大脑缺氧、身体虚脱。

"吴董，哪里不舒服？"曾秘书觉察到吴董事长的异常表情。

"没什么。"吴守之极力克制着，走了进去。

杨富贵起身迎过来。他已经接到客人，按吴董事长的要求正在等他。

两位女士也站了起来。

吴守之盯着其中的一位女士，双脚踏在了半空中。

"她是谁？"吴守之想大声问。

杨富贵好像听到了吴守之心里的声音，及时回答道："这位是高举的夫人、恒峰公司的总裁刘琴。这位是她的助理谢茜。"

刘总戴着镶金边的墨镜。头发精心绾在头顶。吴守之盯着那张略显苍白的脸，突然想起了什么，可瞬间又忘了。他确信那副墨镜在故意遮掩什么，想伸手帮她摘掉墨镜，可沉重的手举不到那样的高度。

"这位是吴董事长。"杨富贵的声音抬起了吴守之的右手。

"吴董好。"刘总刚出声，吴守之突然闻到一缕百合花的幽香，仿佛从遥远的过去飘来的。他大吃一惊，难道自己的嗅觉恢复了？他又能闻到气味了？刘总的指尖触了一下他下意识伸出的手。"薛婧。"吴守之在心里惊叫起来。她是薛婧。薛婧回来了？可薛婧怎么成了刘琴，成了高举的夫人？如果外貌相似，还不能确定什么，但他与她握手时那种熟悉的感觉却没有欺骗他，那缕百合花香味也没有欺骗他。他觉得额头上有颗定时炸弹，嘀嗒嘀嗒，即将爆炸。他极力稳住心神，想拆除那颗定时炸弹。一股冷风，从空调窗里飕飕刮来。"轰隆"一声。他感到自己被炸成了两半。吴守之和吴董事长面对面伫立着，目眦欲裂，要打架的样子……

杨富贵在吴董事长肩上小声提醒道："吴董，我们走吧。"

吴守之微微一抖，转身逃跑了。

吴董事长看着吴守之消失在空旷的机场边缘，忽然清醒过来。

"你好，刘总。这边请。"

吴董事长恢复了常态，礼节性地引着刘总走出贵宾室，来到自己的奔驰车前。而刘总却坐进了旁边的英菲尼迪。

吴守之愕然道："刘总，我已在商都宾馆为您准备好了……"

"谢谢！我们已订了房间。"谢茜说。

吴守之怅然若失地望着他们，心有不甘地走到刘琴车门前："刘总，请你中午一起吃个便餐，好吗？"

"谢谢。我们已有安排。"谢茜说。

汽车绝尘而去。

吴守之独自怔在那里。

吴守之刚坐进轿车，天空突然下起淅淅沥沥的小雨。汽车一启动，吴守之突然惊叫起来，他看见汽车挡风玻璃上有一团白影晃来荡去。

"白影！在车窗上……"吴守之好像发现了怪物似的喊道。

"吴董，那是肥皂泡。"杨富贵解释道。他不知道吴守之今天是怎么回事，总是一惊一乍的。

雨刮器好像要证实杨富贵的话，三下五除二，就把挡风玻璃上的肥皂泡刮没了。世界忽然明朗起来。

吴守之焦躁不安，走在哪里都觉得踩在一团棉花上，身心异处，始终无法归位。他天生对气味敏感，他的好恶标准就是气味。他把所有讨厌的人归为"不屑呼吸的家伙"。他跟人生气时说得最狠的话就是"别让我闻到你的气味"。薛婧每次问他为什么爱她，他总是说："我们气味相投。"如果人有灵魂，那灵魂的唯一物质外壳就是气味。有什么样的灵魂，就有什么样的气味。我们可以通过外表、整容、穿着、光色来欺骗眼睛，但欺骗不了鼻子。

他的嗅觉怎么会突然恢复。一路上，他闻到了强烈的汽油味、皮革味、空调味、甲醛味、火锅味、手机味、电脑味、辐射味、路面的沥青味、腐烂的螃蟹气味、猪下水气味、消毒水的气味、精子的气味、卵子的气味、避孕套的气味、金钱的气味、权威的气味、怪兽的气味、福尔马林的气味、化工产品的气味、地沟油的气味、雾霾的气味、死耗子的气味、腐朽的气味、孤独的气味、冷漠的气味……这个世界怎么啦，气味变得如此刺鼻、呛人、恶心？难道地球正在经受生物武器的袭击？难道我整天吸的都是这些气味……芳香哪里去了……诗意的气味、艺术的气味哪里去了……时代变了，气味也变了……难怪这么多年来，他能如鱼得水，飞黄腾达，因为他失去了嗅觉，闻不到这个世界的恶臭。

他梦见刘琴和薛婧在吴守之的时空里不期而遇，她们的身影交替出现在他眼里，一会儿重合，一会儿分开，他已分不清谁是刘琴谁是薛婧。他看见吴守之紧握一把大刀，气势汹汹地向一个陌生女人冲去。陌生女人不躲不闪，大刀的寒光也没能使她眨一下眼睛。他伫立在陌生女人面前，慢慢举起大刀，毫不犹豫地劈了下去。啊呀。陌生女人突然向两边分开，变成了两个女人，一个是刘琴，一个是薛婧……她们沉默不语地望着他，望得他毛骨悚然……大刀哐啷一声掉在地上……

吴守之醒来后，怀疑在机场看到的薛婧，又是自己的一个梦而已。

第十三章

吴守之打开自动窗帘，晨曦、暖风、鸟鸣、阴影争先恐后地涌了进来。他强烈地感觉到炽热的夏天正从远方向他靠近。他突然想知道夏天的性别，雌性、雄性、还是雌雄同体？他发现夏天的各个角落都滋生着苍蝇、蚊子、鲜花、美女、啤酒、汗臭、奇形怪状的故事……只有夏天敢肆无忌惮地灿烂这个世界。夏天是个生命力旺盛的女人。

"吴董，我们走吧！"

听到杨富贵的声音，吴守之惊愕地转过头，差点扭断脖子。

他不知在客厅里待了多久，也许从过去的某个早晨就开始了，也许从未来的某个时刻就开始了。他昨晚做了一个梦，惊醒时，发现自己赤脚站在冰冷的大理石地板上。他正在回想昨夜的梦，杨富贵的声音突然惊散了它们。

上午十点半开始土地拍卖。如果他们在一个小时内赶不到，欧阳肯定要大发雷霆。可吴守之相信，迟点去，即使不去，都误不了事。因为欧阳在那里。因为一切都已安排妥帖。他清楚土地拍卖早已开始，也早已结束。今天只是通过拍卖程序向社会公布结果而已。

但是，吴守之还是准备走了。

他必须时刻保持走的状态。

他已无法停下来。

吴守之来到二楼卧室，正要从衣柜里取下紫色领带，突然瞥见那张大床，像别墅里所有东西一样坚实沉重的大床，他陪欧阳找遍了全世界没有买到满意的床之后，好像削去了一座峰尖做成的大床，剧烈摇晃起来，仿佛突然拥有了人类思想，嘎吱叫唤，与此同时，一团白色的影子从窗外闪过。吴守之慌乱地凑近窗户，却什么也没发现。

白影又来捣乱了。

在办公室昏暗的走廊里第一次发现白影后，白影总是出其不意地突然出现、蓦然消失。这么多年来，他只知道白影的存在，却看不清、抓不住。吴守之觉得，白影是一种诱惑，披着不安和恐惧的外衣。

吴守之转身冲出房间。

草坪上的萋萋芳草，营养过剩似的泛着绿油油的光。花园里的水泥路面纤尘不染。万年青、桂花、香樟树，害怕日晒雨淋似的撑着一把把精致的伞。被笼养得乖巧玲珑的小鸟，向着他叽叽喳喳。

站在白玉兰树下，吴守之昂起头，呆呆地望着洁白的花朵。它们在枝丫间摇曳着白色的光芒，散发出不易觉察的清香。

"吴董，你在干吗？"杨富贵在别墅门口的台阶上高声叫道。

吴守之瞥见西装革履的杨富贵，大叫道："快来帮我找白影。"

杨富贵四下里看了看，不解地问："白影？在哪儿？"

"就从那棵树上飘走了。"

吴守之边说边踏着草坪，绕过棕榈树，推开木栅栏，跨过一条游弋着金色鱼儿的小水沟……为了找到白影，他发誓要把搜寻范围扩大到整个花园，整个小区，整个世界。

杨富贵望着吴守之认真寻找的样子，无可奈何地叹息一声，艰难地踮起双脚，从树上扯下一朵白玉兰花，来到吴守之面前。

吴守之惊喜地叫道："你找到了?"

"是这个吗?"

吴守之拿过花朵，失望地说："这是白玉兰花。"

杨富贵诧异地看了一眼吴守之，想不到他居然认识这是白玉兰花。

"我都找遍了，真没看见你的白影。"杨富贵突然有点失望。

"你再去找找。"

"我们走吧，欧阳又来电话了。"

一听说欧阳的名字，那朵玉兰花突然萎谢在吴守之手里，噗的一声掉在了草地上。

出了小区大门，本该向北走，却不得不向南，绕一个大圈子。向北的道路又在改造。吴守之觉得，这几年的广都，吃了激素似的膨胀，张牙舞爪地攻山略林，截流断水，横行霸道地占领肥沃的田野、湖泊、山河。三天两头，就有高楼大厦拔地而起，白天晚上都使人感到地幔的颤动。他真希望那些楼厦站起来的时候，没有经过多少血腥的痛苦挣扎。

经过顺城街时，吴守之发现老妈饭店还在，连招牌都没变，只是颜色黯淡了许多，仿佛风干的血迹。一路上都是秃鹰巨爪似的脚手架，不停地从地上抓起东西，抛向空中，啾啾啾地撕扯着大地。无数稀奇古怪的雕塑，入侵者似的蜂拥而来，昼夜不息地反攻城市。熙来攘往的人们莫名其妙地奔来奔去，全都奔成了恍惚的影子。他们都在匆忙寻找温暖的家。干瘪的梧桐树不自量力地支撑着摇摇晃晃的城市。在城市体内挣扎着的钢筋，扭曲得锈迹斑斑。坦克般进出的货车，鲜艳的广告，每天换装的街道、广场，涂脂抹粉的房屋、商铺、草坪、树木……广都成了一个永远都在建设的巨型工地。生命的气息都被封闭在了混凝土里。可一天二十四小时，有无数的人出城，有无数的人进城。

如果没有司机，没有欧阳的指引，在广都生活了二十多年的吴守之早就迷失在广都城区了。

吴守之渴望进城，进城之后又常想离开。原因之一是城市的气味比乡村的气味更复杂，人的气味比动物的气味更具不确定性。动植物的气味单纯，变化不大，人的气味善变，很难分辨。广都少风，他一直有种窒息感。气味跟风有关。不同地方、不同时段，不同环境，物体发出的气味千差万别，普通鼻子很难分辨。

城市喜欢做梦，还把进城的人带进梦里。在吴守之的梦里，他始终感觉不到城市的脉搏与心跳，发现不了可触可抚的快乐。但是，吴守之最终还是向城市妥协了。因为土地。土地是个宝，万物之源。它改变了城市，也改变了人们的生活。几十年来，人们无视土地表层的庄稼、花草、树木，不停地挖掘，越挖越广，越挖越来劲，以为能不断挖出新东西。突然有一天，他们发现这片土地跟地球一样莫名其妙地古老，任何地方的土地都一个样。人们终于明白，上帝确实不造土地了，而人类还没有造土地的本事。土地是不变的，变的是土地上长出来的植物、动物、砂石和人。

吴守之不知道土地拍卖的结果是什么，也不知道他的这辆车装载了吴守之，还能不能装载那块沉重的土地。多年来，他一直渴望守住某些东西，到头来发现什么都没守住。

杨富贵在车里急得像麻花一样扭来扭去，不停地看表，还有半个小时，还有二十分钟，还有十分钟。嘴里不停地埋怨道路颠簸得不是时候，破烂得太着急。吴守之认为，这是因为自己的回忆延长了时间、胡思乱想弄坏了道路的缘故。

这段时间的吴守之，特别喜欢回忆过去，他试图通过记忆功能把曾经的点点滴滴串起来，以证明自己存在过。未来是虚幻的，过去才是实在的。没有过去的自己，就没有现在的自己。可鹅卵石般铺满街道的往事，使经过的车辆行人不停地颠簸摇晃。欧阳不失时机地打断他，使他时不时忘了眼前的事。刚出门，他记得今天有一件重要的事情要做，可一接到欧阳的电话，立马患了失忆症。

记忆是一道坎，有些事一下子就翻过去了，有些事却像蛰伏心灵深处冬眠的蛇，一朝醒来，就会狠狠地搅动咬噬。十多年的人和事，呼啦啦地来，轰隆隆地去，快得使吴守之这刻忘了上刻、今天忘了昨天，快得让他没有时间思考、纠缠、反省、修正。可稍有空闲，他的记忆深处就会沉渣泛起，让他神思恍惚，心神不宁，难以喘息。

四十多年的岁月，却只有四十多分钟的记忆。他的人生被记忆浓缩了。他的人生就像简历，只剩下干瘪的年月日、某个地点、抽象的人和事。在时间轴上回望过去，才会看到真实、闪亮、有价值和有意义的东西。

吴守之摇下车窗，一股燥热的风灌进来，把车里的寂静与车外的喧嚣融在了一起。公交车、出租车、私家车、网约车，街边的电杆、花木、行人，以及一扇扇门，近在眼前，却又远在天边。它们在车窗上扑面而来，又倏然消失。

汽车就像房屋，为人们营造了一个封闭空间。在车里的人，可以欣赏外面，车外的人只能看到车壳。就像楼上的人可以俯视，而楼下的人只有仰望。一旦钻进车里，就像逃出了这个世界。多年来的吴守之总是被车和车一样的东西包裹着，每天乘车出门，乘车回家，好像一直生活在车里，从来没有下过车。在家被水泥钢筋包裹，在外不是在办公室就是在宾馆餐厅。他觉得，车是囚笼，房子是囚笼，衣服裤子是囚笼，时事人生是囚笼。大多数人已经不会行走，只是被机器之类的东西携带着移动。我们看到的都是依附于钢筋水泥、房屋、汽车、火车、飞机、手机、衣服、帽子、电脑……臃肿累赘的人。人的辨识度越来越低。世人都成了模糊的影子。

车窗外的一切都在逃避，像吴守之闪烁不定的记忆。如果让车就这样奔驰，他是否能够与车一起逃离这个世界？他希望这车就这样不停地开下去，一直开到时间的尽头。可他明白，活着的人永远逃不出这个世界。我们没法修建逃离这个世界的路。也许有一条路，那就是车祸。难怪车祸比战争、革命、疾病和天灾人祸还多，车祸是离开这个世界最宽敞、最拥挤的路。

"小李，开快点。"杨富贵坐在副驾驶位子上，着急地说，仿佛有意跟吴守之的思想作对。

"着什么急？又不是去奔丧。老杨，你咋不跟欧阳先去？"吴守之责怪杨富贵打扰了他的胡思乱想。

"欧阳要我来接你。"

吴守之和杨富贵突然沉默不语了。

终于到了土地拍卖中心。

车刚停下，吴守之就迫不及待地开门出去，却发现车门打不开。直到杨富贵从外面给吴董事长拉开车门，他才下车。根据某些人的观点看法，吴董事长在故意玩大款派头。

吴守之急匆匆地走上台阶，差点与自动门撞个满怀。自动门纹丝不动，好像不准他进去。不断地开开合合，自动门劳累了大半天也没人给它小费，它早就打算罢工不干了。

吴守之生气了。自己绕了大半个城市，用了四十多年的时间，才走到这扇大门前，而它居然紧闭着。他又一次感到了被拒绝的痛。他以为被拒绝的痛已经痊愈，想不到在这里复发了。

"门坏了。咱们走侧门吧。"杨富贵说。

"不。就从这里进去。"

"马上要开始了……"

"管他的。"

杨富贵知道吴守之的固执，也见识过他不少匪夷所思的举动。今天早上要他帮忙找白影，现在跟自动门较劲……土地竞拍已经开始。他倒不怕别人拍走那块土地，而是害怕欧阳怪罪他办事不力。

自动门好像特意要跟吴守之作对，就是不自动打开。杨富贵真想一拳打过去，一脚踹开这扇不知好歹的门。

"它会开的。"

吴守之信心百倍。他绝不退却。他必须等自动门自动打开。他必须从这里进去。他不相信付出了那么多，还打不开一扇门。连一扇门都对付不了，还有什么资格进入大厅？

吴守之点燃一支烟，慢悠悠地吞云吐雾，跟自动门较上了劲。

杨富贵着急地在吴守之身边团团转，远远望去，活像一只衣冠楚楚的守门犬。他一会儿趴在自动门上，用两只手扒拉着门缝。一会儿又转过身，扒拉吴守之的胳膊。他不知道吴守之要跟自动门对峙多久。

吴守之刚掐灭烟蒂，突然发现自动门主动让了步。他挺直身子，叼着香烟，晃了进去。杨富贵紧随其后。进电梯前，杨富贵余怒未消地回过头，狠狠地瞪了自动门一眼。

竞拍师充满激情地介绍一号地块情况。一号地块地处市中心的黄金地段，出让面积191268平方米，容积率2.88，土地性质是商业兼住宅。几届政府都想搞旧城改造，因为拆迁成本太高，拆迁难度巨大，一直停留在研究讨论策划阶段。本届政府为了改善广都人民的生活环境，终于下定决心排除万难，实施旧城改造这个利在当代惠及千秋的民生工程。

吴守之没有进大厅，他的代理人会在他的授意下举牌。像举牌这类事，吴守之是不屑做的。他讨厌充满某种味道的竞拍场所。他觉得他们都是在按照剧本演戏。他只想做舒舒服服的观众。他要当将军，在望远镜里欣赏血雨腥风的搏斗。他要亲自践行传说中的运筹帷幄。

杨富贵走进土地拍卖大厅。

吴守之向另一个房间走去。

巨大的水晶灯垂吊在屋子中间，闪烁着灿烂的光芒。柔软的羊毛地毯，在灯光的映衬下，泛滥着五光十色。欧阳端坐在左边一排空荡荡的沙发上。茶几上的茶杯正冒着一缕缕香气。通过正面墙上的显示屏，拍卖大厅的情景一览无余。

吴守之轻手轻脚地走过去，在欧阳身边坐下。欧阳什么话也没有说，看了他一眼就转过头。她不想放过即将进入高潮的剧情。

吴守之好像走错了地方，觉得自己在这里纯属多余。他站起身，面对窗玻璃捋了捋领带，一副胸有成竹的神情。他点燃一支烟，面对着窗玻璃里影影绰绰的自己。

手机"呜呜呜"振动起来，是周君慧的电话。他主动给吴董事长打电话，还是第一次。吴守之刚要按接听键，突然意识到周君慧已离开这个世界。他终于想起了今天要做的重要事情：参加周君慧的追悼会。

接到周君慧的死讯时，他震惊得不敢相信同龄人突然成了故人这个事实。整整一天，他反复拿出手机，点开周君慧的手机号码看。以往知道有人去世，他会及时搜出对方的手机号码，删除。可面对周君慧的手机号码，他既不敢拨打，又不愿删除，好像保留了，就保证了周君慧仍然活在这个世上。

在广都中学教书育人的中学教员周君慧与吴守之在大学时就有管鲍之交。吴守之苦闷时，就去找周君慧，无所顾忌地把所有的心里话倾倒出来，好像周君慧是他的储藏室。周君慧没有给他什么金玉良策，很多时候只是静静地听他说。每次吴守之说完话，就轻松得什么事都没有了似的。周君慧外表冷淡，平时不苟言笑，可内心始终充满着八十年代的激情。他喜欢写时事杂文，注册了QQ空间发表博文。突然有一天，他发现周君慧成了网络名人。

上周一晚上十点零五分，下晚自习的周君慧在回家路上，一辆呼啸而来的轿车目中无人地向他冲来，毫无防备的周君慧瞬间倒在地上。据说，周君慧刚被送到医院时，头脑还算清醒。医生简单处理后，就严格按照医院的规章制度公事公办，等家属送钱缴费签字、验明正身、照各种片子、检查每个部位，好像押赴刑场枪决的罪犯。实际上，周君慧的血已经流得差不多了，简单地包扎根本无法阻止汹涌的鲜血。等履行完医院的各种手续，完成了系列检查，严守了医院规矩后，他的血已经流尽，心脏已经停止跳动，眼睛再也闭不上了，当然，手术也没有必要动了。

广都医院副院长赖世存在电话里被吴守之破口大骂后，无可奈何地说，他也感到遗憾，但已经尽力了。赖世存不懂医术，但精通行政管理。分派到广都医院办公室的第二年，他好像能预测未来似的抓住机会，争取到了广都大学进修行政管理专业的名额，轻而易举地拿到硕士结业文凭——攀登副院长职位的台阶。

周君慧意外去世后，吴守之失去好友的孤独感不仅没有随着时间的流逝而减轻，反而越来越强烈，他甚至想通过惩罚凶手来减轻孤独感。可凶手是谁呢？周君慧的死因，广都医院与肇事司机一直在扯皮，肇事司机说是因为医生抢救不力导致周君慧的最终死亡，广都医院认为周君慧的直接死因是肇事司机车速过快。按照他们的说法，那世界上根本就没有凶手。每个人都会死，生命的唯一凶手只有一个：死神。

吴守之的手指颤抖起来：这是怎么回事？是周君慧的妻子在用他的手机给他打电话，请他参加追悼会？周君慧出车祸是一条假消息？周君慧又复活了？周君慧在天堂给他打电话……吴守之蓦然看到一只雄鹰在天空翱翔盘旋。落日的余晖无情地摧残着灿烂的太空。一声枪响，喷涌的鲜血天女散花一般弥漫开去。白云成了血色的彩虹。一股劲风，凝成了乌黑的云朵。鹰的天空消失了……

吴守之拿着手机愣在那里。他不知道眼见的景象是真是假。他预感到有什么事即将发生。在这个世界上，堪称知己的只有周君慧，可周君慧的遗体告别仪式，他居然为了竞拍土地没去参加。

吴守之不顾一切地按下接听键，手机里传来"嘟嘟嘟"的忙音。他回拨过去，仍然是忙音，再拨，是电信局的声音："您拨的号码不在服务区。""您拨的号码不在服务区。""您拨的号码不在服务区。"

吴守之的灵魂出窍了。他相信这电话一定是周君慧从另一个世界打来的，周君慧有什么重要事情告诉他。他要去见周君慧，他要去救周君慧，不管他是死是活。他看了看手表，十点三十分，周君慧的告别仪式十点开始，现在赶过去已经来不及了。他好像看到了周君慧躺在冰冷的铁板上，正缓缓移向火葬场的炉门。他僵冷的躯体渴望火的温暖，熊熊火焰正在满足周君慧最后的希望……

"你在干吗?"

欧阳冷不丁的问话使吴守之突然意识到自己现在在哪里，他马上集聚散漫的心神，开始专注于荧屏。

突然，一个戴墨镜的女人坐在恒峰公司的座位上。

墨镜女人一次又一次地把竞拍牌举起、放下、放下、举起，仿佛拿着一张擦桌布，要抹去什么。

吴守之仔细打量墨镜女人，手机砰的一声砸在地上。

吴守之终于认出了她，江冰如。

吴守之与江冰如分手后，一直提心吊胆，害怕被欧阳发现，被江冰如纠缠。他后悔把手机号和办公室座机号给了江冰如。每次听到座机铃声，就以为是江冰如打来的。每次看到陌生女人，就以为是江冰如。那段时间，他在办公室里待得最久。他整天把手机攥在手里、放在枕边，一有动静，马上抓起来看，直到发现不是江冰如的手机号和短信，才放下心来。那段时间，只要发现手机没在手里，就像患了肢体缺失综合征。他最初在手机上存的是江冰如的名字，后来改成记者，后来随便取了名字，但他仍然不放心，最后改成代号S。没过两天，他怕欧阳追问S是什么意思，干脆删除了江冰如的手机号。那两天，他一接到陌生电话就以为是江冰如。第三天，他又把江冰如的手机号存上了，他怕江冰如来电时，自己没准备好说错了话。思来想去，他觉得只有把手机号换掉，可想到江冰如如果真要找到他，换了手机号也没用。他多次想给江冰如打电话说一切都结束了，却总是在最后一秒放弃了。他给江冰如写了无数条手机短信，都在发送前删除了。他最后把江冰如的手机号存为"常近生"的名字，如果欧阳问"常近生"是谁，就说是生意上的朋友。吴守之就这样胆战心惊地过了一个月，再没接到江冰如的一个电话，没收到江冰如的一条短信，没看到江冰如的身影，他才稍稍安下心来。前天晚上，他无意中按下江冰如的手机号，本想马上挂断，却听到电信公司"这个号码是空号"的声音，他一动不动地反复听"这个号码是空号"，直到电信公司主动发出"嘟嘟嘟"的忙音。他又多次拨那个号码，好像只想听"这个号码是空号"的声音。他终于确定江冰如销了那个手机号，自己再没有江冰如的电话号码，才放心地删掉了"常近生"那个空号码。他觉得自己与江冰如再无瓜葛。

在土地拍卖大厅这种特殊地方，江冰如却突然出现了。吴守之打了个寒战，意识到自己在江冰如这件事上色令智昏，被无耻的肉欲引进了一个恐怖的圈套。

墙壁裂开了一道缝，一缕白色的东西，从中渗出来，一点一点聚成一团白影，向吴守之飘来……这么多年来，吴守之最初对白影的出现感到好奇，后来感到恐惧，后来就习惯了。白影既没有袭击他的企图，也没有给他造成任何伤害。在黑暗里，白影像萤火虫，有一种生命的亮光和温暖。他有时觉得白影在跟踪自己，伤害自己，有时又觉得白影在引导自己，保护自己，要告诉自己什么真相秘密。此时此刻，他却感到了害怕。那是"圣迦尔塔的被阉之影"。他是被白影追逐的逃亡者……

"你怎么啦？"

欧阳看到吴守之失魂落魄的样子，心里掠过一丝不快。她没有看到吴守之看到的东西。她以为吴守之是因为激烈的竞拍而紧张。吴守之能为了这块土地如此上心，她感到一丝欣慰。

"别担心，一切都在我们的掌握之中。"

吴守之没有吭声，一副神思恍惚的模样。

"你走吧。"欧阳不想看到这个垂头丧气的男人在这里扫兴。她要让吴守之明白，有没有他，自己都能应付自如。

吴守之恍恍惚惚地走出土地拍卖中心，突然发现到处闪烁着幽暗的蓝光，弥漫着令人恶心的臭气，飘忽着稀奇古怪的人。墙壁、街角、灯杆、立交桥、汽车……睁着蛊惑的眼睛。冷风骤起，满天满地都是落叶。他踏着树叶快步向前，走了半天也没走出一片树叶。他弯腰捡起一片黄叶，发现失去水分的树叶上布满了十字、圆圈、纹路，纵横交叉的叶脉好像小舟残骸……原来自己走在叶脉上，在叶梗上攀爬。

茅医生下班后，步行路过广都公园围墙时，突然发现吴守之匆匆向他走来。他喊了几声，吴守之都没理他。就在他们即将相撞时，茅医生拍了一下吴守之的肩膀，吴守之才骤然停步。

"守之，你去哪里？"茅医生问。吴守之不认识茅医生似的没有任何反应。茅医生看着他散乱的眼神，抓住他的手："吴董，你好！"吴守之好像刚醒过来："啊，茅医生，你好。"茅医生说："守之，你没事吧，我们去公园转转！"吴守之"嗯"了一声。

第十四章

　　急剧飙升的地价几乎震碎了木槌，敲昏了卖主。谁都没想到，这次土地拍卖，竟然拍出了"地王"。经过二十八轮竞价，香港恒峰公司竞得了该宗土地，溢价率百分之二十四。新闻媒体和无数广都人对此纷纷表示惊讶。大部分人只是纯粹地惊讶，少数人除了惊讶，还有欢呼、微笑。只有欧阳，既有惊讶，又有愤怒。她没想到恒峰公司居然把地价抬到自己无法承受的高位。只剩下他们两家时，他们依然频频举牌，毫不相让。

　　吴守之离开香港前一天，守之集团与恒峰公司签了组成联合体竞拍该宗土地的合同，按照合同，这宗土地也有一部分属于欧阳，但是，欧阳仍然觉得自己受到了沉重打击。她原本想通过竞拍独吞这块地，最后只剩他们两家时，她想拍到土地的欲望更加强烈，像输红了眼的赌徒，完全忘了公司现在的处境和他们是联合体。她只想拍到这块土地，就像她平时想得到的某个东西。在她的生活中，从来没有发生过这种事情。从小至今，只要她想要的都得到了，凡是被她看中的都能信手拈来。也许"地王"太强大，她现在还没有足够的力量创造它。

　　回到办公室，欧阳立即召集人马商量对策。她打吴守之的电话，没人接。打李伟的电话，关机。她把杨富贵叫到公司，要杨富贵马上去调查这是怎么回事。安排完工作，欧阳直奔李伟家。

汽车飞快地行驶，欧阳仍然觉得太慢。

啪的一声，一团白色的东西突然砸在挡风玻璃上。

"白影！"欧阳惊呼起来。

"欧董，那是鸟粪。"司机把车停在路边，用卫生纸把鸟粪擦去了。

天已完全黑下来。被车窗隔绝的树枝变成了阴影。那只毫无教养的小鸟也许是急着回家，也许是约会路上迷了路，慌乱中吓出了屎。她小时候听人说，鸟屎掉在头上不吉利。小鸟虽然没把屎屙在她头上，可屙在了她的车头上。

李伟正坐在沙发上悠闲地翻弄一本过期画报。

"这到底是怎么回事？"欧阳把挎包往沙发上一甩，像急性子的演员，气都来不及喘就问道。

"看把你急的。来，喝杯酒，定定神。"李伟笑吟吟地拿出两只红酒杯，给欧阳和自己各斟了一杯红酒。

欧阳疑惑地看了一眼若无其事的李伟，顺从地坐在沙发上。

"今天开庭审判杨洋。"李伟轻描淡写地说。

"审判谁？"欧阳诧异地问。这段时间，她只顾土地竞拍和公司上市的事，哪有心思过问其他事。

"你看看吧。"李伟打开电视，回放审判杨洋的新闻。

"今天下午两点，广都市中级人民法院公开审理杨洋案……"

被两名武警押上审判庭的杨洋，坐在木栅栏内，低垂着头，还不习惯包裹他的囚服似的忸怩着，好像患了尿频症。他有气无力地为自己辩护，语速沉缓，吐词模糊，字斟句酌更恰当的说辞，以示对正襟危坐的法官们的尊重。

欧阳盯着杨洋，仿佛在欣赏油画大师的速写。

公诉人出示杨洋受贿的证据之一，是著名国画家曾凡多年前用意念驱使右脚趾画的一幅山水画，价值五十万人民币，经媒体报道后，默默无闻的曾凡一夜爆得大名，画价噌噌上涨，求画的人络绎不绝。曾画家准备瞅个机会去监狱感谢杨洋，可一直没有空。

"杨洋被抓是早晚的事。我早就说过：小心点，路上有监狱……"

"我们怎么办？"

"你犯不着替这种人担忧，也不要害怕被牵连。守之集团的老板是吴守之，你怕什么？这种时候，我们不能先乱阵脚。来，干杯！"

李伟举杯一饮而尽。欧阳迟疑着抿了一口红酒。

"高举答应跟我们合作在香港上市。你现在要做的，就是想方设法剔除吴守之的影响，尽量把吴守之跟守之集团剥离开来。我相信你的聪明才智！"

欧阳没有答话。

李伟不断给她斟酒，她就一杯接一杯地喝。

不知是酒精的作用还是李伟镇定自若的感染，欧阳终于平静下来。

"土地竞拍到底是怎么回事？我想知道江冰如是谁……"

"我会告诉你的。"李伟突然岔开话题，"你真的喜欢吴守之？"

"你问这干吗？"香甜的红酒在欧阳的胃里变得苦涩起来。

"江冰如，别看她长得漂亮、穿戴时髦，就是一个妓女，KTV的坐台小姐。你真不知道她跟吴守之的那些事？"

"什么事?"刚平静下来的欧阳惊得站了起来。

"你把这个拿回去慢慢欣赏吧。"李伟把一张U盘递给欧阳,突然大笑起来,笑得欧阳莫名其妙,"我实在搞不明白,你为什么现在还相信吴守之。你非常清楚,吴守之跟你结婚,无非是想利用你。而真正欣赏你、爱你的人是我。只有我们才有共同语言。"

"不……"欧阳痛苦地瘫靠在沙发上。她觉得自己的周围都是悬崖峭壁,所有的一切都偏离了她的设想,最近发生的每一件事都在跟她过不去,连吴守之都敢跟她作对。

"我知道你对我有成见,但我不会去辩解,任何事情,一旦辩解都会完蛋。我们能把自己辩得高尚一些吗?我们能把生活辩得清澈一些吗?辩解生活就像用洗衣粉搓洗人生,越洗越脏,越辩越烂。眼睛都辩浑浊了,最终也没辩清楚。头发都洗白了,还是没有洗干净……可有人总喜欢把道德悬挂在口中,非要道德在现实生活里冲锋陷阵,唯一的结果是光荣牺牲。你看看那些所谓的道德面孔,就他妈的一个可怜虫。他们嗜好对某人某事做虚伪、狡诈、令人作呕的道德判断。最先被我们牺牲的是道德……伦理道德,就他妈的幌子、借口、挡箭牌……大众只有似是而非的道德思维,道德陷阱。任何人,在道德错觉面前都不堪一击。我讨厌那些抱有道德偏向不放的家伙……任何说教都无法打动道德这个词汇,更无法感动那些正人君子。他们仅能从道德里剥离出其生物属性,社会属性……美丑善恶只是人类创造的道德词汇……我不是没有是非标准,而是社会无法给我提供那种标准。社会原本就是一种似是而非的概念设想。人与人之间的关系只有交换和利用的关系。我们只有职业没有道德。拥挤在人群中的妓女仍然笑靥如花，谁能剥去庸肉浊物的楚楚衣冠……"

李伟仿佛矗立高山之巅的训诫者，居然把道德像腌腊肉一样挂在嘴上，信口开河。他一直拥有令人尊敬的美丑观。美丑只是一种外在表象，他一点不在乎。

"地球是一个丛林。我敢肯定，人类永远走不出这个丛林，除非某天人种发生了基因突变。弱小的周围总是强敌环伺。在我们强大的过程中，必须面对强敌。只有干掉强敌，自己才能强大。我现在虽然还不强大，但是，我正在强大的路上……"

"你说这些有什么用？"

"不，我要说，我早就想说了。我憋得太久了，几十年了，几千年了？欧阳，如果我不是被学校开除，你早就属于我了。离开吴守之吧！我等了你整整二十年。我发誓要得到你，因为你是我的，你本来就属于我。上帝把你降临在这个世上，就是为了我。我来到这个世界，也是为了你。我没有结婚，就是因为你。欧阳，只要我们联手，世界就属于我们。目前的处境，算个屁？"

李伟豪气干云，好像不是在求婚，而是在指挥千军万马。他只想证明，谦逊固然值得赞美，骄傲却是一种自信。李伟长期把自己装扮成猎物，现在，他要撕下猎物的装束，成为一个光明正大的猎人。

面对咄咄逼人的李伟，欧阳第一次从男人眼里看到自己的怯懦，她差不多要不顾一切地扑进李伟怀抱。她和李伟都有强烈的控制欲，但是，一旦遭遇更强的对手，他们比谁都愿意臣服。欧阳点燃烟，慢慢平静下来。她不是那种轻易迷醉的女人，也不是那么容易被击倒的女人。可李伟赤裸裸地表白，仿佛一剂强心针，准确地射进她体内。她意识到，只有李伟能帮她渡过眼前的危机。她要用好李伟这颗"棋子"。

"不要老想过去。现在不是谈情说爱的时候。"

"我相信，这段时间过后，一切都会好起来。"

欧阳有了依靠似的端起酒杯，与李伟碰了一下。

欧阳在电脑上打开李伟给她的U盘，里面有活动影像、定格图片，画质很差，不少地方胡乱不堪，但吴守之与江冰如却清晰可辨。吴守之与江冰如在车上。吴守之与江冰如遮遮掩掩地走进银海山庄。江冰如裸体在房间里搔首弄姿。吴守之在宽衣解带。吴守之在关手机。江冰如噘起红红的嘴唇与赤裸裸的吴守之调情。吴守之与江冰如在床上翻云覆雨。吴守之与江冰如静静地躺在床上。吴守之情意绵绵地亲吻江冰如。江冰如依偎着吴守之。江冰如坐在电脑前。吴守之胆战心惊地接电话……

欧阳漂亮的脸蛋被愤怒扭曲变形了。想不到吴守之居然敢在家里跟女人乱搞。她砰地关掉电脑，突然平静下来。吴守之的所作所为已不重要。谁做的U盘也不重要。吴守之与江冰如的苟且之事确凿无疑。她只想知道江冰如与恒峰公司是什么关系。

欧阳发现该在春天开花的兰草，却在这个时候开花了。一股无名怒火腾地蹿了上来。好像什么时候开花，季节什么时候光临，都必须由她来决定。她起身打开窗户。夜风肆无忌惮地从四面八方涌进来。欧阳打了个哆嗦。她不得不相信别墅区的气温比其他地方低。是这里的树木太高大浓密太阳照不进来的缘故，还是这里地势高、高处不胜寒的原因？从电视广告片来看，这里风景优美，温馨怡人，但是，只有住在这里的人才知道它的孤寂冷清。

暮色漫进来，漫进了欧阳的心里。

冷冷清清的家里，空空荡荡。

欧阳沮丧地发现这个家不算家。奢华有余，却缺少家的温馨。情绪不好时，她也想回到家里，躺在男人怀里什么都不想，什么都不做。她过去认为女人是花，孩子是果。为了果实，花不得不过早凋谢。她与吴守之结婚后不生孩子，害怕生育孩子影响身材，影响事业，觉得孩子会残忍地吸尽母亲精血，夺走女人的美丽，使女人变得婆婆妈妈，粗鄙不堪，连自己都认不出自己。现在，她却渴望有个孩子在身边，哪怕孩子真是个吸血鬼。她第一次强烈想念远在美国的儿子。

欧阳抬起头，望着墙壁上悬挂的油画——碧绿的草地，灿烂的阳光，草尖上的蚱蜢，树枝上的蝴蝶，孩子粘满泥土的肉嘟嘟的脸、胖乎乎的手、天真的笑……她觉得油画里的孩子就是她儿子……她盼望儿子走下来。她会耐心地为他洗去污垢，给他换上簇新的衣服，把他紧紧地搂在怀里，教他喊妈妈……儿子站起身，摇摇晃晃地走出草地，带走了鲜艳的颜料、阳光、蚱蜢、蝴蝶……油画成了一块苍白的布料。

那些昂贵的色彩、地毯、床、被褥、空调、钢筋混凝土，都无法给屋子增添温暖。电视机、音响、古玩家具、精美的字画，都不是家里的风景。只有人，才能给人温暖。家里最好的风景是人。家里最重要的内容是人。只有人才能支撑起一个家。

深圳奇遇以来，她经常把吴守之和李伟两个人召集在一起，进行比较研究。她离婚后一门心思要跟这个神经兮兮的男人结婚，是不是自己判断失误？她选择毫无背景、性格懦弱的吴守之做她的生意代理人，是不是自己的规划设计不当？她曾经把吴守之的冷漠看作男人的气质。大学时被吴守之拒绝，吴守之离婚后的再拒绝，这种迟迟没得到的爱迷住了她的双眼，扰乱了她的心神。越得不到的东西越强烈地刺激着她想得到的欲望。多年来，她一直按自己的思想和方式来雕琢吴守之，可费了九牛二虎之力调教的这个男人，不仅没能成为她的理想人物，却像冥顽不化的石头，时时露出锋利的尖刺，扎得她难受。吴守之也许更适合当诗人，把他带入商场，跟他结婚，说不定害了他，也害了自己。让她感到欣慰的是，吴守之向来对她言听计从。吴守之是她的丈夫，也是她手中的一颗棋子。她希望这样，又不想这样。吴守之的神经质让她越来越厌烦。特别是近年来，她越来越琢磨不透吴守之，越来越不知道该如何对待吴守之。她多次跟吴守之说："你是生意人。艺术家的多愁善感可以卖钱，生意人的多愁善感一钱不值，还要费钱、赔钱……"可吴守之就是听不进去。

昨晚与李伟在一起，让欧阳开始审视自己。年轻时的爱情幼稚且盲目，在象牙塔里尚能苟延残喘，一旦到社会上，夭折就是它的宿命。事隔多年，她纡尊降贵，嫁给一文不名的吴守之，实在荒唐。也许真像李伟所言，他们才有共同语言，他们才是同一条道上的人。李伟对自己二十年的痴爱，李伟的果断、气势、谋略，越来越鲜明地与吴守之形成强烈对比。她想控制吴守之，更想控制李伟，李伟比现在的吴守之更有价值。在她的世界里，她不会因为男人而痛苦，男人无非是她的附加值。

她把车开出车库，轰隆隆地离开了家。

李伟打拼那些年，见人就低头，有机会就抓住，不怕给富婆当地下情人。那些年的李伟，身上有股日本男妾的味道。他从来不在乎人格尊严被踩在地上摩擦，不否认自己稔熟《厚黑学》。他需要第一桶金，需要原始资本积累，需要人脉资源。一个没有背景的愣头小子，要成功只有一条路——不择手段。他毫不讳言地说，使用什么手段不重要，重要的是结果。

二十年过去了，欧阳的美貌已经大打折扣，李伟要找个漂亮的年轻女人结婚不是什么难事，可他就是翻不过欧阳这个坎。欧阳给他的挫败感，必须由欧阳主动投怀送抱来了结。欧阳能让他的事业壮大，能给他带来梦寐以求的金钱地位。他的目的不仅仅是捕获欧阳、报复"情敌"，而是守之集团。他认真调查过，守之集团并不是外界说的资不抵债、濒临破产。

在吴守之跟欧阳坦白自己偷腥之前，李伟已与欧阳商量好：守之集团所有的负面影响都由吴守之董事长承担。想法将吴守之从守之集团彻底剔出去。吴守之主动交代，主动让出一切，正好免了口舌交锋。

现在，吴守之这块石头不用搬就自己滚开了，李伟和欧阳只需商量下一步怎么做。在李伟家里，欧阳忧心忡忡地反复问李伟："刘琴到底是谁？"在刘琴是不是薛婧这个问题上，欧阳觉得自己变得神经质了。

李伟从他的文件包里抽出一叠资料递给欧阳："所有的疑虑，都会有水落石出的时候。亲爱的，不必担心。这是魏小平的调查结果。"他温柔地亲了一下欧阳的面颊，欧阳却无心与李伟调情，她急不可耐地要看资料。

1969年，薛婧的父母因公去世，五岁的薛婧由她的堂叔薛先知抚养长大。1980年，她的父母才平反昭雪。1985 年，薛婧应聘到广都市政府办公室从事打字员工作。薛婧与吴守之离婚后，多次受到赵小明的性骚扰。据说，宋艳有次把薛婧堵在办公室里破口大骂。薛婧辞职，从此在广都销声匿迹。她只身来到广州打工，改名换姓。刘琴最初在商场里卖手机，后来做手机配件代理商，赚到第一桶金后，她开了一家生产手机配件的小厂。为了扩大规模，她从高举那里得到了一笔风投资金。薛婧母亲的弟弟刘海在大陆解放前夕到了台湾，开始做生意，之后又做房地产。他早年结过婚，但没有子嗣。1987 年，他妻子病逝后定居香港，一直独身。1995 年，刘海回大陆寻亲，在广州找到了他唯一的外甥女薛婧。薛婧随即移居香港，改名为刘琴。刘海为了培养刘琴，把她送到美国东方大学学习经营管理，在那里，她与高举相遇，高举爱上了刘琴，可刘琴一直犹豫不决……

"薛婧到底是不是刘琴？"欧阳把材料丢在沙发上，直视着李伟。

李伟的手机瞅准时机，"呜呜呜"地叫起来。

"我接个电话。"李伟向欧阳摆摆手，边说边向楼上走去。

仿佛过了整整一个世纪，李伟才慢悠悠从楼上下来。

在李伟接电话的时候，欧阳又翻了翻那叠材料。她把刘琴和薛婧的身份证影印件反复比照，一会儿觉得是同一个人，一会儿觉得是两个不相干的人，一会儿又觉得影印机的质量有问题……

李伟从茶几上拿起一包烟，抽出一支，点燃，递给欧阳，又为自己点上一支："欧阳，又有了新情况。高举不是在东方大学爱上刘琴的，是1992年，啊，是1994年，刘琴在恒峰公司工作期间，高举爱上了薛婧，不，是刘琴，啊，是薛婧……"

李伟本想讲一个精彩的故事，由于太着急，还没思考成熟，显得语无伦次，时间、地点、人物含混不清，好像在故意糟蹋自己，加之刚才的那个神秘电话，结果是：欧阳起了疑心。

"到底是刘琴还是薛婧？"

"欧阳，你今天是怎么啦？你还不明白吗，刘琴就是薛婧，薛婧就是刘琴。欧阳，你听我把话说完再问好不好？高举爱薛婧，可薛婧并不喜欢高举。薛婧一直念念不忘吴守之，始终相信吴守之是爱她的。离婚并非吴守之的真意，完全是因为你欧阳的蛊惑……"

"干吗把我牵扯进去？"

"万事万物不是都互相联系着的吗？墨西哥的一只蝴蝶振动翅膀，太平洋就会发生一场海啸。克莉奥佩拉的鼻子不就决定了罗马帝国的兴衰？何况，我们每个人都像蜘蛛一样不分昼夜地织网……"

"刘琴不是恒峰公司的总裁？"

"别着急，你听我说。高举依然拼命追求薛婧，还任命她为恒峰公司的大陆总裁。薛婧为了躲避高举，离开了恒峰公司。高举想弄清吴守之是何方人物，令薛婧事隔多年痴情不变。他要把吴守之的本来面目暴露给薛婧，让薛婧对吴守之彻底绝望。他与江冰如签了一份合同，叫她勾引吴守之，并跟踪录像。我相信薛婧看过U盘后……"

"你是怎么知道这些的？"欧阳警觉地问。

"现在不是互联网了吗？谁能逃过人肉搜索？谁敢说他还有隐私？你要相信我的手下。"李伟望着墙上一幅油画，年仅三岁半的著名当代艺术家的抽象派大作。

"这些与土地竞拍有没有关系？我们与恒峰公司的合作是不是个骗局？会不会影响我们公司在香港上市？"

"我了解高举这个人……"李伟转过头，盯着欧阳，欲言又止。

"刘琴、薛婧、贾先知、刘海、高举、吴守之……"欧阳不停地念叨着，想弄清他们之间的关系，更想搞清楚这些信息的真实性。

"你去见刘琴。"李伟想拥抱欧阳。

"我去见刘琴？"欧阳躲开李伟，反问道。

"你们从来没有见过面。你去最合适。"李伟鼓励道。

"我……"欧阳欲言又止。

"去吧。"李伟挥挥手。

欧阳觉得自己被李伟抛弃了。

欧阳把杨富贵叫到办公室。看到疲乏的欧阳，杨富贵趋步上前，关切地说："欧阳，你可要注意身体啊！"

这句温暖的话虽然感动了欧阳，却成了欧阳已显苍老的证明。只有在杨富贵面前，欧阳才会有限地暴露自己的憔悴。他们是同学，又一起走过了这么多年，经历了那么多事，作为朋友，杨富贵收获了欧阳比较充分的信任。杨富贵几乎成了可以见到欧阳疲态的唯一男人。

欧阳看了看杨富贵："老杨，你秃顶了。"

乐天安命的杨富贵毫不介意地笑了笑："这都是我那勇敢的

白发与黑发战斗的成果。我还嫌成果不大，秃得不彻底呢。"他起身给欧阳倒开水，本想表现得轻松一些，可腰部的一圈滚肉却使他的脚步慢了许多。

"老杨，你真是乐观。"欧阳望着杨富贵不再轻快的脚步，露出了难得的笑容。

"你想想，一个绝顶聪明的人，会允许他头上压着东西，何况是乱糟糟的头发。"

"头发可是人的天线啊……哎，我们都老了……"

"世界很复杂，也很简单。你简单地看世界，世界就很简单。你复杂地看世界，世界当然复杂。什么样的事都有解决的办法，都会有了结的一天。只有身体是自己的，其他一切都是身外之物……"

"唉！你清楚守之集团目前的情况，你可要帮我顶住呵。"

"我当然会全力以赴……守之可能真的生病了。他去年就经常跟我说，他腰酸背痛、头昏眼花，心里闷得慌……"

"我知道他很累。可在这节骨眼上……"

"你要相信自己。"

"当然……"

"一切都会过去。一切都会好起来。"

"老杨，我这里有一份材料，你帮我核实一下。"

杨富贵接过材料，看了一遍："这是谁给你的?"

欧阳好一会儿才说："李伟。"

"有些话，我不知道该不该说。"

"你说吧。"

"李伟这人……你也许有所耳闻……我调查了一下，有人说江冰如原是《广都日报》记者，现在是恒峰公司的员工。她父亲患淋巴癌需要大笔医疗费，有个老板，据说是吴守之，答应帮她，骗她上床后就不见了。她应聘到恒峰公司，只想多赚点钱，为父亲凑治疗费……有人说她曾经跟一个老板，据说是李伟，借了一大笔钱做生意亏了，被迫做了KTV坐台小姐……没人了解她漂亮外表里的痛苦、疯狂、仇恨、抗争。有人说她父亲死后，她从广都桥上跳下去，是刘琴救了她……"

"我不想知道江冰如的情况，我只想知道刘琴的事。"

"我觉得你应该去见刘琴。"

"她不是恒峰公司总裁。"欧阳的烟蒂成了灰烬。

"谁说的？"杨富贵抬起头，望着欧阳。

"李伟。"欧阳不喜欢杨富贵打量她背影似的转过身。

"他是怎么知道的？"

"我……"

"我觉得，一面之词不可靠。你去见了刘琴再说吧。"

"老杨，你开车，我们现在就去蓝湖度假村。"

欧阳让杨富贵在车里等着，径直去了刘琴的房间。

"薛婧，你好！"欧阳做事从来不屑拐弯抹角。

"欧阳，你弄错了。我是刘琴。"

"我的了解不会错，你就是薛婧。"

"哦！也许，你说的是我的表妹薛婧吧！我想，你来这里的目的不是要跟我谈论这些吧？"

"也许，谈谈我们自己更重要。其实，我们都是受害者，都被吴守之骗了。我离婚后，他就甜言蜜语地追求我。我相信了他，跟他结了婚。事后才知道，他在利用我，无情地抛弃了你。"

"欧阳，我不是薛婧，我是她的表姐刘琴。据我表妹说，当初他们离婚，是双方自愿的，不存在谁抛弃谁。"

"薛婧和刘琴不是同一个人？"

"谁说我们是同一个人？"

"薛婧她现在在哪里？"

"这个重要吗？"

"你真的是恒峰公司总裁？"

"你不相信？"

"我当然相信，可薛婧……"

"薛婧跟这些没有关系。"

"那你到广都……"

"投资。"

"那你决定跟我们合作？"

"合作是双方的事。"

"我们已与高董签了合同。"

"我们的合作对象必须有实力，而且必须诚信可靠。据我这几天的考察，守之集团目前的处境艰难……我已辞退了江冰如。"

"刘总，我们之间也许有些误会。请你相信我，相信守之集团。"

"我只相信事实。"

"事实是我们已经签了合同。我们也严格按照合同履行了责任和义务。我今天听市政府和国土局的领导说，旧城改造必须马上启动。按照规定，第二笔土地款应该在25日之前到位。"

"请你通知吴守之董事长，下周一我们在古城宾馆谈。"

欧阳仔细分析了这段时间发生的事情，不得不疑窦丛生。她觉得吴守之病了，越来越严重……守之集团也病了，管理混乱、债务危机、资金链断裂……收购李伟公司和缴纳土地竞拍保证金，几乎掏空了公司现金。应收款到不了账，催债的电话不断。夜总会至今没有开门营业。康华保健品厂还在停产整顿。债务就像她背上的青石板……她四处寻找良方，始终没有找到。她本想通过与李伟合作、土地竞拍、公司上市来彻底解决问题，可土地竞拍失败了，公司上市遥遥无期……她不明白，守之集团目前的资产远远大于负债，为什么仅仅因为现金流暂时短缺，守之集团就陷入了破产边缘……她知道李伟有一种本事，本来是稀疏平常的事，从他口中出来，俨然成了活色生香的传奇。李伟给她的材料经不起推敲，好像一篇东拼西凑的杂文。她能相信李伟吗？李伟是不是在编故事？这一切是不是李伟导演的？李伟有没有不可告人的目的？李伟是在爱她还是在利用她……以往都是她在谋篇布局，现在却进了别人的棋局。她怀疑李伟的"情报"，怀疑刚才那个自称刘琴的女人，怀疑吴守之，怀疑自己的判断力……

　　杨富贵迟疑地走在蓝湖度假村红砖铺筑的通道上。刘琴的出现，成了一团乱麻的结，他与吴守之、欧阳都想解开。这几天，他仔细研究李伟给欧阳的材料，又通过其他渠道进行查证。单独看那些材料，没有什么大问题。当他把时间、地点、人物、事件联系在一起，要确证它们之间的关系时，却不知所以。他觉得自己还不如动漫里的那条无所不知的毛毛虫。

　　要了解一个人不难，要确认一个人的身份也容易，但要了解一个人的人生，却难于上青天。杨富贵可怜那些孜孜解读世事人生的家伙，他们总想成为道德家、导师、训育员，最后却成了嗜好指点迷津的神仙鬼怪。他们自认为高尚的说教者，可就是看不出他们与教唆犯有啥区别。谁能够真正参悟人生解释人世？谁又会真正在乎别人的指点点点？但是，在死亡之前，在清醒时，谁都必须面对。就像他现在无法回避欧阳、吴守之、刘琴、薛婧。他不想了解他们，但又不能不去了解。他曾经渴望了解一切，现在，却害怕知道得太多。

　　杨富贵与薛婧见过两次面，那是在吴守之与薛婧离婚前，在吴守之面临大海跃跃欲试的那段时间。就因为那两次见面，他现在要求自己必须去了解。第一次见薛婧，他坚定地为吴守之能娶到薛婧而高兴。深入了解后，他感动了。他把平生最真切的感动给了薛婧。薛婧改变了他对女人的看法。他确信薛婧是上天赐予吴守之最珍贵的礼物，是上帝对这个世界难得的恩惠。他过去不想结婚，是因为他对女人的误读。他至今不想结婚，是因为他还没有遇到像薛婧一样的女人。

当薛婧请他劝吴守之不要下海时，他当即保证，即使吴守之不小心成了蹦落大海的基围虾，也要及时把他捞起来。当杨富贵见到吴守之时，除了对薛婧极尽赞美之外，完全忘了对薛婧的承诺，反而怂恿吴守之立马下海，去打捞金山银海。

杨富贵虽然对吴守之的指示向来一丝不苟，可对刘琴，除了众所周知的信息外，他无法知道得更多。刘琴是不是薛婧，他不能肯定，也无法确认。沧海桑田，白驹过隙。人的变化太快，就像这个时代，一夜之间就能让一个地区、一群人面目全非。

"刘总，不好意思，打扰了。"

"别客气，杨总。"

"我想……"

杨富贵觉得，从外貌来看，眼前的这个女人有点像薛婧，听口吻又不像。他知道的薛婧，声音清澈，婉转动人。只听她的声音，就让人信任，不忍伤害。杨富贵可不想在这个问题上过多纠缠。他有一种善于转弯回避的本事，所以很少碰得头破血流。

"刘总，你来广都这么久，照顾不周，请原谅。"

"你也很忙。"

"我们在香港时，高董热情接待我们。吴董想请你晚餐。"

"再说吧。"

杨富贵希望夜晚赶快溜走。他想看清刘总的表情。他讨厌黑夜。这样的夜晚，这样的谈话，凝重、窒闷，就像被捂在电饭锅里的青蛙。

"刘总，如果我们有什么对不起你的地方，请原谅。"

"你客气了。"

"刘总，你感觉广都怎么样？"

"变化很大。"

"你到过广都？"

"三年前，恒峰公司在广都建了九州工业港……"

天空开始布置星辰。秋季正躲藏在黑夜里，伺机现身。一阵柔和的旋律从地下飘起来。树叶花朵，在人造灯光里摇曳。月亮穿过乌云，像被清洗过，干干净净地粘在太空的脸上。

沉默中，杨富贵看到了刘琴莹白的面容。

"你认识薛婧吗？"杨富贵突然问道。

"薛婧？"刘琴皱了一下眉头，"我不认识。"

杨富贵觉察到了刘琴的心口不一，但是，他没有说出来。

"薛婧是吴守之的前妻，美丽、善良，我相信她现在也没有变。他们离婚那么多年，吴守之从来没有忘记过她。我一直觉得他们是天作之合的一对。只是人生的变数太多，如今只有慨叹和歉疚……"

杨富贵越过刘琴的头顶，望着被夜晚融在一块儿的天空大地。

"你干吗要歉疚？"

"他们离婚前，薛婧找过我。可我没有兑现自己的承诺……"

"离婚是两个人的事，跟你的承诺有什么关系？"

"我答应过薛婧，劝吴守之别下海……可我当时没说……其实，他们彼此一直相亲相爱。唉，命运这只小船，真是令人琢磨不透。薛婧成了吴守之一生都解不开的结……"

"既然相爱，为什么要分开？"

"唉，谁能说清楚这些事？"

鱼儿啵啵啵地跃出水面，好像要听清楚他们的谈话。映入湖里的月亮被搅碎了，金光碎银般浮在水面上。夜色里的依依杨柳，在灯光的映照里，呈现出不一样的光彩。

"冒昧问一下，如果你是薛婧，会恨吴守之吗？"

"为什么要恨？恨是懦弱的表现，是对自己的摧残。再说了，缘分自有天定，聚散都是命运的安排。"

"是啊，在这个世界上，真爱本来就少，为什么还要恨呢！我了解吴守之，无论遇到什么事，他对这个世界始终选择热爱和原谅。"

刘琴不再说话。她把视线从杨富贵身上移开，望着满天星辰，像在搜索什么。

"对不起，我要回去了。"刘琴突然站起来。

"刘总，我想请你帮个忙。"杨富贵也站了起来。

"我能帮你什么忙？"

"吴守之生病了，一直查不出病因。我们准备送他出国就医，可出境局的人说，杨洋案还没了结，目前不能离境。如果守之集团能与贵公司合作，也许……求你帮帮他吧。帮吴守之，也是在帮薛婧……"

杨富贵的话还没有说完，刘琴已经远去。

望着刘琴的背影消失在灯光也照不明的黑暗里，杨富贵怅然若失。

他刚上车，就接到吴守之的电话："你，你，马上过来，过来，陪我，陪我，喝，喝摘要……"他还没来得及说话，手机就断了。

　　平时在家，吴守之喜欢挑个房间静坐，关掉所有的灯，让屋里充满黑暗，绝对的黑暗，没有任何阴影的黑暗。只有在黑暗里，他才能天马行空，无拘无束。他只想让他的思想闪光。他是自由的。他的思想是自由的。任何东西都不能束缚他的思想，无论是金钱还是权力，是痛苦还是快乐。

　　自从住进这幢大别墅，大得几乎不能称作人住的房屋之后，吴守之经常有种莫名其妙的感觉。这里的一切老跟他的记忆闹别扭，客厅不再是客厅，厨房不再是厨房，卧室不再是卧室，就连每天晚上睡觉的床也不再是自己熟悉的那张床。每当注视那张实木大床，大得可以承受二十个人同时做惊心动魄的梦，吴守之就怀疑上帝创世之初，恶作剧地创造了困惑、迷惘、秘密……上帝还没有造出完整的世界就死掉了，或者逃跑了。上帝半途而废的工作，就是现实的模样。

　　这么多年来，他殚精竭虑地用理想、情怀、美梦、金钱、事业、爱情、汽车、房屋……做原料，为自己垒砌安乐窝，最后才发现，自己只是建了一个囚室而已，自己把自己囚禁在了其中。他千方百计地想出去，求人把自己放出来，可周围都是"肖申克"而没有"救赎"。

　　在空荡荡的别墅里，吴守之焦躁不安地踱来踱去。他在镜子前停下来，惊讶地发现眼角布满的皱纹，仿佛微雕的杰作，又像伤口遗留的证据。他取下眼镜，皱纹没有消失。他戴上眼镜，皱纹还在那里。皱纹怎么就不能像眼镜，可以随便取下、戴上、抛弃？

　　吴守之整天面对盆栽百合花干瞪眼，直到天光改变了百合花的颜色。他像一根烫熟的鹅肠，蜷缩在客厅沙发上。他感到从未有过的脆弱与孤独。整个屋子只有风在审来荡去，把窗帘吹拂得鬼魅一般。他觉得在这个家里，他跟那些窗帘座椅没有什么区别。自己只不过是一件活动的摆设，没有实际用途的器皿。这栋别墅不是他的家，是风和寒冷的家。

　　他努力回忆与欧阳温情脉脉的片断，可记忆只停留在那张冷若冰霜的漂亮脸蛋上，无法深入下去。只有薛婧能填满空虚、赶走孤独。可是，所有的温馨，都贮藏在与薛婧一起生活的蜗居里，而蜗居早被高楼埋进了地狱。那段时光离他太远，已经够不着。

　　从窗口吹进来的一只蜗牛，静静地匍匐在地板上，好像在沉思，好像已经死了。他呆呆地望着它，觉得自己是一只无脊椎甲壳类生物。即使用别墅、汽车、金钱、权力、婚姻、公司，为自己做了一副外壳，内心仍然是一团弱肉软浆。

　　吴守之突然从沙发上一跃而起，像一只挨了一刀没断气的公鸡，歪着脖子，扑棱着翅膀，狂躁地在屋子里飘来荡去。只有他手中的烟头显示着他的行踪。远远望去，宛若坟茔里闪烁的磷火……

　　"你是谁？你来，来干吗……"衣衫不整的吴守之用呆滞的目光盯着匆忙赶来的杨富贵。

　　"是你叫我来的啊。"杨富贵被问得怔住了。

　　吴守之满面通红，两眼鼓出了血丝，他说话时就像他的脚步，磕磕绊绊。他又在喝寡酒，一个人，没有任何下酒菜。茶几上的洋酒瓶已经空空如也。整个屋里弥漫着刺鼻的烟酒味。好像说话重一点，都能引发无法扑灭的大火。

"来来来，陪我喝两杯。我有一瓢酒，可以慰风尘……"

吴守之边说边站起来，绕了一大圈才到酒柜旁。他噼噼啪啪地打开酒柜，拿起一瓶洋酒，却使其他酒瓶乒乒乓乓地摔在了地板上。

"别这样，这对身体不好。"杨富贵跑过去，想救那些洋酒，可已经来不及。他想把碎酒瓶捡起来，吴守之喝止了他。

"管它的，来，我们喝酒，还有一瓶，摘要酒，你看……好好的……"吴守之举起酒瓶，晃了晃，好像拔了引线的手榴弹，要把它甩出去。

杨富贵从吴守之手里夺过酒瓶，扶他坐在沙发上。

"酒这东西，真他妈的好，好家伙，喝进去，立竿见影，不像那些山珍海味，吃了也像没吃一样，我，我就喜欢……酒……"

"你不能喝了。有什么事就说出来，不要跟自己过不去。"

"那我问你，刘琴是不是薛婧？薛婧是不是回到了广都？她是不是不想见我？"

"我不知道。"杨富贵觉得吴守之不是要把自己灌醉，而是要灌醉他头脑里的猜想。

"你不知道？我叫你去了解了这么久，还是一无所知。一个人都无法确认，我要你来干什么？"吴守之一挥手，把洋酒甩在地上，仿佛与杨富贵有杀父之仇，夺妻之恨。

"我确实很忙。还了农行那笔贷款后，好说歹说他们再不续贷。他们还取消了我们的银行授信。张虚又来逼债了。现在，维持正常的生产都困难。欧阳说……"杨富贵没敢说欧阳安排他做的那些事。

"欧阳说欧阳说……你就把我说的话当耳边风？杨富贵，我现在管不了那么多，我只想知道，刘琴是不是薛婧？她们到底要干什么？她们是不是来报复我的……"

杨富贵觉得吴守之现在的想象力太虚弱，只碰到桌上的青花瓷就被弹了回来，可他又觉得吴守之现在的想象力太强，那么多酒瓶都被它击碎了。

吴守之失去了理智，像在瓷器店里捉老鼠，不管不顾，无理取闹。杨富贵想针锋相对，最终忍住了。他喜欢理解人。理解一旦跟忍耐联手，比什么都活得长久。

"我不知道刘琴是不是薛婧，但我知道没有谁要来报复你。"

"那她为什么要到广都？"吴守之咄咄逼人地质问道，好像杨富贵就是刚被他逮住的罪魁祸首。

"你别想那么多。刘琴是不是薛婧，无关紧要。如果刘琴不是薛婧，她报复你干吗，你与恒峰公司又没有过节。不合作就拉倒。如果刘琴就是薛婧，我相信她绝不会报复你。她那么善良，宽容。有一件事，我一直没告诉你。在你下海之前……"杨富贵仍然相信理解，他想利用理解来给吴守之解酒。

"哈哈，我知道……我全都知道……李伟在造我的谣言，抢我的钱，抢我的老婆……他要搞垮我的公司，要把我赶出守之集团，要把我赶出广都……你们都在算计我，谋杀我……"

"你喝醉了……我送你去医院……"

杨富贵的话还没说完，吴守之就砰地倒在了地上。

杨洋被捕后，广都市谣言四起。人们神神秘秘地谈论守之集团、吴守之、欧阳，好像天底下再也没有其他话题。据说，杨洋案是广都市有史以来最大的腐败窝案。杨昌明、赵小明、李波、吴勤等二十多个大大小小的官员已被"双规"。欧阳早已跟吴守之离婚，移民美国。欧阳与前夫在中国香港、美国、加拿大生了三个孩子，成了国际家庭。杨富贵已被监视居住。李伟与欧阳已经结婚。守之集团负债几十个亿。守之集团的大部分资金已转移到国外。吴守之逃往美国，刚到机场就被逮捕了。吴守之疯了。吴守之已被手机系统删除。吴守之因病医治无效，不明不白地去了天堂。吴守之为了勇敢地跳下广都大厦，喝了一瓶酒壮胆，可刚到广都大厦顶楼平台就醉倒了……

　　对于那些风起云涌的谣言，茅医生不置可否。再热闹的事，刷屏三五天就会销声匿迹。对那些谣言，大可不必紧张，比谣言重要得多的事多了去了，世界每秒都会被刷新千百万次。他们议论的吴守之与他认识的吴守之只是名字相同而已。吴守之就在他身边，没有逃跑。吴守之被救护车送到医院时，还烂醉如泥。医生给他灌肠、洗胃、打吊针，他都人事不省。与其说他病了，还不如说他醉了。

　　趁吴守之宿醉未醒，茅医生给他做了一次全面体检。数据显示，他是 AB 血型，比较健康。吴守之平时喜欢喝酒，但酒量小，一旦过量就忍不住呕吐、昏睡。他的肝脏没有因为烂酒而受损。他的肺也很正常，虽然他是个标准的烟鬼。他身体有病象，但生理功能上的病变不明显。他有低血糖症状，血压不稳定。他需要住院观察。茅医生没有给吴守之下诊断书，也没开药，他不担心误诊，而是怕药物起反作用。

吴守之终于醒了。他躺在病床上，望着茅医生说："你那天说得对，我病了，真的病了。这么多年来，我的所作所为所思所想都是病变的表现。我原以为挺挺就过去了。想不到我还是被它们打倒在了病床上。我生病的主要原因是我自己，说自虐也行。就像你说的，我长期对自己的身体器官不公正。我肥胖、三高、头晕，都是因为我偏爱贪得无厌的嘴巴肠胃的缘故。我啥都想吃，啥都敢吃。我讨厌脑袋，总要它不停地思考、想问题。我睡不踏实，一旦闭上眼睛，马上就清醒了。我偏爱我的外表，我不让眼睛得到足够的休息时间，我对我的血管也不公正……我这病是跟着酒跑来的，不值得大惊小怪。什么病都可能好起来，什么病都可能是不治之症。我从来不怕生病。任何疾病都打不倒我。疾病只是依附我身体的一部分，我们是共生关系，它不想离开我，我就不赶它走。我可以喂养它，也可以随时消灭它……"

吴守之越说越激动，好像患了话痨症。他说话时，茅医生根本插不上话，也阻止不了他那连珠炮似的话。他说他的梦，说周君慧的逸闻趣事，说他的八十年代……酒精还没有完全从他体内消失。如果是其他病症，茅医生倒好处理。他这种话痨症，茅医生深感为难。他不能禁止任何人说话，哪怕是他的朋友、他的病人。吴守之说话时满脸潮红，鼻尖额头布满了汗珠。茅医生想帮他擦一下，却被他果断地用手挡开。吴守之已把茅医生当成录音机、摄像机，只要茅医生听他说话，欣赏他眼里的亢奋、敌意、轻蔑、茫然。吴守之的情绪极不稳定，说话前后矛盾，毫无逻辑，刚说过的话马上就忘了。茅医生知道人在异常激动时，意识转换重叠的速度惊人。人是情绪动物，容易受情绪的影响、左右、控制。失控的情绪让人在天使和魔鬼、聪明和愚蠢、天才和疯子之间摇摆不定。即使吴守之说过头的话，茅医生也不生气。茅医生只把他的话当作听诊器在他胸部听到的杂音，一种高烧性谵妄症状。也许，吴守之还没有完全清醒，还在说酒话。

突然，吴守之瞪大眼睛，像刚被网上岸的鱼一样躁动不安。他盯着茅医生大喊大叫："你是谁？你在这里干吗？我只是喝多了点酒。我没有生病。吴守之才病了，吴董事长才病了，欧阳的先生才病了……你去给他们治病吧……你别管我，我算啥东西……谁不是千疮百孔，谁不是百病缠身……你和那些仪器能检测出我的病吗？能检测我的思想、意识和灵魂吗？你能窥探到我的梦吗？你能给我把脉，你能治社会病、时代病、文明病吗？我不是病了，我是被污染了……我追求爱情，爱情却抛弃了我。我追求梦想，可没人在乎你的梦想……你能医治一个忘恩负义的人吗？你能医治一个胡作非为的人吗？你能医治不讲规矩原则、专制独裁的人吗？你能医治这个丑陋肮脏的世界吗……你们只知道用麻醉药、迷魂药、安眠药、止痛药……用童子尿消毒，用六味地黄丸降火……你们以为用糊在药丸上那点可怜的糖就能糊弄我们吞下苦涩的药，你们以为用残忍的手术刀割了我们的器官，就能割掉我们的病根……你们都是假医生，治疾不治病，治病不治人……时间才是真正的医生，伟大的医生。滚开，我不需要你。我没有病。你把我弄进医院，只是想为医院创收……你希望我有病，你希望所有的人都是病人……世界上的疾病越来越多，都是你们医生给弄出来的……可你听不到墙壁的咆哮，看不到魑魅魍魉，闻不到百合花香，你不知道死神一直在我们身边游荡……在你眼里，啥都一个样，没有男人和女人，没有尸体和鲜活的生命，没有美丽和丑陋，没有芳香和恶臭，没有肮脏和干净，没有晴朗和雾霾……我是疯子。我们都是疯子……你要找正常人，只有去墓地、去旷野、去太空……发疯不需要任何理由。做正常人才需要理由……你连我的病都医不好，还想医人医国；你连我的脉都把不准，还妄想给世界把脉……我就是我。休想用机器、用把脉来确认我……我不是你的朋友，我只是你想得到的一个特殊病例……你不是我的朋友。我没有朋友……你免费当医药顾问，你装模作样地关心我，都是为了研究我，好去跟你的同行炫耀，好去评什么狗屁名医……我不怕死。死亡只是瞬间跳到了结局而已。就像键盘上的删除键……没有人知道自己能活多久，没有人能预测下一秒会发生什么……我看过你的那些论文，毫无价值，跟我无关……我不想成为你的论文素材……研究病人，不需要费那么多心思……人类知识已经够多的了，多到无用，多到成了堵塞障碍，多到有害了……让我生病吧，大不了疯狂……任何拥有都会转瞬即逝，唯有死亡例外……你别用死亡来吓唬我，死亡是每个人的最终结局，没有人能够例外……"

茅医生没料到自己在吴守之的心目中是这样的人。他也许就是吴守之认为的那种人。他没有吴守之强烈的家国情怀和天马行空的想象力，没有钟老师医人医国的梦想。他只相信自己的感官，超出他感受到的东西，他都持怀疑态度。他甚至把气味归为一种想象出来的东西，至多是现实和想象之间的东西，包括情感、爱情、意识、精神、心理……如果真有灵魂，那也在现实之外。治病救人是医生的天职，作为医生，他只做到了一半——治病。他视病如仇，只想把它们从病人身上赶走、消灭。可吴守之好像在联合疾病跟他对抗。

茅医生的手机突然响起来。他刚要接听，吴守之咚地跳下床，抓过他的手机就甩出窗外。

"哈哈哈。幸好我甩得快，要不然你就被手机辐射了。你不能接电话。电话里都是谎言、警告、欺骗、谩骂、诅咒……我们都被手机盯上了……我们必须远离手机，远离电器，远离所有人为的东西……一切都被污染了。一切都是伤害……到处都是病毒，戴着皇冠的病毒，再不离开，我们都会被感染……告诉你，明年五月，一件惊天动地的大事将会发生，那时候天崩地裂、日月无光、尸横遍野、鬼哭狼嚎……你跟我走吧，再不走就来不及了……"

吴守之好像不是在说酒话，而是已经精神错乱，出现妄想。茅医生正要采取措施，突然发现他闭口不言，全身紧绷着，好像等待信号枪响的运动员，大睁着眼睛望着自己的身后。

茅医生转过身，才发现刚进来的欧阳。

"你好，欧董。"茅医生招呼道。

"茅医生，辛苦了。"欧阳穿着黑色连衣裙，胸前挂着一串灰色珍珠项链，齐耳短发，漂亮的鹅蛋脸隐现出疲惫之态，"茅医生，我想单独跟守之说点事，可以吗？"

茅医生离开病房时想，吴守之最好的医生也许是欧阳。

欧阳问吴守之要不要告诉他母亲，请他姐姐来照顾他，吴守之有气无力地说不。他这个样子，怎么面对母亲和姐姐？

吴守之的母亲年纪大了，经不起车马劳顿的折腾，经不起他目前状况的惊吓。工作以来，他给家人从来报喜不报忧。家人知道他平安健康就满足了。他对母亲并不了解，就像母亲不了解他一样。他母亲和姐姐来过广都两次，一次是他与薛婧结婚后的第二年，他把母亲和姐姐接到广都，陪她们玩了两天，母亲坚决要回去，因为不习惯住旅店。他买了别墅后，本想请母亲跟自己长期生活，可母亲住了不到一周又要回老家，还是因为生活不习惯。母亲要他放心，她跟他姐姐住在一起，好给他们带孩子，帮他们做些家务。他爱母亲，可有些问题，爱也解决不了。

吴守之与薛婧结婚后的第三年，姐夫出了车祸，成了瘸子。多年来，姐姐拉扯两个孩子，伺候脾气越来越暴躁古怪的残疾丈夫。他与欧阳结婚后，回老家看母亲和姐姐的次数越来越少。两年前，他最后一次回老家，发现姐姐老了，老得他不敢再喊姐姐。姐姐送他上大学的路上，因为车费不够，不得不半途与他分别。他一直清楚地记得，姐姐站在路边被汽车碾出的灰尘吞噬的身影。

"我想跟你商量一些事。"欧阳站在吴守之的病床边。

"什么事？"

"杨洋一审判了十八年。"

"该我接受审判，下十八层地狱了。"

"现在还没有人传讯你，也没有谁发来拘捕令。"

"这是迟早的问题。"

"这件事不会很快有结果，只要有时间，就会有办法。"

"能有什么办法？"

"你辞掉董事长职务，离开广都，等风声过后再回来。你病了。我给你找个医疗条件更好的地方治病……我们办个假离婚……其实，我也不想这样，可有什么办法？"欧阳显得有些无奈。

吴守之觉得欧阳变了，直接说离婚不就得了。他们已经分居，离婚是迟早的事。欧阳曾经说过，离婚是一种解脱。解脱就是脱离联系。这么多年来，他觉得自己之所以有这么多的烦恼痛苦，就因为他与这个世界有太多联系。爱是一种联系，婚姻是一种联系，守之集团是一种联系。只有斩断这些联系，才能彻底解脱。

　　吴守之望着泛黄的天花板想，世界上只有两种爱情：为了自己的爱情，为了所爱对象的爱情。欧阳与他结婚，是为了她自己，欧阳与他离婚，也是为了她自己。而薛婧是为了爱他而与他结婚，也是为了爱他而与他离婚。但是，薛婧死了，爱情也死了，他与这个世界最重要的联系也死了。

　　"好吧。"吴守之无所谓地说。

　　"那就这样定了。你认为谁接替你合适？"

　　"当然是你！"吴守之没想到欧阳居然会征求他的意见。

　　"不行。必须是与杨洋毫无关系的人。"

　　"杨富贵。"

　　"他也参与了不少事。"

　　"那你认为谁最合适？"

　　"李伟。"

　　"李伟？"

　　吴守之转过头，望着透明的输液瓶琢磨，当没被污染的液体流进血液后，能不能使自己清澈一些？拔去针头，扯掉输液管，走出医院，他与疾病是不是就没有了任何关系？

　　"你说话啊。"欧阳开始不耐烦起来。

　　吴守之仍然没答话。

欧阳站起身，摸了摸吴守之的额头，烧得厉害。她担心屋子会被吴守之的额头点燃。

　　"你决定吧！"吴守之终于有气无力地说。

　　"那就这样。把你的身份证给我。"欧阳拿过身份证，转身欲走。

　　"我想见杨富贵。"吴守之小声说道。

　　周君慧去世后，杨富贵成了吴守之最信任的朋友。主要原因是杨富贵相信他的白影。吴守之一直觉得白影在他周围恍恍惚惚，随时随地窥伺他，审视他，支配他。如果没有人类社会的某个东西做参照物，他就觉得自己不存在，或者到了另外一个世界。白影就是他不离不弃的参照物，经常在现实与虚幻中若隐若现。他不知道这是他能量的滥泄，还是受到另一种能量的操控。他觉得白影是一张干干净净的白纸，期待他的描绘，渴望打印诗情画意。他用各种各样的相机和手机拍摄白影，以证明自己所见非虚，可每次的底片都是一片黑暗，即使印在纸上，影子都见不到。他还想把他的白影写成小说，因为太忙了，只在笔记本上记了些提纲、随想。他常跟杨富贵谈论他的白影，他要让白影永远鲜活在他心里。他的朋友都不相信他的白影，嘲讽他有超能。只有杨富贵从不相信到半信半疑到坚定的信仰者。有一次，在八两酒精的怂恿下，杨富贵煞有介事地宣布：谁不相信，我就跟谁拼命。

　　"现在不行。"欧阳好像觉得用这种语气对待病中的吴守之不妥，便换了一种语调，"我叫他赶回康华保健品厂，那里可不能再出岔子。你安心养病吧。我会处理好那些事的。"

　　欧阳背向吴守之，严厉地对她为吴守之请来的看护说："你要好好照顾他。外面的天气反复无常，不能让他出去，也不能让他打电话……"

吴守之觉得，与其说是疾病把自己囚禁在这里，还不如说是欧阳把自己关了起来，使他与外界完全处于隔绝状态。可他已无法选择。他唯一的一次选择是爱薛婧，可最后却选择了离开。

吴守之默不作声。

吴守之成了一个真正的病人。

杨富贵奉欧阳之命，给吴守之送来一大摞文件和票据，吴守之在病房里，看都没看就签上自己的姓名。签署时间都是由欧阳事后填写的。

杨富贵提醒吴守之，李伟跟欧阳多半在搞鬼，李伟现在是守之集团董事长，欧阳可能不是假离婚……他要吴守之千万慎重、多为自己今后的生活考虑……又说他不想做太监，只有上半身而没有下半身……

吴守之平静地笑了笑，像一位智者。

第十六章

欧阳从病房里出来，径直来到茅医生的办公室。

"茅医生，谢谢你对他的照顾。"

"不用谢。这是医生的职责，也是朋友的义务。"

"他的病……"

"现在还没有确诊。我觉得，他可能没病，只是喝酒过量……"

"不。他肯定病了，而且病得不轻。他的病是精神病，间歇性的精神病，他疯了。我给你带了个东西，也许对你们的诊断治疗有用。"

茅医生接过欧阳递给他的文件袋，里面装着吴守之的笔记本。他曾经建议吴守之把梦记下来，也许就不会反复做同样的梦了。吴守之大学时喜欢记日记，中断十多年后又开始了。茅医生看完之后，也不清楚这是他的日记、小说、随想，还是迷迷糊糊的文字呓语……

一朝入梦，终生不醒。

写自己。写人。写事。写梦。写魑魅魍魉的世界。

什么都写。把它们丢进抽屉。放一把火烧掉。把心里的块垒写出来。把心里的东西挪一个地方。木乃伊一样清空自己。写得五脏错位。写得脑浆迸裂……

给自己来颗催眠弹，砰的一声，酣睡不醒。

只有当你露出凶残的牙齿时，才会发现猎物；只有当你成为猎物时，才会看见狰狞的面孔。

人就是为了活着？活着就应该满足就应该高兴就应该感恩戴德？

人有生老三千疾，唯有相思不可医。

可笑。徒劳。被拯救的生命终将失去。

肝脏病了却让脑袋受罪，生殖器快活了却让梅毒买单……隔壁老王做爱，小高就觉得自己在享受云雨……

哲学家芝诺说过，你的朋友是另一个自我。

萨特说过，平静并不是我们的命运。

我恶心。我只想呕吐。我已容纳不了任何东西。醇香的美酒怎么会变成肮脏的垃圾？谁咬出来的残月？谁把太阳吐得满面污渍？

我干吗要写这些东西？我要写给谁看？写，是我一生的命运？给上帝打个长途电话。彻底交代一切。让他们随便处置。

我很脏。我病了。我完全失控了。我在战栗。我心慌意乱。我浑身是汗。我满身恶臭。我就是没有被清除的烟蒂。

九十九个方子，还不如一支香烟管用。九万九千个方子，八万四千个法门都没用。我已行将就木。世界早已病入膏肓。谁都救不了。

在这个万象丛生的社会里，存在着各种诱惑和可怕力量。它们神秘地隐藏在种种表象之后，看似不存在，却影子一样无时不在、无处不在。它们总是假借外物干预我们的生活，操纵我们的思想行为。当我试图描述表达时，感到特别难受；试图把握时，往往束手无策。这世上有很多东西总在我们的视线之内，却在心灵之外；又有无数东西在我们视线之外，却在心灵之内。是用眼睛去把握，还是用心灵去捕捉，世界的形象因此而大相径庭。

他们马上就会来抄我的家了。来吧。来吧。随便你们抄，把所有的东西统统抄走，把房子也抄了。

时间如潮水，潮退后，才知道自己是谁。在水里，不是鱼也有鱼的嫌疑。大海里的波澜起伏，人世间的风云变幻，与我们的人生或多或少有些关系。凡是经历过的，都有一种湿漉漉的感觉。我们无法改变已经发生的事，无法改变即将发生的事，但它们却在不知不觉地改变我们。

不是我生病了，是我生活的环境病了……治好了病，人就健康了吗……卢梭两百年前就说过，一部人类文明史就是一部人类疾病史。

只有人会生病。你看到过老鼠感冒吗？你看到过苍蝇打喷嚏吗？……以金钱权力医治世人的苦痛，无异于饮鸩止渴。

你知道你生活在什么样的时代？

所有的人都病了，所有的蔬菜庄稼，所有的牲畜鸟兽，所有的单位部门，所有的电脑手机，所有的报纸杂志，所有的山川河流，所有的高楼大厦，所有的田野、石头、机器、制度、企业、科技……统统病了……到处都是病毒、辐射、垃圾……到处都臭气熏天……看到的都是金钱权力折射出来的光影。一切都是假的，虚幻的影子。看不到真相，看不到人的真身。真相都是千年缩头乌龟。我们都在做梦。信梦为真……那帮可怜的家伙临死时还发出尸体的臭味，想熏跑死神。结果却被自己腐烂的恶臭熏到了另一个世界。他们呼吸只是为了活着。他们的鼻子只是一种器官。他们唯一留给世界的就是死亡的气息……快去救他们，他们正在弥留之际……我生病了，我已无可救药……

我是人工智能，只有芯，没有心。我是行尸走肉，一具毫无生气的躯壳……生活就是煎熬，在蜜糖里煎熬，在苦水里煎熬。我们都是被生活这样熬死的……最可怜的动物人，明明知道都是要死的，却要拼死拼活地活着。别看他们整天整夜地活蹦乱跳，那只是在死亡陷阱里的挣扎……白影不是我的幻觉，而是我的光圈，我被套住了……

时间会解决一切。时间会让一切平静下来。再糟糕的事情都会过去，大不了让死神一次性处理……

人之大患，在我有身……让我走吧，让我消失吧……

我要写小说。我要把真实的人写成虚幻。我要把假事写成真事。我要把梦写进现实。我要把现实写进梦里……

我接到市政府的通知。一个陌生人拿着一份红头文件，冷冰冰地说："市委要求清理吃空饷人员。你要么回来上班，要么辞职，要么除名。"我无所谓地说："你们怎么处理都行。"陌生人突然拉下了脸："你两年没缴党费……"我这才发现办公桌上摆放着"办公室副主任吴勤"的座牌。吴勤是我曾经的同事，整天笑嘻嘻的，活像年轻时的王副主任。表面看来，吴勤与谁的关系都很好。可他怎么突然变了呢？难怪刚才没认出他是谁。难道他也没认出他是吴守之？我正要凑上去套近乎，突然发现他不是吴勤。"我是市纪委的。"陌生人说，"你必须如实交代你与杨洋、杨昌明的关系。争取宽大处理……""我没有……""你必须按照这些表格如实填写……""我想上厕所……"我的肚子绞痛起来。我捂着肚子站起身，突然看到两位穿公安制服的人铁塔般矗立在我面前："我们接到举报，你涉嫌强奸……"我满肚子的秽物喷了出来……

惊醒后，吴守之发现自己被梦魇缠住了。

我果断地逃出梦境，急匆匆地赶到蓝湖度假村。

我的人生只剩下一件事：见刘琴。我要去确认刘琴的真实身份，确认自己的猜想。这么多年来，我在确认怪圈里越来越迷糊，在确认的路上伤痕累累。

肉体的创伤会留下一个疤痕，而灵魂的重创随时都可能复活。苏醒过来的暗伤一旦卷土重来，更加肆虐无忌。它是一团火，会烧灼肉体，模糊眼睛，赶走灵魂。

我在大厅里紧紧地盯着来来往往的人，盯得那些人起了疑心。我跟服务员要来纸笔，把自己的家庭住址、办公地点、手机号、座机号一股脑儿地写在纸上，郑重其事地递给惊愕的服务员，让她转交给刘琴。做完这些事，我狠狠地吐出一口气，我完成了一件丰功伟业。我把自己的一切公诸于世了，再也没有什么需要遮掩隐藏的了。我要勇敢无畏地面对世界，毫无遮拦地直面人生。我要在这里等待，等待刘琴的出现，等待即将发生的一切。

"吴先生，请跟我来。"江冰如拖着行李箱，赫然站在我面前。

我不认识眼前的这个女人。我从来就认不得她。

我跟着她离开熙熙攘攘的人群，走进机场候机室里的咖啡厅。

"这段时间你到哪里去了……"

"吴先生，我要走了。"

"走？去哪里？"

"别问这些。"

"为什么？"

"我也不知道。"

"你究竟是谁？你跟恒峰公司到底是什么关系？你怎么会代表他们参加土地竞拍……"吴守之眼巴巴地攥着江冰如的手。

"我是谁并不重要。"江冰如望了一眼正在升空的一架飞机，终于下定决心，"在这个世界上，人与人之间的关系只是一种契约关系。"

趴在地上的飞机，气喘吁吁，好像刚从海里被捞上来的鲸鱼。江冰如望着窗外，仿佛期待它们永远停在那里，又像渴望它们马上起飞。她需要飞机的去留来为她做出决定。

"我不明白你的意思。"

"我们中途的某些行为已超出契约规定，包括现在。"

"请你把话说得明白一些，我越听越糊涂。"吴守之成了一米八〇的小孩。他以为只要见到江冰如，就会明白一些事，可见到她后，不明白的事更多了。

"还记得我们第一次见面吧！"

"当然记得。"

"也许你当时在想，我为什么会对你桌上的那块石头感兴趣……见你之前，我对你的一切了如指掌……"

江冰如突然沉默不语了。

整个机场寂静无声。所有的飞机不再起飞，不再降落。

我们互相对视着，一个男人和一个女人。

我们好像都在等待飞机飞起来，等待飞机降下来，等待飞机起降的轰鸣声打破世界的沉默。

飞机突然飞走了。

空旷的机场等待着星辰的降落。

"刘琴是谁？"

"你会知道的。"

"我不知道。"

"我真羡慕你。世上有人那么爱你。"

"谁？"

"我必须走了，我父亲生病了。"江冰如起身说。

吴守之神经质地站了起来，杯中咖啡泼洒在洁白的桌布上。

"你不要走。"

"我必须走，这是契约规定。我之所以见你一面，是因为你与他们的介绍有差别。我只想跟你说，你目前危机四伏，任何事情的发生都是有原因的……"

江冰如头也不回地走出咖啡厅，瞬间消失在拥挤的人流中。

我还没有逃出梦境。吴守之还没有逃出梦境。

吴守之脱掉昂贵的衣服鞋子，换上过去的旧衣服旧鞋子。他拦住一辆出租车。出租车司机问他去哪里，他把手一挥说往前走。出租车司机又问他去哪里，他说顺着气味走，他嗅到了一缕"百合花香"。他要像麦哲伦，为了肉豆蔻，不惜来一次环球航行。

出租车司机莫名其妙地看了他一眼，没有吭声。他开了二十多年的出租车，载过病人、醉鬼、疯子、智障、吸毒的、抢劫银行的，甚至载过三个杀人犯，但从来没有载过"顺着气味走"的家伙。这位出租车司机本来是位侃哥，可今天却被这位乘客神经质的举动堵住了话匣子，除了问过两句"去哪儿"外只顾加速往前开，好像在追捕死亡。

他神情紧张地盯着车前方，时不时地耸耸鼻子，好像感冒了三天的样子。在文庙街口，他把手一挥说向左，在大石路口又说向右。就这样一路向左向右，慢点快点，绕过去倒过来，穿隧道，上立交桥，下高架路，弄得出租车司机都迷路了。在蓝湖度假村大门口，他突然大叫"停车"。出租车司机冲过了蓝湖度假村大门。车还没停稳，他摸出一百元钱丢给司机，冲下了车。

站在天地街上，他嗅了嗅，转身向蓝湖度假村大门走去。他的鼻子比训练过的警犬还灵敏。进了大门，他在一棵桂花树下停下来。一只雪白的茶杯犬滴溜溜地跑过来嗅他的裤脚，还围着他转圈圈。可它马上被主人吼走了。他继续往前走，但没刚才那么快速，好像在寻找什么东西。

他走过一幢幢精巧的别墅门，却不敢敲。他一会儿觉得自己走错了地方，一会儿肯定自己来过这里。他记得自己在一扇门口差不多待过上千次、徘徊过二十年，却始终想不起是哪扇门。当他再次走到1711号门口时，突然停了下来，他又闻到了"百合花香"。站在门口，他却不知道要干什么，他多次想转身而去，始终没有成功……

"吴先生，你急于见我，有什么事？"刘琴诧异地盯着吴守之，她的声音毫无温度，脸上的倦容清晰可见。

吴守之仔细观察着刘琴无法揣测的面庞。吴守之觉得眼前的人不是薛婧，薛婧不会有这么冷的口吻，也不会如此憔悴。在吴守之心里，薛婧永远青春靓丽，温暖可人。

"你像薛婧。"

"吴董，如果你来谈合作的事，下周再说。"

"我不是吴董事长，我是吴守之。"

床头的电话骤然响起来。

刘琴拿起电话："马上送来。谢谢。"

"对不起，我想问……"

"你说吧。"

"你认识薛婧吗?"

"哪个薛婧?"

"曾在广都市政府办公室工作过的薛婧。"

"对不起，我不认识。"

"你认识她。你就是薛婧……"吴守之突然激动起来，惨白的脸上沁出丝丝红晕。

丁零零，一阵门铃声及时响起来。

刘琴打开门，接过一包东西。

"我本想找个适当的机会把这个东西给你。你既然来了，就现在给你吧!"刘琴把包裹递给吴守之。

"这是什么?"

"你自己看吧。"

他颤抖着打开包裹，里面装着那块吴守之送给薛婧的石头、吴守之写给薛婧的信件，吴守之与薛婧过去的照片……

"这，这是……"吴董事长好像被人掐住脖子似的面红耳赤，"薛婧在哪里?"

"死了。"

"死了? 死了! 死……"吴守之发现自己的耳朵"嗡"的一声出了故障，他再也不信任自己的耳朵了。

"薛婧是恒峰公司职员，死于一次车祸。临终前，她托付我把这包东西给你。"

吴守之拿起照片，泪水夺眶而出："薛婧，是我害了你啊！我应该听你的，宁静是幸福，平淡是生活。可是，你怎么不等我，你怎么先走了呢！要是你还在，我宁愿用我现在的一切去换……"

"你能用什么去换？你现在还有什么？"

"我现在还有什么？我现在还有什么……"

吴董事长喃喃自语，无助地望着刘琴。刘琴的脸上呈现出一层淡淡的红晕，仿佛深蓝的太空，纯洁明亮！薛婧的音容笑貌清晰地印在这张脸上。在他蒙眬的泪眼里，面前的刘琴俨然一个活生生的薛婧。薛婧在他眼里胀得他不堪痛苦。他要把薛婧从眼睛里抠出来……

"你就是薛婧……我终于找到你了……我对不起你！我从来没有忘记过你！我一直在四处寻找你……"

吴守之转身而去。

刘琴靠在门边，望着吴守之跌跌撞撞的背影，晶莹的泪水溢出了她的眼角。

在蓝湖度假村大门口，一对年轻男女手牵着手正要亲热，突然发现一个人影冲过来，他们不得不惊恐万状地向两边分开。吴守之突破一片热情似火的动感地带，飞奔而去。认识他的那个女人招呼他，他好像没听见，只顾奔跑。女人发誓说她看见的是吴守之。男人诅咒说，他只看见了一团一晃而逝的白色影子。

他打开包裹，颤抖着把相片、石头、信放在茶几上，一遍一遍地看，一遍一遍地抚摸。相片、石头、信突然变成了白影，在屋内绕来绕去……白影水灵灵的，体态优美，晶莹剔透，充满生命的活力……白影是照亮黑暗世界的太阳……白影要用她的洁白洗濯人世的污秽……他急忙关上门窗，拉上窗帘，打开所有的灯。他要抓住白影。白影倏来忽去。他以为抓住了，却两手空空。他明明看见白影在床头，奔过去，白影却在电视机上方。他打开衣柜壁橱，掀起床罩，抠掉橡木地板……他大汗淋漓地与白影在房内追逐、嬉玩……屋里好像拥挤着千军万马。白影突然钻进镜子里，吴董事长跟着钻了进去，薛婧、宋艳、欧阳、赵小明、江冰如、刘琴、李伟、刘武……纷纷钻了进去……他感到了巨大的危险，操起一根木棒，勇敢地冲进去，却发现自己手里拿的是花瓶里的一截枯根……瑟瑟站在悬崖绝壁上，一阵阵地惊恐飞沙走石般地向他袭来……薛婧突然消失了……沉重的世界坠落下来，一片巨大的空虚……头痛欲裂的吴守之"嗵"的一声，重重地倒在地板上，倒在了吴董事长的身上，四周的空气激荡着上升、扩散、消失……

我为什么是我？我为什么不是其他人？你看看，那些人快活得像可怜的小狗、酣睡的猪……

吴守之越来越强烈地感觉到刘琴就是薛婧。薛婧不见他，因为他是吴董事长。吴董事长决定把自己变回去，变成从前的吴守之，变成一无所有的吴守之，变成与薛婧恋爱时的吴守之。只要他还是吴守之，薛婧就会见他，重新爱上他。他再次毫不手软地凌迟吴守之，决定辞去董事长职务，离开公司，搬出去住。他向欧阳坦白了他与江冰如的事。他说他只爱薛婧。他痛哭流涕地向欧阳忏悔，痛骂自己……

自始至终，欧阳面无表情，局外人似的望着他，不置一词。当吴守之起身离开时，欧阳冷冷地撂下"随便你"几个字。

吴守之在顺城街租了一套小公寓，提着装着石头、钱包和笔记本的手提包，把属于吴董事长的手表、戒指、汽车、车钥匙、门钥匙、银行卡、文件资料……全都留在了别墅和公司里。再大的别墅，再宽敞的办公室，都是一个封闭空间。最华丽的豪宅，是海阔天空。

从出生开始，吴守之就被绳子、胶带、皮扣、手铐、腕带、光圈紧紧地绑在了床上，鼻孔插着胶管，手臂打着吊针，胸口缠满电线。他被氧气瓶、呼吸机、刀钳等瓶瓶罐罐包围了。他没有挣扎，只觉得自己的心脏已经跳出胸腔，跑到心率测量仪器里去了。他的心变成了一张起起伏伏的图纸。他静静地数着点滴，几十、几百、几千，好像从屋檐瓦沟上滴答下来的雨水。他清楚地听到滴答声，病房里唯一能听到的声音。

突然，一阵轻微的敲门声响起。

他侧过头，蓦然看见薛婧，穿着洁白的裙裾，悄无声息地飘逸而来。

"薛婧……"

"别动。"

薛婧摸了摸我的额头。

他静静地享受着薛婧的温柔。

"该吃药了。"

薛婧一手端水杯，一手拿药。我张开嘴，和着药丸喝了一大口温水，还偷偷吻了薛婧的手掌心。

"扎针。"

薛婧也会扎针？她什么时候学会的？她什么时候成了医生？

只要薛婧在身边，他就会毫不犹豫地放弃整个世界。

他温顺地侧过身。他的衣服被轻轻撩开，像小时候母亲在澡盆里为我洗澡。针头瞬间扎进我的肉体时，他痒痒地只想笑，就像母亲为我洗澡时挠了我的胳肢窝。

"好了。"

这么快就完了？他想再扎一针，两针，三针……当他侧转身时，却看见薛婧即将走出房门的背影。

他的眼泪突然涌出来："薛婧，你别走。别走……我……"

"她不是薛婧，是护士。"周君慧突然出现在他面前，一身素白。

他惊讶地说："你怎么在这里？你也生病了？"

"我永远都不会生病了。"周君慧的声音平静得令人毛骨悚然。

"那就好。好。坐啊。好久没见你了。这段时间，你到哪里去了？"终于有人来看我了。我曾经以为，自己在广都有很多朋友。今天才明白，真正的朋友，关键时候才会出现。

"你现在感觉怎么样?"

"看见你,就好多了。唉,我一直想去找你,可总没空。呵,我知道你会来看我的。"

"一切都会过去的。"

"可我现在生病了,却不知道生的什么病。"

"生病不要紧,凡是生命都会生病。你不用害怕,你只要让自己的心静下来,好好地去关注它,听听它真实的声音,你就会慢慢好起来。"

他若有所思地望着周君慧。周君慧站起来,睁着蛊惑的眼睛,在床边晃来晃去。

"你在玫瑰苑时,已把一切都看明白了。之后,无非是你的肉体被拉出去经受了一番世俗的考验。该经历的你都经历了,现在是你真正做自己的时候了。"

"君慧,听说你出车祸……死了……"

"我们都会死的。我们以为自己活着,活了十年、五十年、一百年,那都是假象。在人的一生中,谁没死过几次?你见到了我,我就活着;你没见到我,我就死了。生死乃人生的两极,世界的全部。宇宙万物只是生死较量出的物体、意象、隐喻。生如夏之绚烂,死如秋之静美。为肉体而活,至多百年;为灵魂而活,才能永远。任何生命转瞬即逝,只有精神永存。我们的肉体无非是宇宙缓慢死亡的一个现象。现代人要死掉不大容易,要疯掉就太简单了。"

"好久不见,你越来越高深莫测了。"他笑了起来,"你要是早点来看我就好了。"

周君慧突然凑过去，摸了摸他的屁股："你的尾巴怎么还没长出来？也许这就是你的病根。"

他不知道周君慧要干什么，惊跳起来："你要干吗？"

周君慧没有理睬他，缓缓地伸出两只枯瘦的手，冷冰冰地把他的全身摸了个遍。他恍惚觉得是医生在为他检查身体。

"你已经无法长出尾巴。人与动物之间，有个灵魂的深渊。记住卡夫卡的话，与动物攀亲比与人类攀亲更容易。"

"你不是周君慧。"他猛然坐起来，"你是谁？"

"我是谁？"周君慧重复着，突然隐身不见了。只留下一个不断重复的声音："我是谁？""我是谁？""我是谁？"

他使劲地想，始终想不出来。他想了差不多五千年，想得瘦骨嶙峋，还是没有想出来。

"周君慧，带我一起走……"

"你要去哪里？你能去哪里？世界已被权力主宰，被金钱收购，被欲望污染……"

他突然挣脱束缚，顺着袅袅余音追了过去。

咚的一声，我跌下了悬崖，奄奄一息地躺在地上。无数的人蜂拥而至。我以为他们来看望我，安慰我，悲悼我，拯救我，见我最后一眼，跟我做最后的告别，准备为我办一场风光的葬礼。我感动得要重新活过来。就在我不知如何感恩戴德时，一阵嘈杂的声音蜂拥而来。

"把他卸成十二块，我们一人一份。"这是大厨的声音。

"不行。这样不够分，要砍成十六块。"奋协会长斩钉截铁地说。

"三十六块。"李董提出了较为合理的建议。

"八十四块……"赵主任尖锐地说出了不同意见。

"一百二十块……"那是魏特的声音。

"如果诸位不介意，也为了绝对精确和公平，我能够按原子标准把他进行分解，装在试管里……"一位滑稽秃顶的科学家如是道。

"你们说的只是他的肉体，我认为，他的灵魂，估计不会超过二十一克。"一位烂掉了半个鼻子的诗人提出了不同观点。

"什么狗屁灵魂。他早就没有了灵魂。我们要他的灵魂干吗？我们只要他的肉。"一位屠夫模样的家伙残暴地打断诗人的话，他正举着一把寒光森森的大刀。

"他的脸是我的。我在上面盖了印章。"江冰如理直气壮地说。

"他的腰是我的。我曾经搂着他跳过舞。"一位风韵不存的中年妇女骄傲地说。

"他的心是我的。他说过，要把整个心都给我。"薛婧说。

"他是我的。他为我工作。"王副主任说。

"先把他放进冰柜里，定了分配方案再说。"一个眼袋突出、身材臃肿、怪兽模样的家伙说。

"放在冰柜里，纯粹是浪费电。他这么瘦，就是熬他十天半月，也不会熬出一滴油……"一个八十多岁的儿童瘪嘴嘟噜道。

"趁他有点新鲜，我们一人一口……"听口音，好像是我的一位大学同学。

"新鲜个屁，你看，他的脸都变黄了，他的肉马上要霉烂了……"大厨发表了权威意见。

"那就快点，别耽搁时间……"李董早已不耐烦。

"不知道死的人真是个可怜虫。"贝多芬撂下一句话转身就走。

"大家别着急。容我检查一下，他是真死还是假死。"穿白大褂的医生手持锃亮的解剖刀。

"你们不是人吗？人怎么能吃人？"我大声叫道。

"我们就是以吃人为生的人。"

"我还没有死呢。"

"我们要吃的就是活人。死了的人，还有什么用？"那些人异口同声地吼起来。

"叫什么叫？你以为我们真想吃你那酸不溜丢的肉？这是法律的裁判，对你的惩罚。"

"我还以为……人肉香嘞……原来他戴着一副面具……他的肉肯定不好吃……"

"尸体嘛，左不过是变了质的肉。"

"死尸的利用价值最高。"

"他太脏了，好臭啊……"

"把他洗一洗……"

"已经洗不干净了……"

"他还没有死透，赶快把他制成木乃伊……"

"把他烧成灰做佐料……"

"做肥料。贫瘠的土地张开了大嘴……"

我终于认可"人是最喜欢嗜杀同类"的观点，我真想像尼采一样抱着马脖子大哭一场，从此与人类彻底决裂。

又一群人围着我，认定我藏有鬼怪。他们要掏出我的心、我的脑子、我的五脏六腑，他们要搜遍我的血管、神经……非要把鬼怪找出来不可……就在解剖刀逼近我的胸口时，我突然大汗淋漓地睁开眼睛。

"哪里不舒服？"一位面无表情的医生问我。

"我做了个梦。"

"他在做梦。"两位医生心有灵犀地对望了一眼。

医生护士环绕在我的病床前，开始讨论。我以为茅医生跟他们在一起，可找来找去，始终没有发现茅医生。我大声问他们茅医生在哪里，可没有一个人理我。我看到他们在动嘴唇、眨眼睛、做手势，却听不到任何声音。突然，他们一齐转向我，直瞪瞪地望着我，无声无息。他们越来越高大。他们不是医生，而是天神天使、阎罗王、勾魂使者。我已经死了。我已经来到天堂。我已经下到地狱。我要呐喊，喉咙却被掐住似的发不出声音。为什么只有嘴巴能发出声音？为什么身体只有七个出口？我苦苦挣扎。黏稠的唾液悬糊在我嘴角。那只掐住我喉咙的手忽然松开。我突然自由了。我捶胸顿足，放声大哭起来。哭过之后，我突然开怀大笑，笑得我心里的石头四处飞溅，笑得围在我身边的医生护士互相点点头，好像终于达成了某种共识。

阳光从窗口折射进来，抹去了你满脸的苍白。

赤裸裸的太阳在天边挣扎出了一个红彤彤的黄昏。

你终于看到了落日，看到了蓝天白云，看到了雾岚从玫瑰苑里飘过来，你嗅到了田野的气息，听到了远古的呼唤，束缚解开了，门窗屋顶洞开了，墙壁消失了，医生护士主动向两边分开，为你让开了一条惨白的路。你慢慢起身、下床，赤脚走过蜡像般的医生护士……

第十七章

从五楼的窗口望出去，凌晨六点的广都天空，从下到上，由绯红渐变为橘黄、瓦蓝。好像有位遥远的巨人，手握如椽之笔，从大海里蘸起七彩颜料，在天空挥毫作画。忧郁的广都大厦背后，是启明星，是即将喷薄而出的朝阳。当茅医生从大楼之间的夹缝处看到太阳时，已是一片耀眼的苍白，像剥了壳的金蛋炫在空中。城市的日出大多这样平淡，没有壮丽的景色，没有磅礴的气势。但是，太阳毕竟是太阳，无论从哪里出来，都光芒万丈。太阳，创造了这个世界。

今天多半又是个难得的晴天，说不定阳光灿烂。而此时的广都却是至暗时刻。眼前的路灯要睡去似的朦胧。突兀的广都大厦，仿佛一团墨汁，洇染着四周的房屋、街道、树木和偶尔的行人。这个时候的医院最平静。最清醒的世人也许就是值夜班的医生了。突然，一辆救护车"逼波……逼波……逼波"地呼叫着冲进医院大门，一阵急促的脚步声和担架滚动的声音打破了城市短暂的寂静。救护车停止呼叫后，被唤醒的城市喧嚣起来。

昨天晚上，茅医生通宵值夜班。每次值夜班，无论阴晴，他都喜欢站在窗口望天色，看日出。自从广都大厦矗立起来之后，他再也没有看到过红彤彤的朝阳了。广都的天空不再像过去那么浑然一体，而是被切割成了不规则的方形、菱形，好像重重堆叠层次不清的云层。

当茅医生来到吴守之的病房时，发现吴守之的病床上躺着一位陌生的女病人。他问护士，吴守之哪里去了。她们说他转院了。他又问转到哪家医院了。她们都说不知道。他打电话问杨富贵，才知道欧阳把吴守之转到广都市精神病院去了。茅医生是吴守之的主治医生，他们怎么不通知他就随便把病人转走。

杨富贵气愤地说："我敢肯定，这是李伟设的局，为了吞并守之集团、报复吴守之，网上流传的吴守之谣言多半也是李伟散布的。吴守之都这样了，他还不满足。像李伟这种垃圾，真他妈的无须分类，直接活埋算了。"

茅医生问："你怎么不阻止欧阳？"

杨富贵无奈地说："我也没办法。欧阳把吴守之的笔记本给我看过，还说请你也看看。她认为这些东西就是吴守之精神分裂的证据，广都医院治不好他，必须转到广都精神病院。"

"吴守之的精神是有问题，但是，还严重不到送精神病院的地步。你不知道精神病院是怎么回事。你不了解他们是怎样治疗精神病患者的。"茅医生说。

"那怎么办？"杨富贵焦急地问。

"必须把吴守之从精神病院里弄出来。我来想办法。你可千万别告诉欧阳。"

广都精神病院与银海山庄一墙之隔。翻过院墙和铁丝网就是广都精神病院。广都精神病院对外挂的牌子是精神康复中心。从外面来看，像个度假地，进去之后才知道，跟监狱没有多大区别，那里的病人相当于判了刑的犯人。吴守之只是间歇性的轻度精神分裂，不太严重，也没有危险性。茅医生怕他在里面经受不住"治疗"，没把病治好，反而治出严重的精神病来。

屈江是广都精神病院的院长，茅医生的大学同学。茅医生向他介绍完吴守之的情况后说："我们都是学精神病理学的，按照吴守之目前的症状，根本没必要在这里治疗。你把吴守之交给我吧。"

"我看过吴守之的身体和病情报告，明确说他不适合到这里治疗，但是，欧阳一定要把他留下，说他危害到了她的生命安全，我也是无奈收治的。"屈江又吞吞吐吐地说，他的顶头上司专门给他打过电话，并不是要他额外关照，只是要他同意收治。

茅医生这才相信杨富贵的推测，李伟做了手脚。想到这些，茅医生更觉得必须把吴守之从这里弄出去，否则，后果不堪设想。

身材高大的屈江，曾经是大学里的活跃分子。毕业后，他很少跟同学往来。对他大学里的勇敢言行，同学们只是在同学间偶尔说说。同学们都没想到，多年后他当了院长。茅医生跟屈江推心置腹地说了他的想法，请屈江一定要帮他，帮吴守之。

屈江一本正经地说："我怎么能随便把他交给你？你是他什么人？他进来出去，都必须征得家属同意。你知道这是院规。"

"我当然知道这是院规。你也知道吴守之患的是抑郁症，轻微精神分裂，没有攻击性。他在这里住得越久对他越不利。我不是不相信你不相信你的医院。我是怕吴守之发现自己住在精神病院里，病情会加重。"

在茅医生的请求下，屈江勉强答应去做欧阳的工作。

茅医生说："那不行。欧阳不会同意，李伟也不会同意。他们不把守之集团的事处理完，是不会把吴守之从这里放出去的。况且，欧阳已经与吴守之离婚，从法律上讲，也不算家属。"

屈江为难地说："那怎么办？"

"我去请吴守之的母亲和他姐姐签字。"

"如果欧阳来看他，怎么办？"

"她这段时间忙，肯定不会来。你只要不对外透露消息就行。"

"如果我的顶头上司问起来，我咋办？"

"老同学，这是你的事。这点小事你都不敢办？你曾经的勇敢给狗吃了……我清楚，你们医院有最严厉的防范措施，最讲规矩、程序，对病人一丝不苟，不准病人自由活动，不准说话，不准跟人接触，不准做梦……都是为病人着想……你问我是他什么人，我是他朋友。我就要为朋友两肋插刀。你今天必须给我个说法，否则我就不走……你他妈的连这点责任都不敢担，还算我的同学？我真没想到，这么多年来，你变得如此胆小怕事……我又没有叫你杀人放火，违法乱纪……老同学，我们这是在做好事啊。帮帮我，老同学，求你了。"

"别把话说得那么难听。我不是你认为的那种人。我们医院也不是你想象的那么糟糕。我马上去安排，把吴守之转到开放病房。"

"我要把他带走。"

"好。只要有吴守之的母亲签字，我就把他交给你。其他事，我来对付。"屈江也豁出去了。

"这才是我心中的老同学。"茅医生狠狠地擂了屈江一拳。

茅医生打电话问杨富贵，吴守之的母亲住哪里。杨富贵说，他马上开车过来接他一起去。茅医生说："你真是个好人。"

杨富贵嬉皮笑脸地说："老同学，别把我想得那么高尚。我只是个主观为自己客观为他人的家伙。我对自己的评价是：是好人中的坏人，坏人中的好人。我无法操纵别人，但不会放过利用别人的机会。我怂恿吴守之下海，我给欧阳通风报信，我为欧阳鞍前马后做事，我对吴守之与薛婧的离婚无动于衷，我跟杨洋、李伟、胡明他们交往，都是为了我自己。但是，关键时候，我也知道该怎么做。说实在话，我只想做个快乐的普通人，贪财好色，一身正气。"

一路上，杨富贵添油加醋地谈论吴守之。吴守之留给家乡人最深刻的印象是尿尿，至今还是不少同村人津津乐道的趣话。吴守之十个月大的一天下午，穿着一条崭新的蓝布兜肚，在家门口的凉席上独自挣扎，那时的他已不满足于翻身、昂首爬行，而是渴望站起来像他姐姐一样走路，可是，他苦苦挣扎出了满凉席的口水唾沫也没能成功站起来。他累得仰躺在地，望着屋檐外湛蓝的天空，打算休息一下再继续努力。就在这时，游手好闲偷鸡摸狗的堂兄吴成仁恰好路过。吴成仁好奇地盯了小吴守之一会儿，便蹲下身，伸手摸了一下小吴守之的小鸡鸡。小吴守之好像知道他是个坏蛋，毫不客气地雄起小鸡鸡，水枪一样射向吴成仁，弄得吴成仁满脸都是尿，为村民出了一口恶气。吴成仁虽然是村里谁都不敢惹的村霸，但面对毫无畏惧的小吴守之，也只得在村民的窃笑中怏怏而去。

吴守之的父亲去世后，他姐姐就把母亲接过去一起住。吴守之给姐姐在乡下修了一栋漂亮的房子。还捐资为家乡修路、建厂，梦想改变村容村貌。但是，他最终发现，他什么都没改变。杨富贵感慨地说："那里确实很美，但都是自然风景。拍照可以，暂住几天也不错，但长住可不行。除了神仙，谁愿意长期住在风景里？"

吴守之的母亲慈祥和善，生活的艰辛已经无可奈何地从她身上开始退却。吴守之的姐姐显得比较苍老，可仍然能发现美人坯子的遗迹。她们都认识杨富贵，一点没有怀疑他们来的目的。杨富贵也没告诉她们吴守之现在的情况，谎称吴守之在国外，请她们代吴守之在一份材料上签字。吴守之的母亲不识字，只在材料上按了个手印。

在广都精神病院的病房门口，吴守之看到茅医生和杨富贵时，眼里掠过一丝诧异。茅医生握住他的手，感到他特别虚弱，连眼里的一丝诧异都留不住。一路上，吴守之基本上闭着眼睛睡觉。茅医生和杨富贵说东道西，他始终没有插话。茅医生拿走他的手机，他也没有拒绝。从始至终，吴守之任由他们摆布，好像不知道他们在为他做什么。茅医生希望吴守之不知道自己在广都精神病院住过几天。

茅医生和杨富贵商量，直接把吴守之送到广都中医院。那里环境清静，病人不多，医院里充满了花香草香。茅医生跟杨院长是朋友，也是同行，他们经常就一些中医病例坦诚交流。杨院长是广都医派传人。他高尚的医德和精湛的医术在广都有口皆碑。杨院长专门给吴守之安排了一个单人病房，答应亲自给吴守之瞧病。

杨院长给吴守之把脉，发现他脉息微弱。他和几位医生多次会诊，始终没有得出一个统一的结论。在白天，吴守之的生命体征比较平稳，可一到晚上就会突然出现异常，体征波动大，有几次滚下病床受了皮外伤。他爱做梦，估计被噩梦魇住了。杨院长跟茅医生商量，要护士在吴守之睡着后把他绑在床上。

茅医生那天休假，家里只有他一个人，儿子读初中一年级住校，妻子一大早上班去了。他早上起床后喝了一大杯白开水，却毫无食欲。他把昨晚换下来的衣服塞进洗衣机，让洗衣机自动转起来。小区里异常安静，洗衣机的声音格外轰响，好像房屋的一颗强劲心脏。他喜欢洗衣服，喜欢听洗衣机的声音。洗衣剂的味道，比医院的味道好闻得多。

茅医生的妻子是中学老师，平时比他还忙。她教育人的思想，他医治人的肉体。他们的工作性质差不多，对象都是人，生病的人，可能生病的人。她做的是防患于未然的前期工作，他做的是已成事实的后期工作。他不知道她的教育结果如何，却清楚自己治疗吴守之的无能为力。

茅医生打算晾好衣服就去看吴守之，临出门却突然接到石院长的电话，叫他马上到院办小会议室。茅医生以为石院长又要找他谈调动的事。多年前，茅医生就想调到广都中医院，石院长以茅医生是人才为由至今没有表态。茅医生决定，如果石院长还不同意，他就辞职。

石院长把茅医生引进院办小会议室，没有说调动的事，而是向他介绍三位陌生人："他们是纪委领导，找你协助调查一些事。"石院长说完就出去了。茅医生这才看见三位陌生人坐在会议室里，坐在正中间的是一位中年男人，左边是一位年轻男人，右边是一位年轻女人。他们背向窗户，阴影似的看不清楚。

茅医生站在会议桌旁，不知道这是怎么回事。世界好像被盖住似的寂静无声。他感到时间胆怯地溜出了会议室。自从他进来的脚步声消失之后，他就没有发出过任何声音，连石院长离开也没跟他打招呼。

"坐下吧。"声音是从年轻男人方向发出来的，"把你的手机关了。"

茅医生关了手机，不由自主地坐了下来。从会议室出来后，他一直感到纳闷，那条凳子是怎么回事，他不是主动坐下的，而是被凳子吸过去的。坐下后，他发现自己突然变矮了，必须仰视才能看到他们，可他却把他们看得更清楚了。原来，他坐的凳子跟他们的不一样，是专门为他特设的。离开时，他发现这间小会议室也变了，好像不是他平时开会的会议室，里面只有四条凳子，包括他坐的那条小矮凳。他不知道是谁把那些凳子搬走的。

负责询问的是坐在中间的中年男人，严重秃顶，发际线已经全面崩溃。他吐词简单沉缓，口气带着不容置辩的威严。无论茅医生说啥，他始终语调一致，既不高昂也不低沉。负责记录的年轻女人，戴着小巧玲珑的金丝边眼镜，不仔细瞧，还以为她没戴眼镜。她不施粉黛，面色偏黄，无可挑剔的漂亮五官棱角分明，皮肤紧致。自始至终，英俊的年轻男人没说一句话，一直用两只炯炯有神的三角眼盯着他。

茅医生如实回答了他们的问询，他的姓名、职业、籍贯、年龄、出生地，什么时候考上大学、什么时候开始工作，家人情况等等。他恍惚觉得他们不是纪委干部，而是户籍调查员。突然，中年男人问他有哪些朋友。茅医生想了想，没有马上回答。他认识的人不少，但是不是朋友却不敢确定。中年男人接着问："你认识吴守之吗?"茅医生立即答道："他是我的朋友。"中年男人问他是怎么认识吴守之的。茅医生如实回答了他与吴守之的交往，他所了解的吴守之。茅医生感到纳闷，除了他对吴守之病情的个人看法外，其他情况他们比他清楚，可他们为什么要花那么多时间来问他。

最后，漂亮女人起身请茅医生在笔录上签字、按手印，还客气地为茅医生打开房门，用从她嘴角偷跑出来的一丝微笑送走茅医生。这时茅医生才发现她精瘦得可以隐身。

吴守之离开别墅前一天，打电话请茅医生到他家里，硬塞给他一张银行卡，硬把奔驰车也给了他。吴守之毫无表情说："你就当我付你的顾问费吧。它们对我来说是多余的，我跟它们已经没有关系。东西太多，结果就像喝多了酒，不得不呕吐……人之大患在于身外之物。你就当帮我吧。你自己用可以，送给别人也行。这段时间，我确实很忙，要处理很多事。你放心，这些钱和车都是干净的、合法的……"

茅医生发现吴守之那天有点反常，也没跟他争执。第二天，茅医生开着奔驰车找到杨富贵，请他把车和银行卡还给吴守之，又说了吴守之的反常现象，要他关注一下。杨富贵说，吴守之送出去的东西是不会收回去的。他要茅医生自己处理。还说，他也正愁不知道怎么处理吴守之送给他的车和钱。

他们正在商量如何办时，杨富贵接到清水小学阚校长的电话。他是杨富贵的小学老师。放下电话，杨富贵果断地说："我们就把这些钱以吴守之的名义捐给清水小学吧。"第二天，他们开车找到阚校长，把银行卡给了他。在银行查询时，才知道那卡上有两百万元。阚校长要亲自去感谢吴守之，吴守之没答应，还矢口否认他捐过钱。听纪委的朋友说，吴守之十年前就开始匿名捐助贫困失学孩子，他捐助过的贫困小学生、中学生、大学生共有三百二十六位。

在医生眼里，无论有钱无钱有权无权，都一个样，有病的人、无病的人。杨富贵当初说吴守之有病时，茅医生就会联想到那些所谓的富贵病、抑郁症。觉得吴守之是一个没被苦难的生活打倒，反而被安逸的生活打败的人。与吴守之交往初期，他会不由自主地想到"金玉其外，败絮其中""财富背后，总有罪恶"这类话。了解吴守之后，他才明白，财富背后也有美好。财富都是人类创造的。财富没有罪恶。

茅医生曾以为吴守之并不是他想象的那么爱薛婧，他只是经历了世俗的痛苦之后，需要高尚一点的痛苦——爱情而已，就像某些诗人的无病呻吟，有钱人的穷奢极欲。他现在才恍然大悟。吴守之要的不仅是爱情，更是美好。他爱薛婧，为了薛婧，他把吴董事长变成了吴守之，变成了一无所有的吴守之。茅医生后来听说，据纪委查实，吴守之名下已无任何存款和资产。也就是说，经过纪委确认，吴守之已经一无所有。

从院办小会议室出来后，茅医生打开手机，惊讶地看到二十多个未接电话。他没想到，关了几个小时的手机，居然有那么多人关注他。他立即给杨院长回电话。杨院长说："今天上午十点，吴守之被纪委从医院带走了。"那个时候，茅医生正在院办会议室接受纪委问询。

第十八章

　　欧阳下车时，突然发现堆叠着薄云的天空精疲力竭地耷拉下来。麻木的天空，充斥着迷茫的声音，游荡着无数异味。在虚弱的阳光里，鲜艳的广告牌、道路、车辆、楼房、行人……全都飘忽不定。

　　乍起的秋风吹黄了夏季的最后几片树叶。不停摇晃的花草树木，奋力摆脱着风的纠缠。九月的空气气喘吁吁，失去激情似的不堪重负。不可捉摸的世界，露出了狰狞的面孔。欧阳感到身后的花草树木不再沉默寡言，不断发出刺耳的簌簌声。

　　欧阳匆匆走过花台，跨上台阶。在古城宾馆大门口，她傲慢地停了下来，好像在等李伟、杨富贵他们跟上来。她的倨傲绝不是按照蹩脚剧本扮演的，而是从来就生长在她身上的一副表情。

　　当欧阳与刘琴四目相对时，好像交流了十年，各自思索着用什么样的方式来向大家宣布结果。

　　"吴董事长怎么没来？"在古城宾馆的会议室坐定后，刘琴冷冷地扫了一眼欧阳和李伟。

　　"他病了。"欧阳说。

　　"他患了失心疯。"李伟不容置疑地补充道。

　　"刘总，还是谈谈我们合作的事吧。"

"对不起，我们已经决定独资开发那块土地。"

"为什么?"欧阳有些惊慌失措。

"我可以不回答吗?"

"为什么?"欧阳倏地站起来，竟没感到桌沿冒失鬼似的狠狠地撞了她一下。她的金耳环和玉镯选择了一阵窃笑。

"这是我们董事会的决定！我们本想与你们合作的，可你们……"

"刘总，不是都安排好了吗?"

"只有上帝才能把一切都安排好。"

"我不相信上帝。"欧阳随便挪用了一位电影演员的冷笑。

"我相信。"

"世上根本就没有上帝。"

"世上有没有上帝，不是你欧阳说了算。"

"即使有上帝，上帝也没有决定这件事。"

"这件事当然不是上帝决定的。这是我们董事会的决定。我今天来，就是执行董事会的决定，通知你们……"

"你们必须遵守法律法规。守之集团与恒峰公司签了合同，是联合体。"欧阳把协议书推向前，好像只想说明一点，她欧阳绝不是一个弱不禁风的女人。

"既然是联合体，你们为什么不跟我们商量就去独自竞投?我们签合同的时间，已经超过申请竞投的最后期限。按照法律法规，我们的合同已经没有法律效力……即使有又能怎样? 结婚证有法律效力吧，不是可以解除吗? 有些事可不是法律能决定的，比如说爱情。结婚证能解决爱情问题吗?"

"刘总，我们是在谈合作的事，与爱情无关。"

"呵，爱情的确与这些无关。"

"我们必须按合同办事。否则，我们绝不放弃追究恒峰公司法律责任的权利。"

"这话应该我来说。请你仔细看看，协议是谁签的字？请你把吴守之请来，如果他不履行合约，我们会考虑诉诸法律的。"

"吴守之患了严重的精神分裂症。他早就辞去了董事长职务。我与他已经离婚。吴守之与守之集团已没有任何关系。"

"什么时候的事？我们怎么不知道？"

"三个月前，吴守之辞去董事长职务，因为他病了。李伟才是守之集团的董事长。"欧阳把一叠证明自己所说非假的材料推到刘总面前。

"三个月前？那就太好了。现在我们有证据证明吴守之是在欺骗我们。他本月初跟我们接洽，谈判，签字，都是以守之集团董事长的身份。谢谢你帮我戳穿了他的骗局。"

广都气象台预报今天阳光灿烂，可天威难测，突然一声惊雷，狂风大作，广都的天空乌云密布，突发疾病似的下起了瓢泼大雨。天地之间越来越昏暗。耀眼的灯光已无法照亮世界。浑浊的洪水咆哮肆虐，淹没了广袤的大地，一波一波的浪涛制造着一个又一个的圈套和陷阱。世界已被狂风暴雨控制。

欧阳的视线坠落在李伟身上。她的裙摆突然布满了愤怒的皱褶。

在处理吴守之时，欧阳考虑得天衣无缝，可恰恰忽视了与恒峰公司合作一事。她恨不得自己是电视机里的精灵古怪，突然伸长手，把那些文件拿过来，再次涂抹改正……

"这上面都是守之集团的印章，也有恒峰公司的签印。个人与公司不能等同。公司法人的变更不应该影响合同的效力……"李伟毫不理会被狂风暴雨控制的世界。

"这只能说明吴守之和守之集团在合伙欺骗我们。那我们就不应该仅仅把吴守之作为被告……而且，法人变更在前，签字在后……吴守之不是法人，怎么能签合同？"刘琴打断李伟的话。

"我要给高举打电话。我要找高董事长。"李伟拿起手机站了起来。

"谁要找我？"突然出现的一个高大身影，接过话头。

"高董，你……"杨富贵站了起来。

"高董，你在这里？"李伟大吃一惊。

"你就是欧阳吧！幸会。刘总说得不错，这是我的决定，也是我夫人刘琴的决定。经过调查，我们发现守之集团是一个空壳公司……我们不能跟你们继续合作……早已不是董事长的吴守之怎么能代表守之集团签字……"高举毫不理会大家的惊讶。

欧阳感到全身的血直往头上涌。

李伟伸出双手，好像要搀扶她，又像要把她推开。他的鼻子憋得通红，好像又要逃跑。

天上的暴雨终于停了，可地上的雨水像要回归天庭，更加汹涌澎湃。

清澈的雨水一落地，全都成了浑浊的洪流。

世界正在被天雨漂洗，失去了色彩。

"你怎么来了？"刘琴惊异地站起身。

"亲爱的，我来接你。"高举微笑着，向刘琴伸出手，"咱们走吧！你说待几天就回来。我怕你有啥事就来了。"

"欧阳，这是你的东西，还给你！"刘琴打开手提包，从一个精致的盒子里拿出一张泛黄的纸片。

那是欧阳匿名写给薛婧的信。

欧阳再也抑制不住内心的颤抖。她盯着手中的信，鲜艳的脂粉也没能掩饰住她脸色的惨白。

欧阳成了一记闪电塑造的形象。

她紧紧盯着刘琴的背影，紧紧攥着那张纸片。

纸片突然离开欧阳，仿佛一团白色的影子，飞了起来，追着刘琴飘然而去……欧阳渴望的白影，终于出现。

欧阳不再认为白影只是吴守之的白影。

欧阳被白影感染了。

欧阳也病了。

刘琴挽着高举来到车前说："我现在不能跟你回去。我还有点事要办。"高举说："我陪你去办。"刘琴说："不用。旧城改造的事够你忙的了。我办完事就跟你联系。"

刘琴在车上给茅医生发了一条短信："茅医生好，冒昧打扰。我是吴守之的朋友刘琴，想跟您说一下他的事。您今天有空吗？谢谢！"

茅医生收到短信时，正在感慨世态炎凉。吴守之住院后，没有一个人来看他。欧阳换了手机号码。杨富贵的手机一直关机。吴守之身边的人，大多由利而近，也因利尽而散。杨洋被捕后，吴守之成了会传染人的病毒。

茅医生看着短信想，刘琴是不是杨富贵说的恒峰公司总裁刘琴？是不是吴守之一直想见的刘琴？刘琴要跟他说啥？她跟众叛亲离的吴守之有什么关系？她是怎么知道自己手机号的……茅医生带着这些疑问回了短信:"好的。什么时间? 在哪里?"

刘琴回复:"下午两点在古城宾馆的1711号房,行吗? 谢谢!"

茅医生回复:"好的。下午两点见。"

茅医生准时来到古城宾馆。

"茅医生,真对不起,劳驾您过来。茅医生,您喝什么茶?"刘琴把茅医生让进房间,抱歉地说。

"不客气。"茅医生打量着刘琴,中等个儿,圆脸,皮肤光滑,略施粉黛,眼珠像黑葡萄一样清澈明亮。她穿着灰色的真丝套装裙,外搭一件亮色的针织开衫,微卷的黑发自然披散着,恰如其分地遮掩着她的脖颈。她的声音悦耳动听,但带着一丝不易觉察的忧伤。房间充满了柔和的自然光,淡淡的百合花香。

"茅医生,请喝茶。"刘琴给茅医生泡了一壶普洱茶,"我想问一下,吴守之的病情怎样?"

"他的病不太乐观。"

"请您一定要救他……"

"我会的。"

"谢谢。拜托您了。他有您这样的朋友,我就放心了。"

"别客气。我是医生,应该的。我也是他的朋友。"

"茅医生,我想跟您说些事,也许对您治疗吴守之有帮助。"

"您请说吧!"

薛婧与吴守之恋爱结婚那几年,非常幸福。他们离婚后,薛婧突然发现自己当月没来月经,以为自己情绪不好推迟了。可过了二十多天仍然没有迹象。她去医院检查,医生恭喜她怀孕了。她又惊又喜又怕,惊的是她居然怀孕了。她与吴守之结婚时就商量暂时不要孩子，平时都采取了避孕措施。他们要等凑足钱买了新房再要孩子。喜的是她有了自己的孩子，她与吴守之的爱情有了结晶。怕的是他们已经离婚，她现在是单身，单身生孩子，同事会怎么想，别人会怎么看。她想过告诉吴守之，想过为了孩子与吴守之破镜重圆，但最终放弃了。她不想拖累吴守之的前程，更不想让吴守之认为她是以孩子来要挟他复婚。她也想过打掉孩子，可又舍不得，孩子是无辜的，她喜欢孩子。当吴守之最后一次来找她时，她没告诉吴守之自己怀孕的事，她决定独自生下孩子、抚养孩子。为了孩子健康成长、不受歧视，她决定辞职、远走他乡。她没有跟任何人说她辞职的原因，也没有说她要去哪里。离开广都前，她到莲花公墓的父母坟前磕了三个头，就乘火车到了广州。

薛婧联系到在广州文艺出版社工作的大学同学肖兰。肖兰听了薛婧的遭遇，非常气愤，再三劝她打掉孩子，说一个人养孩子太辛苦，又不方便成家、找工作。可薛婧执意生下孩子。她在出版社附近租了一套五十平方米的房子，请肖兰帮她买了一台旧电脑，起早贪黑地打书稿攒钱。为了多挣钱，她央求肖兰帮她又联系了三家出版社。

薛婧顺利产下儿子，取名薛宇。薛宇满月后，薛婧又开始打书稿挣钱。她打算儿子上幼儿园后再去找工作。

肖兰经常来看她，帮她买些日常用品。可每次看到薛婧母子，她就满心同情，怂恿薛婧去找吴守之，告诉他孩子的事。薛婧总是摇头。儿子出生后，她差不多已经走出离婚的阴影。她只想着儿子，只想多挣钱。

肖兰说："你这么年轻，总不能一直这样吧。你应该考虑一下自己的婚姻大事，尽早成个家，即使不为自己着想，也应该为孩子着想。"

薛婧说："我有家啊，儿子就是我的家，我会照顾好儿子的，你放心。"

可肖兰仍然不放心，她三天两头为薛婧物色对象。薛婧却不过肖兰的热情，相过几次亲。每次相亲，薛婧总是带着儿子。那些相亲对象开始对薛婧非常满意，可看到她的儿子后就没有了下文。

薛宇两岁那年，肖兰的表哥高举从香港到广州，请肖兰吃饭。肖兰叫薛婧陪她一起去。高举是香港恒峰公司董事长，还没结婚。听肖兰介绍薛婧的遭遇，高举还以为薛婧是个悲愤女人。见到薛婧时才发现她美丽、朴素、乐观，甚至有点单纯。他对薛婧一见钟情，毫不在意薛婧有个私生子。可薛婧没有答应他。肖兰再三说她表哥是真心爱她，要跟她结婚，薛婧仍然没有动心。她质疑爱情，不再渴求爱情。高举没有因为薛婧的拒绝而死心，三天两头打电话、发邮件，表达爱慕之情，每周到广州看薛婧，给薛婧买这买那，发誓非薛婧不娶。

薛宇满三岁时，薛婧带他去上幼儿园，却报不了名，因为薛宇没有户口，是黑户。公立幼儿园不收没有户口的孩子，一般私立幼儿园因为人太多不收，要收的贵族幼儿园，薛婧付不起高昂的费用。薛婧的户口还在广都。她就回广都为薛宇上户口，写申请，填表格，承诺缴纳罚款，提供薛宇的医院出生证明，又找了熟人，可最终也没能为儿子上到户口，因为薛宇是私生子，因为薛婧无法提供一个又一个证明材料，以及证明材料的证明材料。她一次又一次解释，一次比一次绝望。他们好像不是在为孩子办理户口，而是为了满足收集证明材料的癖好。为了儿子的户口，薛婧第一次想见吴守之，可吴守之已经辞职下海，不知去向。户口、身份证，不仅是孩子上学的必要条件，也是孩子存在的证明。孩子现在上不了幼儿园，今后可能上不了小学、中学、大学，参加不了工作，结不了婚……薛婧疲惫不堪地回到广州，不知道该怎么办。

肖兰趁机劝说薛婧，只要薛婧答应高举，跟高举结婚，薛宇的户口、身份证，上幼儿园、上小学都不是问题。万般无奈之下，薛婧答应嫁给高举。她对高举说不上爱情，但是，她对高举充满了感激。薛婧与高举结婚后，带着儿子移居香港，把名字也改了……

"您可能已经猜到，薛婧把名字改成了刘琴，就是我。"刘琴停顿了好一会儿又说，"吴守之到香港跟我家先生谈事时，我才知道吴守之的情况。后来发现，事情并没有那么简单，特别是李伟出现后……我过去从来不过问我家先生公司的事，但是，我坚决主张开除江冰如……我跟我家先生说了我的担忧和顾虑……我怕吴守之受到伤害……我家先生要我放心，他会处理好的，但是，我还是决定到广都……那天我去老妈饭店吃饭，看到吴守之，就从后门走了……后来的事，你都知道……"

茅医生没想到情况这么复杂。吴守之可能不知道薛婧离婚后发生的事，也不知道他与薛婧有个孩子。茅医生为吴守之这段时间的遭遇感到悲伤，却为薛婧的出现而高兴。

"谢谢你告诉我这些事。我可以告诉吴守之吗？"

"你看着办吧，如果对他的病有好处。"

"谢谢。"

"茅医生，请您把这个给他。"刘琴从包里拿出一张银行卡，递给茅医生，"我现在还不方便见他。"

茅医生不知道该不该替吴守之收下。

"收下吧。他现在正需要。"刘琴用恳求的语气说。

茅医生犹豫了一下，接过银行卡。

吴守之被纪委带走的第二十七天下午三点，茅医生正在给一个心脏病人开检查单，突然接到纪委电话，请他马上去纪委第三办公区。纪委同志告诉他，接受调查的人从纪委出去，必须由家属来接。他们问吴守之谁来接他，吴守之就在纸上写了茅医生的名字和手机号码。

吴守之消瘦得完全变了形，空荡荡的衣服里只有骨架，眼神里经常出现的不安和惊恐消失了，他整个人看起来就像一个可怕的幽灵。茅医生扶他上车时，触到的是他胳膊和背部硌手的骨头和脊椎。离了茅医生的手，吴守之像被抛弃在了车里，散了骨架似的瘫在座椅上，闭上呆滞的眼睛。茅医生多次问他去哪里，他都不说话，好像茅医生把他带去刑场都无所谓。茅医生给他把脉，发现他身体虚弱、元气不足。

茅医生没有逼他说话，只是小心地开着车。他认为，人体是个能量棒，患病，特别是精神病、老年痴呆症，包括人的许多异常行为，多半是因为人体能量不足，为了躲避伤害、减少能量消耗、自我保护机制起作用的结果。吴守之的病由来已久，是积劳成疾、积思成病。他一直知道自己在生病。他是个清醒的病人。他过去不需要医生，因为他一直在硬撑、努力自我治疗。沉默也是一种说话方式。不语也是一种无声的反抗。他相信吴守之终究会说话的。

茅医生打电话问杨富贵吴守之现在住在哪里，杨富贵的电话始终处于关机状态。后来才听说，杨富贵也被纪委带走了。

茅医生为吴守之在广都医院办了住院手续，为他选了一个清净的单人病房，又为他请了一位熟悉的护工。茅医生再三吩咐护工，晚上也不能关病房灯，只能适当调暗光线。

吴守之好像不认识茅医生了。茅医生检查他的身体，他没有明显地顺从，也没有明显地对抗，像部失去动力的机器，任人摆布。他大部分时间都躺在床上昏睡。即使睁开眼睛，也是目不转睛地盯着天花板。每次面对吴守之，茅医生就会想到精神创伤、意识障碍、自我封闭、抑郁、脑供血不足。茅医生跟他说话，他始终一言不发，好像患了失语症。

人类独特的语言能力是人类发展史上的重要转折点。如果没有与舌头、声带隔膜和胸部肌肉的神经链接，人类就不会产生语言能力。说话不仅是为了交流，也是人体功能健全的表现。长时间不说话，容易导致神经系统障碍。任何人长期不出声，都会憋出内伤。

病人的各种可怕病态早已把茅医生的内心变得异常强大。可看到日益憔悴的吴守之，却比以往任何危重病人的模样都让他揪心。疾病完全改变了吴守之的模样，改变了他在茅医生心目中的形象。过去，他只看到病人生病后的样子，不知道他们病前的样子。鲜活的生命与正在萎谢的生命之间，反差太大。医生是同时与肉体和灵魂打交道的职业，是敢于跟死神魔鬼面对面搏斗的战士，可茅医生始终看不清病容背后的吴守之，还原不了生机勃勃的吴守之。

吴守之身上的百合花香消失了。他几乎没有了味道。茅医生对吴守之的第一印象并不太好，就因为他身上的百合花香，觉得他是想用百合花香掩饰什么。现在，茅医生渴望嗅到吴守之身上的百合花香，希望百合花的芳香净化医院里充满消毒水味和漂白剂味的空气。

没人能切身体会到医生在疾病面前的那种无力感，虽然医生也经常享受治愈病人后的欣喜和安慰。平时，茅医生既担心遇到疑难杂症，又渴望遇到疑难杂症。疑难杂症是对医生的挑战。挑战的结果只有成功或者失败。他想，自己在吴守之这个病人面前算是失败了。

医生面对某些疾病束手无策实属正常。医生的理性、冷漠、热情、善良、绝望、纠结，都是洞悉生命之后的正常反应。茅医生原以为人类已没有对付不了的疾病。人眼看不透的东西，高科技仪器能一览无余，一旦透视，啥都遮掩不了，啥都逃不出精密仪器的检查。现在才发现，机器也有看不透的东西，治不了的疾病。

疾病是一种可怕而神秘的力量。它们躲在我们看不见的阴暗处，对我们的肉体和精神发动攻击。当我们觉察到它们时，它们已经得逞。我们的健康就是它们赖以生存的养料。即使专门跟它们打交道的医生，也时常感到束手无策、无能为力。

茅医生最初学的是临床外科。第一次上解剖课，他从对尸体的恐惧中发现，凡是生命都会生病，任何疾病，最终都将与生命一起消失。之后，他想得最多的不是疾病、不是死亡，而是生命。这不仅减轻了他对尸体的恐惧感，也强化了他对生命的尊重和敬畏。医生不仅在治病，更是在维护和延续有机生命体。

第一学年结束后的一天，他在报纸上看到一篇凶手肢解受害者的报道，当天晚上，他做了一个噩梦，梦见一间巨大的黑屋子里堆满了锈迹斑斑的机器零部件，有人指责是他拆卸破坏的，命令他必须马上把它们复原。他在组装复原时，突然发现那不是机器的零部件，而是血淋淋的人手、大腿、脑袋、眼睛、鼻子……第二学年开始，他申请转到精神病理系。他宁愿体面地解剖人的精神，也不愿像冷酷无情的罪犯那样宰割肉体。茅医生现在才发现，解剖精神比解剖任何一个躯体更难。

吴守之醒来时，茅医生跟他说："刘琴要我转交给你一张银行卡。"吴守之听了茅医生的话，无动于衷。茅医生一直在想办法让吴守之开口说话，可一直没有成功。他觉得，说说刘琴可能会起作用，但他不敢把刘琴的事一股脑儿地告诉他，怕他受不了刺激。他必须慢慢来。如果吴守之还不开口说话，他准备把刘琴就是薛婧的真相告诉他，甚至告诉他他有个儿子的事。如果还不起作用，那吴守之就真的难治了。茅医生详细跟吴守之描述刘琴的相貌，当他说到他进刘琴房间时闻到一缕百合花的香味时，吴守之突然说："她就是薛婧啊。"他翻身滚下床，闹着要去找薛婧。

茅医生抓住他的胳膊说："我们都不知道她在哪里，怎么去找？我相信她会来看你的，你把病养好了再说吧……"

"她不会来了。"

吴守之不再说话，好像他已经把所有的话都说完了。

第十九章

茅医生用最先进的仪器检查吴守之，开最好的西药，却始终没有效果，他怀疑自己诊断有误。他感到纳闷，社会进步了、科技发达了、生活改善了，疾病不是越来越少，而是越来越多，越来越奇怪。

护工说，吴守之的饭量越来越小，这两天，每顿饭只吃几口，无论怎么劝，再也不吃了。护工还认真地说，吴守之不像有些病人，特难侍候。他非常听话，整天躺在床上，不叫不嚷，是个难得的好病人。

一天早上，茅医生发现吴守之把西药丢进垃圾篓，生气地把他骂了一顿，可他充耳不闻。病人不配合，再好的医院、仪器、医生、药物都没用。茅医生不得不寄希望于时间、环境和他自己。可物有本末，事有始终。他不想看到吴守之这样下去。

他想到了钟老师。如果住在钟老师家里，请钟老师给他把脉，也许会出现奇迹。他问吴守之，吴守之难得地盯了他一眼，没有任何表情。茅医生为吴守之办好出院手续，带上换洗衣服、必要的日常生活用品，就开车出发，直奔钟老师的家。

多堰村越来越像个自然村。年轻人大多进城了，只有不愿离开土地的老人守着老宅，过着日出而作日落而息的生活。人少了，撂荒的土地进入了自然生长状态，花草树木各自拓展地盘，使这片土地显得生机蓬勃。这里的一切都在时时更新。每天的太阳、月亮都让人觉得第一次见到似的新鲜。空气里充满了草香、树香、水香、花果香以及鸟兽掠过的突然声响。起风下雨，更让人感到这里的恬静。钟老师说，这里的天气都是好天气，大自然里从来就没有坏天气。这片土地长出来的蔬菜水果粮食让我们填饱肚子，草药为我们治病，保证我们健康。

钟老师的家坐北朝南，背靠百合山，面向一片平缓的坡地。房前屋后，除了竹林，都是菜园子。菜园子之间，有荆棘、木槿、黄荆条的自然隔开，也有用竹片做成的篱笆。篱笆上缠绕着丝瓜、豇豆、土耳瓜之类的藤蔓，开满了五颜六色的花朵。

一条小溪从钟老师家的南侧流过，不远处是杂草、灌木环绕的一方水塘。背后是一个小山坡，坡上长满了李树、橘树、苹果树。每天的晨曦，一如既往地给它们着色。只要有土壤，它们就会安心扎根。有雨水阳光，它们就快乐地抽枝散叶，开花结果。

在小山坡和三娥山之间，凸起一座郁郁葱葱的山头，在粗犷连绵的山脉中，显得特别精巧秀丽，当地人叫它百合山。这里阳光充足、雨水充沛，地面杂草丛生，长满了与世无争的桉树和逆来顺受的小草藤蔓。山上的主要树种是粗糙瘦小的松树，间有成片的竹林。松树生长缓慢，很难成材，大多只能当柴烧，可粘有松油的松皮松叶却是上等的引火材料。当地男人最爱进山打野鸡野兔，妇女和孩子则喜欢在雨过天晴后去捡蘑菇，随便捞些松叶回家做引火柴。每年春节前，大人孩子都会欢天喜地地上山砍松枝，抱回家熏腊肉。

站在百合山上，可以看到不远处的一个巨大的山坳，当地人叫它茶灵谷。茶灵谷里药材丰富，野生百合特别多，既可食用、也可药用。夕阳辉映的天空成了百合山的背景，而夜幕总是毫不留情地抹去人世间的千差万别。太阳还没落山，灰白的天空就会出现一轮明月。当黑夜从地面氤氲而起时，天空却星光灿烂。这时候，茅医生会陪吴守之散一会儿步，直到寒气上身。在芬芳的晚风中，在缀满繁星的天幕下，一切都显得无足轻重了。

夏末的阳光斜着身子从窗户照进每间房屋。茅医生和吴守之并排住的屋子，白天温暖，晚上气温下降，只要不开窗户，也不觉得寒冷。当天晚上，茅医生起床上厕所时，发现吴守之站在院坝里的月光下，呆呆地望着百合山上的繁星。茅医生硬把吴守之扶回房间，他才不情愿地离开院坝。

钟老师看了吴守之的体检报告、病情诊断报告、治疗过程资料，听了茅医生对吴守之病情的看法，又仔细打量吴守之，然后给他把脉。把完脉，钟老师说："他患的是七情之症。他的病不在肉体表皮，而在心里。这种病不是一蹴而就的，必须慢慢来。他会好起来的。"

茅医生和钟老师商量，按照"养心养性自然自疗"原则，制定吴守之的治疗计划。钟老师跟茅医生说："你把他从精神病院接出来，做得很好。送去精神病院，那是最后的办法。治这种病，要有耐心，强制只起一时的作用，暴力解决不了根本问题。我们为他换个环境，使周围的一切成为他的医生。我们用中药给他调理，先让他安心定神。这片大地早就为我们准备好了良药。中医的哲学基础是大自然。在我看来，人人都是医生，万物都是良药。我们明天就上山采药。我们都要多陪他，分散他的注意力。他现在体弱，要给他加强营养……"

钟老师在谈吴守之的病，也在教茅医生的医术。茅医生和钟老师讨论病情时，大多时候都没回避吴守之。钟老师希望他们说的那些话能够对他有所触动，也算在给他治疗。

钟老师说："你们住在这里，不光是为了看病。你们平时太忙，没空思考。人生漫长，每个人都应该停下来，好好想一想。土地需要休耕，人也需要休息。适当的休息是为了养精蓄锐，暂停是为了重新开始。医生看病，首先是诊断。面对病人，要动用整个身心，捕捉人体散发出来的所有信息，然后进行综合判断。把脉是判断病情的方法之一。这是看病的第一步，也是关键一步。把准了脉，剩下的就是用药问题。把不准脉，辨证有误，就是误诊。两千多年前，我们就有了把脉。很多病人之所以难治、没治好、治不断根，就是把脉不准。把脉不是主观臆断，也不是自欺欺人。医生把脉，必须全神贯注，尽量把自己和病人看成一体，这样才能准确地做出判断。检测病情，我用的是三根手指，你们用的是听诊器、B超、CT、核磁共振……目的都一样，确诊。每个人都会受到环境、年龄、性别、体质、遗传、生活习惯、精神状态的影响。把脉就是摸准这些影响在人体的表现，也就是脉象。脉象异常，说明经络、脏腑出了毛病。长时间脉象混乱，就会先皮肤、再腠理、再肌肉、再骨髓、再膏肓，最终可能无可救药。社会讲究和谐平衡，人体也一样。五脏六腑、表里阴阳达到和谐平衡，外邪自然就不能入侵，身体也就健康强壮。有些病人的脉象是假象，甚至与身体本身的情况相反。把脉必须跟望、闻、问结合，全面分析，才不会被脉里假象所迷惑，出现误诊误治。这个是经验问题。

"大多数病症，只要注意调理，不吃药也能慢慢自愈，医生只是帮病人缩短了自愈时间。当然，医生也很重要。刮骨疗伤，也需要华佗。不能小觑药物的引导作用，也就是外力作用。有些病，不除病根，完全靠自愈，非常困难。疾病就是身体犯了错误。能不能改正错误，关键在于病人。我常跟病人说，最好的医生是你自己。

"疾病来源于生理，也来源于心理，环境时代都可能成为病因、病源。世界上没有秘方，没有包医百病的医生和药物。无论医生还是病人，都要尊重生命、常识、事实。如果跟自然规律对着干，就会生病。反自然规律，自然规律就会用病痛来报复。人和其他动植物一样，都是土地上长出来、生活在这个空间里的生命。所有的人生下来都一样。后来成了什么样的人，生什么病，关键是教育、社会环境。医生看病，不只是开药方，还要告诉病人的病因病源，尽可能地给病人增强信心。不管生了啥病，首先不要害怕、慌张、着急。疾病是你身体生出来的，疾病跟你的关系比你跟其他任何人的关系都密切。疾病找上你肯定有原因，而且，原因多半跟自己有关。无论啥病，首先要重视它正视它，跟它和睦相处。我们无法不让肉体生病，但可以控制自己的心情不生病。心情一旦积劳成疾，万难治愈。这种心病，最难治。治病易，治人难啊……"

多堰村的村民都是邻居，即使隔着一个堰塘，几条田埂，哪怕隔着一个小山头，几乎每天都有往来。每当有村民来，即便路过，钟师母都会热情地邀请他们吃午饭或者晚饭，大多时候，他们就像出门刚回来的家人，毫不客气地留下来，或者端着自家饭碗，在饭桌上和钟老师的家人一起吃饭。多年来，茅医生第一次看到这种邻里之间的蹭饭景象。他觉得阳光种出来的大米蔬菜就是不一样。这里的老人还能熟练地用草药治病。在他们眼里，姜、葱、蒜、折耳根、蛤蟆草、柑橘叶都是药。他们把握不准时，就来请教钟老师。他们的生活在昼夜轮回，他们的生命也在四季轮回。

钟老师的女婿王根富是王家坝村人，因为他们村引进的企业占了他们的宅基地，旧居被拆，去年搬来跟钟老师夫妇一起居住，等待新居落成。王根富面色黧黑，虽然已过知天命之年，看起来依然壮实。他木讷里隐含的坚忍顽强，是几十年来与沉默的大地和瞬息万变的天气打交道炼就的品质。三年前，他承包了钟老师家背后的山坡种果树，去年小有收获，估计今年可见效益。

钟老师的女儿负责一日三餐。每天，左邻右舍都会送来他们自己种的时令蔬菜和水果。茅医生偶尔叫上吴守之去河边钓鱼，改善生活。

多年的城里生活，茅医生的大部分时间都待在房间里，不是在家里，就是在医院的办公室会议室病房里，在宾馆、饭店、茶楼里，即使从这个房间到那个房间的路上，也大多待在像房间一样的汽车、火车、飞机里。很少时间融入大自然。热了开空调、冷了也开空调。一旦离开房间，哪怕短暂的几分钟，也会感到不舒服。他的生活已被局限在房间里，他成了房间人。

在茅医生看来，城市里没有四季嬗变，只有冷暖。大自然的春夏秋冬只是日期的显示、天气预报、报刊电视手机的广告渲染。在多堰村的这段时间，他切身感受到大自然的瞬息变化对身体的影响，他的身体本能地在自我变化调节，努力配合、适应外部的空气、温度、风雨、阳光和气味。他的世界突然变大了，他已从囚笼般的房间里逃了出来。最初几天有些不适应，但几天过后，他感到自己的身心与外面的世界越来越融洽。

到钟老师家的第二天，天气晴朗，阳光灿烂。吃过早餐，钟老师杵着拐棍，要茅医生背上小背篓，拿着采药刀铲，叫上吴守之一起上百合山采药。

此起彼伏的蝉鸣，在山间回荡。蝉子，是山林的音箱。漫山遍野交响着松风、蝉鸣、鸟叫、溪水潺潺……钟老师用拐杖指着巴在树上的黑蝉说，蝉蜕，是一味常见中药材。中药材是良药的根本，种、采、藏、用都有讲究。中药材不是哪里都能产的，一方水土养一方人，一方药材治一方病。采药要讲季节，储存要讲方法，用药要讲药性和病症。地道药材，就是天地自然选出来治病的药材。百合山是砂质土壤，土层深厚，肥沃疏松，虽然雨水较多，但沥水快速，特别适合百合的生长。这山上的野百合，是这里的独有品种。他父亲搬来这里居住，就是为了方便采野百合。现在也可以采野百合，但不是最好的季节。山洼里还有首乌藤、菟丝子等上等药材。

野百合已经凋谢，如果不注意，很难辨认出来。钟老师他们采药的时候，吴守之有时会低头捡松果，仰头扯松针叶在手里玩。

茅医生发现世界上有一种风叫松风，轻柔、锐利、一阵一阵的，呜呜呜……嘶嘶嘶……呼呼呼……像抽丝，像拨弦，像有人在吹口哨，像有人在远处借助松风打招呼，传递他们之间才懂的暗号。松风是由松树塑造的。松树叶是由松风吹出来的。松风把松树叶吹瘦了、吹细了，把松树吹得满身是嘴。每天晚上，松风都会从百合山上吹下来，吹进茅医生的梦里。

在松林里，茅医生感到周围充满了原始野性的生命力，听到了大地的脉动——松风呼呼，溪水潺潺，鸟鸣虫叫……这山冈上的空气，让人精神焕发。待不了多久，他会不知不觉地坠入物我两忘的境界。好多次，钟老师叫他，他才恍然发现自己在哪里。在这里，别说疾病，连自己都像不存在了。

在采药途中，钟老师耐心地教茅医生如何收拾花草，辨识草药。有一天，经过百合山时，吴守之突然不见了。茅医生往回找了一大圈，才发现他站在一块大青石边看落日，那是他老家的方向。他一动不动地伫立着望向远方，好像太阳并没有落下去，而是停在了他的老家。他像孩子似的不眨眼睛，好像害怕眼前的景色溜走。

开始几天，吴守之只是陪着钟老师采药，仿佛闲云野鹤。有次回来的路上，吴守之突然拿过茅医生的小背篓背在身上。后来，他们上山采药，他总是带着笔记本，在上面写写画画。茅医生从来没听说过吴守之画过画。茅医生想看他的笔记本，他也没有拒绝。文字是竖排的，清晰的小楷，还有插图，可谓图文并茂。茅医生逗他说话，问他是不是想当画家，他不理不问，不是用眼光四处搜索，就是埋头画画，好像茅医生说的话像小鸟一样飞进了山林。

不采药的时候，他们就一起散步。在温暖肥沃的土地上散步，对长期在水泥地、地砖、木地板上生活的茅医生而言，才真正体会到什么叫接地气。他不再认为自己是为了陪吴守之才去散步的，而是自己想散步、需要散步。每天晚上早晨，有没有吴守之和钟老师，茅医生都会兴奋地去欣赏草尖上晶莹的露珠，看天色变化的过程。他觉得草尖上的露珠是天上的星星。天亮了，星星就落下来成了露珠。天黑了，露珠又回到天上成了星星。茅医生有时候觉得，不是吴守之有病，而是他有病；不是吴守之在这里治病，而是他在这里治病。医生也会生病。给人看病的人也需要治疗。

有天散步时，吴守之突然蹲下来不走了。茅医生以为他发现了什么好玩的东西，也停下脚步。原来是一群正在草丛里搬家的蚂蚁。他认真看着忙碌的蚂蚁，让茅医生觉得他好像在想办法如何帮助它们。蚂蚁的灾难除了人和牲畜的脚，恐怕就是洪水了。但是，几代蚂蚁都很难遭遇到，特别是在广都的秋季。它们像其他小动物一样，生命虽然短暂，但一辈子也算平安幸福。茅医生羡慕这些小动物，它们凭本能就能快乐一生。而人，必须拼命学习，一辈子都在忙碌。即便如此，也不见得比小动物聪明多少。满腹知识并不能证明人不愚蠢。这里的花草树木也生生不息，一岁一枯荣，只要大地不灭，它们就能永生。

钟老师每天定时给吴守之把脉，诊测他身体的细微变化，为他开了三个处方，九天疗程。到钟老师家的当天，吴守之就停服了茅医生给他开的西药，每天按时喝钟师母为他熬的中药。钟师母熬的中药，有一种奇香，好像空气都能治疗。她先把中药放在土药罐里，用沉淀后的井水浸泡一个小时，然后放在土灶上，用木柴火烧开后，再用文火熬半小时，最后把三次熬好的中药混合在一起。

服中药的第三天，吴守之踏踏实实地睡了一觉。第五天早晨，茅医生去叫他，他才起床。一周后，他的脸上有了一些血色，脉搏日趋稳定正常，但他仍然不说话。

钟老师的儿子儿媳在广都市工作，逢年过节才回来。他们的龙凤胎儿子钟模、女儿钟露刚从广都大学毕业，还不想马上参加工作。钟露是个活泼可爱的美丽姑娘，学美术专业的。钟模是个阳光外向的帅气小伙子，学建筑专业的。他们自告奋勇地要来照看两位老人，明目张胆地要改造爷爷奶奶的老家，作为自己给自己的毕业作品。钟老师说，只要不把房子拆了，任由他们大动干戈。

钟模背着画夹，从早到晚在钟老师家的四周察看，研究光线、风向和地理环境。钟露拿着手提摄像机，到处摄像。他们经常凑在一起，一个在画夹上涂涂画画，一个在旁边叽叽咕咕提意见。

钟模和钟露一天到晚忙得不亦乐乎，房前屋后、家里家外几乎被他们抄翻了天，上午从百合山上扛一块树疙瘩回来，下午从屋后抬回来一个巨大的竹根。有一天，兄妹俩居然在杂物间找出两块已经看不出本色的牌匾"开门闻疾苦，闭户阅沧桑"，兴奋地要把它们挂起来。钟老师抚摸着牌匾不无感伤地说，这是他祖爷留下来的，原来挂在药铺门上，取下来后就忘了。

兄妹俩每天吃完饭，碗筷都来不及放下，就开始在院内院外飘来蹿去。为了给那些东西找个合适的位置，他们经常争得不可开交，一个要把它们放在屋檐下，一个要把它们丢在石阶旁。三天两头，钟模就要借茅医生的车去镇上采购。他们忙完屋子，又开始忙院坝、院子周围的道路、竹林、菜园子，就差推墙拆房了。台灯装在了还留着根须的树根上，晃眼一看，就像一枚小太阳在树根上放射光芒。院子里的凳子换成了树桩。烂木头挖出凹槽种上了野草野花。废弃的石缸成了接屋檐水、养水生植物的花盆。他们在院墙边砌了一座雕塑般的土灶，既可熬中药，也可烤火、做烧烤。钟露准备明天为大家搞一顿野餐。钟老师的草药有了专门的晾晒处。院子里充满了阳光、草药、花果的气味和萜类化合物气味。龙门口的泥路铺上了红火砖，砖与砖之间撒满了五颜六色的小石子。

这个普通民居经过兄妹俩的这番整饬，差不多成了一件艺术品。茅医生对钟模兄妹的改造成果赞不绝口。

一天下午，茅医生和钟老师、吴守之坐在屋外的桂花树下喝茶。钟露把钟老师他们的茉莉花盖碗茶精心摆放在一张用几块木板拼成的不规则的长条桌上。原来的小方桌已被钟模兄妹挪到堂屋一侧，用一块旧印花被面当桌布盖着，上面整齐地摆放着钟老师收藏的药书。钟模做的六条树桩木凳，错落有致地放在四周，以备有人来时竹椅不够端来用。现在，茅医生就用来搁脚。

钟模说，我们就地取材，废物利用，为它们寻找最合适的位置。放在最合适位置上的就是最好的、最美的。任何物体都有感觉，不管在哪里，它们只要感到舒适就会现出美态。在合适的位置上，它们感觉舒服，我们也感到开心……他边说边在画夹上画，请钟老师他们随意聊天，他要给他们画一幅"小院闲坐图"。

钟露偏不肯坐，围着钟老师们转来转去，有时用手机拍照，有时用摄像机录像，还调皮地做鬼脸。她说她就想把爷爷奶奶家改造成她最喜欢的地方。在城市工作不顺心了、累了，就回到这里，发呆、做白日梦。

茅医生逗他们兄妹俩说："年轻人还是到城市去打拼的好，毕竟，大城市里的机会更多。"

"我可不想委屈自己。"钟露噘噘嘴，"在哪里生活都一样。每个人只能过这一生，如果过得压抑、憋屈，那就太不值得啦。大城市机会多，可生活在夹缝中，像笼中的鸟儿一样，没意思。人活着，最重要的是做自己喜欢的事，快乐最重要。"

"真是长江后浪推前浪，前浪拍在沙滩上。"茅医生自嘲地说，"我已经搞不懂你们这代年轻人了。"

茅医生瞥了吴守之一眼，发现他眼里闪过一丝亮光。夕阳的余晖照进院子，在他们身上涂了一层油画般的色彩。

钟露突然给大家下了道命令："今晚野炊，谁都不准开电灯。"

从早上到下午，钟露像只快乐的小鸟，院内院外地飞来飞去。她把不知从哪里找来的三盏松油灯挂在树上。在院坝中间堆起一堆篝火用的木头。几乎把厨房里的锅碗瓢盆都搬到了院坝里。

"今晚我们可要过原始人的生活啰，小钟，你不会要我们茹毛饮血吧?"茅医生开玩笑说。

钟模接过茅医生的话头说："为什么不尝试一下，回到原始状态，体味与大自然亲近的感觉。我们既要享受现代文明的成果，也要努力找到现代社会与大自然的结合点。我昨天跟一家太阳能公司联系，准备给这幢四合院规划一个自然生态的循环系统，利用阳光实现能源动力的自给自足。我要从厨房到厕所，为每个房间和屋外的菜园子建一个畅通的水系，生活用水、污水分而治之，多重利用……"

钟模在画夹上勾好草图，观察着钟老师的神情，完成细部勾勒。他和钟露有一搭没一搭地闲聊，好像很随意，有些话却让茅医生感到意外。他们的知识面、成熟度、思维观念，都让茅医生惊讶。茅医生想，代沟并不可怕，我们这代人的短板也许恰恰是他们这代人的优势，他们这代人的优势也许恰恰是我们这代人的短板。

"爷爷，你看这个。"钟露好像在跟她哥哥争风吃醋，打开手提电脑，放到钟老师跟前，用漂亮的食指敲了一下键盘。在《斯卡布罗集市》优美的旋律中，时不时地响起清脆的鸟叫、松风、蝉鸣。

"这是啥?"钟老师问钟露。

"不知道吧，爷爷，告诉你，这是我给你们录的像。"钟露得意洋洋地说，"我这几天偷拍的。嘻嘻。"

茅医生看了录像，也忍不住笑了——他跳起来采摘一颗在阳光里晃动的苹果。鹤发童颜的钟老师用手杖指着远方。一只小狗追着吴守之要跟他亲近。一只金黄色的斑鸠，鹞鹑似的掠过头顶。悬挂在蓝天上的白云。风中快活的小草。金黄的银杏叶。清晰的启明星。一只蜘蛛在清晨的阳光里编制一张灿烂的蛛网。从松树上升起的月亮。恍惚在山顶上的太阳。茅医生揪下一片草叶放在鼻子上嗅。吴守之迟疑地跨过门槛。吴守之接过师母亲自为他熬的中药……

钟露从不同视角拍下了多堰村从早到晚的奇景异象，钟老师他们下意识的动作、滑稽的表情，钟露用文字进行的修辞，用蝉鸣、鸟唱、风声、流水声、他们的喘气、笑语制成的背景音乐。

她悄无声息地帮钟老师他们发现了多堰村的美，记录下了他们这段时间的经历。茅医生特别喜欢那个一气呵成的长镜头，从地上摇到天上，钟老师和钟师母、吴守之、茅医生跨出门槛、走出四合院，走进茂密的竹林、树木、花草、田间小路、小溪、三娥桥、百合山、森林谷、阳光……镜头最后定格在他们身上。钟露把她看到的听到的想到的，事无巨细地装在她的摄像机里，把吴守之他们与大自然有机地融合在一起，包括那些伏在草丛中、埋在土里看不见的小生命。

茅医生觉得，镜头里的一切不是虚幻的影子，而是具体、真实的万事万物。无论春夏秋冬，这里始终弥漫着生命的气息，他们绽放在枝头，蛰伏在泥土里，日复一日、年复一年，永远不会消失。

"这俩孩子，你看他们脑袋里一天到晚都在琢磨些啥？看来我们都落伍啰！"钟老师爽朗地大笑起来，"管他呢，有这两个孩子给我们制造惊喜，我们就乐享其成吧！"

钟老师的笑声感染了桂花树，金黄的桂花飘落下来，落在他们的头上、茶盅里、桌上。吴守之仰起头，看着满树桂花，突然说"夏天结束了"。听到吴守之有些异样的声音，茅医生和钟老师诧异地看着他。他们仨的目光碰到一起，突然笑了起来。

钟露第一次听到吴守之开口说话，惊奇地望了他一眼，随即拿起摄像机，又把镜头对准他们。

茅医生和吴守之同时站起身，像平时一样外出散步。吴守之开始像刚学会说话的样子，语速缓慢，结结巴巴，走到夕阳下的三娥桥上，他的话就顺畅多了。他不停地说呀说，好像要把失语期间闷在心里的话一股脑儿地倾泻出来。他在跟茅医生说话，也在跟自己说话，跟流水说话，跟大地天空说话。

过了三娥桥，他们来到三娥路上。这是与三娥河平行的一条崭新的乡村公路，直通广清高速，上个月才完工。路上几乎没有行人车辆，很多人还不知道它已建成通车。

吴守之越走越快，跟茅医生拉开了一定距离。

望着吴守之的背影，茅医生不敢确定他的病有没有痊愈，但他开口说话了。茅医生相信他的自愈能力。希波克拉底说过，并不是医生治愈了疾病，而是人体自身战胜了疾病。

2021 年 8 月修改

图书在版编目（CIP）数据

九十九个方子 / 毛国聪著 . -- 北京：作家出版社，2022. 6
ISBN 978-7-5212-1730-8

Ⅰ . ①九… Ⅱ . ①毛… Ⅲ . ①长篇小说 – 中国 – 当代
Ⅳ . ①I247.5

中国版本图书馆CIP数据核字（2021）第263419号

九十九个方子

作　　者：	毛国聪
封面题字：	赵振元
责任编辑：	田小爽
装帧设计：	异一设计
出版发行：	作家出版社有限公司
社　　址：	北京农展馆南里10号　　邮　　编：100125
电话传真：	86-10-65067186（发行中心及邮购部）
	86-10-65004079（总编室）

E-mail:zuojia@zuojia.net.cn

http://www.zuojiachubanshe.com

印　　刷：	三河市紫恒印装有限公司
成品尺寸：	145×210
字　　数：	212千
印　　张：	9.75
版　　次：	2022年6月第1版
印　　次：	2022年6月第1次印刷
ISBN	978-7-5212-1730-8
定　　价：	52. 00元